हिन्द पॉकेट बुक्स

प्रेमचंद की श्रेष्ठ कहानियां

निश्चय ही हिन्दी साहित्य की एक अविस्मरणीय घटना थी 31 जुलाई, 1880 को प्रेमचंद का जन्म। वह आधुनिक हिन्दी कहानी के जन्मदाता थे। 14 उपन्यासों के अतिरिक्त उन्होंने लगभग 300 कहानियां लिखी। सभी भारतीय और ढेरों विदेशी भाषाओं में इनके अनुवाद हुए। अपने जीवन-काल में ही यह इतने लोकप्रिय हो गए कि पाठक इनकी नई कहानियों का बड़ी बेचैनी से इतंज़ार किया करते थे।

यहां संकलित ये कहानियां कला, शिल्प, शब्द-सौन्दर्य, गठन-कौशल, भाव-पटुता, अभिव्यक्ति की सरसता आदि में श्रेष्ठता का बेजोड़ नमूना हैं। इसलिए इन कहानियों पर फ़िल्में बनी हैं, नाट्यरूपांतरों का मंच पर प्रदर्शन हुआ है, देश-भर के पाठ्यक्रमों में समाविष्ट हुई हैं, या भारतीय और विदेशी भाषाओं में अनेकानेक बार अनूदित होकर हर आयु के पाठक-वर्ग के हृदय को इतने करीब से छू गई हैं कि नाम लेते ही बरबस होठों से निकल पड़ता है – **प्रेमचंद**

प्रेमचंद का कथा-संसार

- निर्मला (उपन्यास) डीलक्स
- प्रेमाश्रम (उपन्यास)
- प्रेमाश्रम (उपन्यास) सजिल्द
- रंगभूमि (उपन्यास)
- रंगभूमि (उपन्यास) सजिल्द
- गोदान (उपन्यास)
- ग़बन (उपन्यास)
- सेवासदन (उपन्यास)
- ईदगाह (कहानियां)
- शतरंज के खिलाड़ी (कहानियां)
- पंच परमेश्वर (कहानियां)
- कफ़न (कहानियां)
- नमक का दारोग़ा (कहानियां)
- प्रेमचंद की श्रेष्ठ कहानियां
- प्रेमचंद की मशहूर कहानियां
- प्रेमचंद की श्रेष्ठ बाल कहानियां

प्रेमचंद
की श्रेष्ठ कहानियां

(सचित्र एवं मूलपाठ के साथ)

हिन्द पॉकेट बुक्स
पेंगुइन रैंडम हाउस इम्प्रिंट

हिन्द पॉकेट बुक्स

यूएसए | कनाडा | यूके | आयरलैंड | ऑस्ट्रेलिया | सिंगापुर
न्यू ज़ीलैंड | भारत | दक्षिण अफ्रीका | चीन

हिन्द पॉकेट बुक्स, पेंगुइन रैंडम हाउस ग्रुप ऑफ़ कम्पनीज़ का हिस्सा है,
जिसका पता global.penguinrandomhouse.com पर मिलेगा

पेंगुइन रैंडम हाउस इंडिया प्रा.लि.,
चौथी मंजिल, कैपिटल टावर 1, एमजी रोड,
गुरुग्राम 122002, हरियाणा, भारत

पेंगुइन
रैंडम हाउस
इंडिया

प्रथम हिन्दी संस्करण हिन्द पॉकेट बुक्स द्वारा 2010 में प्रकाशित
यह हिन्दी संस्करण हिन्द पॉकेट बुक्स में पेंगुइन रैंडम हाउस द्वारा 2021 में प्रकाशित

10 9 8 7 6 5 4 3 2

ISBN 9789353490560

टाइपसेटिंग: स्कैन सेट, नई दिल्ली

मुद्रक : मणिपाल टेक्नॉलजीस् लिमिटेड, भारत

अनुक्रम

आमुख

प्रेमचंद के सभी अनुरागियों के लिए बड़ी खुशी की बात है कि प्रेमचंद का कथा-साहित्य अब 'हिन्द पॉकेट बुक्स' के माध्यम से भी उनके पास पहुंच रहा है। आपने जब से होश संभाला आप प्रेमचंद को पढ़ते और प्यार करते आए हैं। बचपन से लेकर उम्र ढलने तक प्रेमचंद आपके संग-संग चलता रहा है। निश्चय ही आपमें से कितनों का ही प्रेमचंद साहित्य से गहरा परिचय भी होगा और मुझे विश्वास है कि प्रेमचंद के जीवन-परिचय की मोटी-मोटी बातें भी आप काफी कुछ जानते होंगे। जैसे यही कि उनका जन्म 31 जुलाई, 1880 को बनारस शहर से चार मील दूर लमही नाम के एक गांव में हुआ था और उनके पिता मुंशी अजायब लाल एक डाक मुंशी थे। घर पर साधारण खाने-पीने, पहनने-ओढ़ने की मुहताजी तो न थी, पर इतना शायद कभी न हो पाया कि उधर से निश्चिन्त हुआ जा सके।

मगर यह सब तो बड़े लोगों की चिन्ता थी, जहां तक इस लड़के नवाब या धनपत की बात थी यही उनके असल नाम थे, 'प्रेमचंद' तो लेखकीय उपनाम था, ठीक-ठाक अर्थों में छदम नाम, जो उन्होंने 'सोजे वतन' नामक अपनी पुस्तिका के सरकार द्वारा जब्त करके जला दिये जाने के बाद 1910 में अपनाया था, ताकि उस गोरी सरकार की नौकरी में रहते हुए भी वह पूर्ववत् लिखते रह सकें और फिर उन्हें राजकोप का शिकार न बनना पड़े। उसका बचपन भी गांव के और सब बच्चों की तरह खेलकूद में बीता, जो बचपन का अपना वरदान है।

छः-सात साल की उम्र में, कायस्थ घरानों की पुरानी परंपरा के अनुसार, उसे

भी पास ही लालगंज नाम के एक गांव में एक मौलवी साहब के पास, जो यों पेशे से दर्जी थे, फारसी और उसी के साथ घलुए में उर्दू पढ़ने के लिए भेजा जाने लगा, पर उससे नवाब के खेल-तमाशे में कोई फर्क नहीं पड़ा, क्योंकि मौलवी साहब काफी मौजी तबियत के ढीलमढाल आदमी थे, जिनका किस्सा नवाब ने आगे चलकर अपनी कहानी 'चोरी' में खूब रस ले-लेकर सुनाया है, पर वह कैसे भी ढीलमढाल रहे हों, वह शायद पढ़ाते अच्छा ही थे, क्योंकि लोग कहते हैं, मुंशी प्रेमचंद का फारसी पर अच्छा अधिकार था। फारसी भाषा का प्यार भी मौलवी साहब ने लड़के के मन में जरूर अच्छा जगाया होगा, क्योंकि बी. ए. तक की परीक्षा में प्रेमचंद का एक विषय फारसी रहा।

थोड़ी-सी पढ़ाई और ढेरों खिलवाड़ और गांव की जिंदगी के अपने मजों के साथ मां और दादी के लाड़-प्यार में लिपटे हुए दिन बड़ी मस्ती में बीत रहे थे कि गोया आसमान से इस बच्चे का इतना सुख न देखा गया और उसी साल मां ने बिस्तर पकड़ लिया। मुंशी अजायब लाल की तरह ही वह संग्रहणी की पुरानी मरीज थीं। इस बार का हमला जानलेवा साबित हुआ। नवाब तब सात साल का था और उसकी बड़ी बहन सुग्गी पंद्रह की। उसी साल उसका ब्याह मिर्जापुर के पास लहौली नाम के गांव में हुआ था। गौना भी हो गया था। मां के मरने के आठ-दस रोज पहले आयी, बड़ी-बड़ी सेवा की। नवाब भी मां के सिरहाने बैठा पंखा झलता रहता और उनके चचेरे बड़े भाई बलदेव लाल, जो बीस साल के नौजवान थे और एक अंग्रेज के यहां टेनिस की गेंद उठा-उठाकर खिलाड़ी को देने पर नौकर थे, दवा-दारू के इंतजाम में लगे रहते, लेकिन सब व्यर्थ हुआ। सात साल के नवाब को अकेला छोड़कर मां चल बसीं और उसी दिन वह नवाब, जिसे मां पान के पत्ते की तरह फेरती रहती थी, देखते-देखते सयाना हो गया। अब उसके सर पर तपता हुआ नीला आकाश था, नीचे जलती हुई भूरी धरती थी, पैरों में जूते न थे और न बदन पर साबित कपड़े, इसलिए नहीं कि यकबयक पैसे का टोटा पड़ गया था, बल्कि इसलिए कि इन सब पर नजर रखने वाली मां की आंखें मूंद गयी थीं। बाप यों भी कब मां की जग ले पाता है, उस पर से वह काम के बोझ में दबे रहते। तबादलों का चक्कर अलग से। कभी बांदा तो कभी बस्ती, कभी गोरखपुर तो कभी कानपुर, कभी

इलाहाबाद तो कभी लखनऊ, कभी जीवनपुर तो क़भी बड़हलगंज, किसी एक जगह जमकर न रहने पाते। बेटे को उनके संग-साथ की, दोस्ती की भी जरूरत हो सकती है, इसके लिए उनके पास न तो समझ थी और न समय। 'कजाकी' में मुंशीजी ने शायद अपनी ही बात बच्चे के मुंह से कहलवायी है:

> बाबूजी बड़े गुस्सेवर थे। उन्हें काम बहुत करना पड़ता था, इसी से बात-बात पर झुंझला पड़ते थे। मैं तो उनके सामने कभी आता ही न था, वह भी मुझे कभी प्यार न करते थे।

यानी कि प्यार, दोस्ती संग-साथ नवाब को जो कुछ मिलता था, अपनी मां से मिलता था। सो मां अब नहीं रही। मां जैसा ही प्यार कुछ-कुछ बड़ी बहन से मिलता था, सो वह अपने घर चली गयी। नवाब की दुनिया घर के नाते सूनी हो गयी। यह कभी कितनी गहरी, कितनी तड़पानेवाली रही होगी, जो सारी जिंदगी यह आदमी उससे उबर नहीं सका और उसने बार-बार ऐसे पात्रों की सृष्टि की, जिनकी मां बचपन में ही मर गयी थी और फिर उसकी दुनिया सूनी हो गयी। 'कर्मभूमि' में अमरकान्त कहता है:

> जिंदगी की वह उम्र, जब इंसान को मुहब्बत की सबसे ज्यादा जरूरत होती है, बचपन है। उस वक्त पौधे को तरी मिल जाए, तो जिंदगी भर के लिए उसकी जड़ें मजबूत हो जाती हैं। उस वक्त खुराक न पाकर उसकी जिंदगी खुश्क हो जाती है। मेरी मां का उसी जमाने में देहांत हुआ और जब से मेरी रूह को खुराक नहीं मिली। वही भूख मेरी जिंदगी है।

और फिर दूसरी मां के आ जाने का भी शायद वह अपना ही अनुभव है, जिसे मुंशीजी ने उसी अमरकान्त की कहानी कहते हुए यों व्यक्त किया है:

> समरकान्त ने मित्रों के कहने-सुनने से दूसरा विवाह कर लिया था। उस सात साल के बालक ने नयी मां का बड़े प्रेम से स्वागत किया, लेकिन उसे जल्द मालूम हो गया कि उसकी नयी मां उसकी जिद और शरारतों को उस क्षमादृष्टि से नहीं देखती, जैसी उसकी मां देखती थी। वह अपनी मां का अकेला लाड़ला था, बड़ा जिद्दी, बड़ा

> नटखट। जो बात मुंह से निकल जाती, उसे पूरा करके ही छोड़ता। नयी माताजी बात-बात पर डांटती थीं। यहां तक कि उसे माता से द्वेष हो गया, जिस बात को वह मना करतीं, उसे अदबदाकर करता। पिता से भी ढीठ हो गया। पिता और पुत्र में स्नेह का बंधन न रहा।

यह मनःस्थिति ठीक वह थी, जिसमें इस लड़के नवाब के बहक जाने का पूरा सामान था, लेकिन प्रकृति जैसे अपने और तमाम जंगली फूल-पौधों, को जिनकी सेवा-टहल के लिए कोई माली नहीं होता, नष्ट होने से बचाती है, उसी तरह इस आवारा छोकरे को भी बचाने का एक ढंग उसने निकाला, ऐसा ढंग जो उसकी नैसर्गिक प्रतिमा के अनुकूल था। आवारागर्दी को उसने बंद नहीं किया, बस एक हलका-सा मोड़ दे दिया, मोटी-मोटी तिलिस्म और ऐयारी की किताबों में, जिनका रस छन-छनकर उसके भीतर के किस्सागो को खुराक पहुंचाने लगा। इन किताबों में सबसे बढ़कर थी पैजी की 'तिलिस्मे होशरुबा', दो-दो हजार पन्नों की अठारह जिल्दें। तेरह साल के इस लड़के ने उसको तो पढ़ ही डाला और भी बहुत कुछ पढ़ डाला, जैसे रेनाल्ड की 'मिस्ट्रीज ऑफ द कोर्ट ऑफ लंडन' की पचीसों किताबों के उर्दू तर्जुमे, मौलाना सज्जाद हुसैन की हास्य कृतियां, मिर्जा रुसवा और रतननाथ सरशार के ढेरों किस्से। कोई पूछे कि इतनी सब किताबें इस लड़के को मिलती कहां थीं?

> रेती पर बुद्धिलाल नाम का एक बुकसेलर रहता था। मैं उसकी दूकान पर जा बैठता था और उसके स्टाक से उपन्यास ले-लेकर पढ़ता था। मगर दूकान पर सारे दिन तो बैठ न सकता था, इसलिए मैं उसकी दूकान से अंग्रेजी पुस्तकों की कुंजियां और नोट्स लेकर अपने स्कूल के लड़कों के हाथ बेचा करता था और उसके मुआवजे में दूकान से उपन्यास घर लाकर पढ़ता था। दो-तीन वर्षों में मैंने सैकड़ों ही उपन्यास पढ़ डाले होंगे।

यह गोरखपुर की बात है, जहां उन दिनों वह अपने पिता और दूसरी मां के साथ रहता था और रावत पाठशाला में पढ़ता था, जहां उसने आठवीं कक्षा तक पढ़ाई की।

कहने की जरूरत नहीं कि जहां ऐसी अच्छी-अच्छी किताबों की पढ़ाई दिन-रात चल रही हो, वहां स्कूल की नीरस किताबों को कौन देखता होगा और क्यों देखें, पर हमारे कथा-साहित्य की दृष्टि से जो हुआ, अच्छा हुआ, क्योंकि सच्चे अर्थों में इन्हीं दिनों, इन्हीं सब तैयारियों में से होकर उस अमर कथाकार प्रेमचंद का जन्म हुआ, जो आगे चलकर उर्दू और हिन्दी दोनों ही भाषाओं में आधुनिक कहानी का जन्मदाता बना और आज दुनिया से चले जाने के पचास बरस बाद भी अपने उसी सर्वोच्च शिखर पर बैठा है और जिसने दुनिया को लगभग तीन सौ कहानियां और चौदह छोटे-मोटे उपन्यास दिए, जिन्हें एक बार उठा लेने पर फिर छोड़ा नहीं जा सकता, जैसा कि आप सभी उनके असंख्य पाठकों का नित्य का अनुभव है। स्वाभाविक ही है कि प्रेमचंद की गिनती आज दुनिया के महान लेखकों में होती है और उनके साहित्य का अनुवाद भारत की सभी भाषाओं में ही नहीं दुनिया की और भी पचास भाषाओं में किया जा चुका है, रूसी, चीनी जैसी किन्हीं-किन्हीं भाषाओं में तो शायद संपूर्ण प्रेमचंद साहित्य।

लेकिन वह लेखक कितना ही बड़ा क्यों न हो, आदमी बहुत ही सीधा-सादा था, नितान्त सरल, निश्छल, विनयशील और वैसी सीधी-सादी उसकी जीवन-शैली थी। सोलहों आने वैसी ही, जैसी किसी भी दफ्तर के बाबू या स्कूल के मास्टर की होती है। सबेरे नौ-दस बजे घर से सीधे अपने काम पर और शाम को पांच बजे सीधे अपने घर। अपने ही जैसे दो-चार संगी-साथियों और अपने परिवार की छोटी-सी दुनिया ही उसकी कुल दुनिया है, जिसमें घर का बाजार-हाट भी है, बच्चों की सर्दी-खांसी भी है और परिवार की दांता-किलकिल भी है और फिर उन सबके बीच समर्पित भाव से किया गया इतना सब अजग्र लेखन है, जो सचमुच आश्चर्यजनक लगता है, जब इस बात की ओर ध्यान जाता है कि इतना सब जो लिखा गया है, वह लगभग सारी उम्र सात-आठ घन्टे की एक-न-एक नौकरी करते हुए लिखा गया है! मजे से पूरे समय लिख सकते, इतनी भी सुविधा बेचारे को न जुट पायी। शुरू से लेकर आखिर तक अभाव और जीवन-संघर्ष की एक ही गाथा।

वह अभी मुश्किल से पंद्रह का था कि घरवालों ने उसका विवाह कर दिया, जो बहुत ही दुर्भाग्यपूर्ण रहा। सोलह का होते-होते पिताजी गिरस्ती का सब बोझ लड़के पर डालकर परलोक सिधारे। फलतः उस वर्ष वह मैट्रिक की परीक्षा भी नहीं दे पाया। अगले साल परीक्षा में बैठा। द्वितीय श्रेणी में पास तो हो गया, लेकिन कालेज में प्रवेश न मिल पाया, पर हां संयोग से बनारस के पास ही चुनार के एक स्कूल में मास्टरी मिल गयी और 1899 से स्कूल की मास्टरी का जो सिलसिला चला, वह पूरे बाईस साल यानी 1921 तक चला, जबकि मुंशीजी ने गांधी के आह्वान पर गोरखपुर के सरकारी स्कूल से इस्तीफा दिया। नौकरी करते हुए ही उन्होंने इंटर और बी. ए. पास किया।

स्कूल मास्टरी के इस लंबे सिलसिले में प्रेमचंद को घाट-घाट का पानी पीना पड़ा। कुछ-कुछ बरस में यहां से वहां तबादले होते रहे। प्रतापगढ़ से इलाहाबाद से कानपुर से हमीरपुर से बस्ती से गोरखपुर। इन सब स्थान-परिवर्तनों में शरीर को कष्ट तो हुआ ही होगा और सच तो यह है कि इसी जगह-जगह के पानी ने उन्हें पेचिश की दायमी बीमारी दे दी, जिससे उन्हें फिर कभी छुटकारा नहीं मिला, लेकिन कभी-कभी लगता है कि ये कुछ-कुछ बरसों में हवा-पानी का बदलना, नये-नये लोगों के संपर्क में आना, नयी-नयी जीवन-स्थितियों में से होकर गुजरना, कभी घोड़े और कभी बैलगाड़ी पर गांव-गांव घूमते हुए प्राइमरी स्कूलों का मुआयना करने के सिलसिले में अपने देश के जीवन को गहराई में पैठकर देखना, नयी-नयी सामाजिक समस्याओं और उनके नये-नये रूपों से रूबरू होना उनके लिए रचनाकार के नाते एक बहुत बड़ा वरदान भी था। दूसरे किसी आदमी को यह दर-दर का भटकना शायद भटका भी सकता था, बिखेर भी सकता था, पर मुंशीजी का अपनी साहित्य-सर्जना के प्रति जैसा अनुशासित एकचित समर्पण आरंभ से ही था।

जीवन-परिचय के संदर्भ में एक बात जो यथास्थान नहीं आ पाई, वह यह कि प्रेमचंद ने शिवरात्रि के दिन 1906 में, लगभग उन्हीं दिनों जब वह शायद अपना छोटा उपन्यास 'प्रेमा' (उर्दू में 'हमखुर्मा ओ हमसवाब') हिन्दी में लिख रहे होंगे (उसका प्रकाशन 1907 में हुआ) जिसका नायक एक विधवा लड़की से विवाह करता है, उन्होंने स्वयं एक विधवा लड़की शिवरानी देवी से विवाह

किया, जो कालान्तर में उनके छः बच्चों की मां बनी, जिनमें से तीन अभी जीवित हैं।

शिवरानी देवी बहुत सच्ची, अक्खड़, निडर, अहंकार की सीमा तक स्वाभिमानी, दबंग, शासनप्रिय महिला थीं। प्रेमचंद खुद जैसे कोमल स्वभाव के आदमी थे, उन्हें शायद ऐसी ही जीवन-सहचरी की जरूरत थी और शायद इसलिए प्रेमचंद के जीवन में उनकी बड़ी महत्त्वपूर्ण भूमिका रही। जब जितना मिला उतने में घर चलाया, पारिवारिक चिन्ताओं और रगड़ों-झगड़ों से उन्हें मुक्त किया, जिसका ही नतीजा था कि सब अभावों के बीच भी वह शांति से अपना काम कर सके और बराबर उनके साथ कंधे-से-कंधा लगाकर उनकी शक्ति के एक स्तंभ के रूप में खड़ी रही। 8 फरवरी, 1921 को गांधीजी ने गोरखपुर की एक सभा में, जिसमें प्रेमचंद भी उपस्थित थे, सरकारी नौकरी से इस्तीफा देने के लिए लोगों का आह्वान किया। प्रेमचंद के मन में भी कुछ संकल्प बना! घर आये, पत्नी से कहा। पांच दिन संशय में गुजरे। इक्कीस साल की जमी-जमायी नौकरी छोड़ने की हिम्मत नहीं पड़ रही थी। मुंशीजी की सेहत खराब, घर में दो छोटे-छोटे बच्चे और तीसरा होने वाला, आगे परिवार कैसे पलेगा इसका कुछ ठोर-ठिकाना नहीं, पर छठे दिन शिवरानी देवी ने हिम्मत बटोरकर हरी झंडी दिखा दी, अगले दिन मुंशीजी ने इस्तीफा दाखिल कर दिया और आठवें दिन, 16 फरवरी, 1921 को मुंशीजी अपनी इतनी पुरानी सरकारी नौकरी को लात मारकर बाहर आ गये।

उसी रोज मुंशीजी ने अपना सरकारी क्वार्टर छोड़ दिया। कुछ रोज बाद यह योजना बनी कि महावीर प्रसाद पोद्दार के साझे में एक चर्खे की दूकान शहर में खोली जाए। आखिर दूकान खुली, दस कंधे लगाये गये, लेकिन दूकान चलाना, भले वह चर्खे की दूकान हो, मुंशीजी के बस का रोग न था। उस तरह की देश-सेवा के लिए मुंशीजी बने ही न थे। उनका माध्यम तो साहित्य है, सो लिखाई जोर-शोर से चल रही है। स्वराज्य के संदेश का प्रचार करने वाले लेख और सीधी-सादी देश-प्रेम की कहानियां, जिनमें किसी तरह का बनाव-सिंगार नहीं है और न उनको लिखते समय मुंशीजी को इस बात की ही चिन्ता है कि उनकी गिनती स्थायी साहित्य में होगी या नहीं।

गांधीजी ने स्वराज्य की लड़ाई छेड़ रखी है। हर वह आदमी जिसे अपने देश से प्यार है, इस समय स्वराज्य का सिपाही है। कोई मैदान में जाकर लाठी खाता, कोई जेल की राह पकड़ता है, मुंशीजी अपना कलम लेकर मैदान में उतरते हैं। इसी ख्याल से उन्होंने गोरखपुर से निकलने वाले एक उर्दू अखबार 'तहकीक' और एक हिन्दी अखबार 'स्वदेश' से बाकायदा जुड़ने और उनमें नियमित रूप से बराबर लिखने की कुछ शक्ल बनानी चाही, पर वह नहीं बनी, तो मुंशीजी बनारस आ गये, फिर कुछ ऐसा संयोग बना कि सरकारी नौकरी से इस्तीफा देने के चार महीने बाद मुंशीजी मारवाड़ी विद्यालय, कानपुर पहुंच गए, लेकिन अपने यहां प्राइवेट स्कूलों का जो हाल है, स्कूल के हेडमास्टर प्रेमचंद की स्कूल के मैनेजर काशीनाथ से नहीं बनी और साल पूरा नहीं होने पाया कि मुंशीजी ने 'बहुत तंग आकर' 22 फरवरी 1922 को वहां से भी इस्तीफा दे दिया और फिर बनारस पहुंच गए।

बनारस में उन्होंने संपूर्णानन्दजी के जेल जाने पर कुछ महीने 'मर्यादा' पत्रिका का संपादन-भार संभाला, फिर वहां से अलग होकर काशी विद्यापीठ पहुंच गये, जहां उन्हें स्कूल का हेडमास्टर बना दिया गया। अपना प्रेस खोलने की धुन भी बरसों से मन में समायी थी, उसकी भी तैयारी साथ-साथ चलती रही। कुछ ही महीनों बाद जब स्कूल बंद कर दिया गया, तो मुंशीजी पूरे मन-प्राण से प्रेस की तैयारी में लग गये, जो अंततः खुला तो, मगर गले का ढोल बनकर रह गया, जो न तो बजाये बजता था और न गले से निकालकर फेंका जाता था।

आखिर लखनऊ से 'माधुरी' पत्रिका के संपादक की कुर्सी संभालने का प्रस्ताव मिलने पर उसे स्वीकार करने के सिवा गति न थी, क्योंकि अपना प्रेस रोजी-रोटी देना तो दूर रहा, बराबर घाटे पर घाटा दिए जा रहा था। फिर छः बरस लखनऊ रह गए और वहीं रहते-रहते 1930 में बनारस में अपना मासिक पत्र 'हंस' शुरू किया। उसके कुछ महीने पहले उन्होंने अपनी बेटी की शादी मध्यप्रदेश के सागर जिले की तहसील देवरी के एक अच्छे खाते-पीते देशसेवी घराने में कर दी थी। 1932 के आरंभ में लखनऊ का आबदाना खत्म हुआ और मुंशीजी फिर बनारस आ गये। 'हंस' तो निकल ही रहा था, 'जागरण' नामक एक साप्ताहिक और निकाला। वह भी बहुत अच्छा पत्र था, लेकिन अच्छा पत्र

निकालना और उसे चला पाना दो बिल्कुल अलग बातें हैं।

दोनों पत्रों के कारण जब काफी कर्जा सिर पर हो गया, तब उसे सिर से उतारने के लिए मोहन भवनानी के निमन्त्रण पर उनके अजंता सिनेटोन में कहानी लेखक की नौकरी करने बंबई पहुंचे। 'मिल' या 'मजदूर' के नाम से उन्होंने एक फिल्म की कथा लिखी और कंट्रैक्स की साल भर की अवधि पूरी किए बिना दो महीने का वेतन छोड़कर बनारस भाग आए, क्योंकि बंबई का और उससे भी ज्यादा वहां की फिल्मी दुनिया का हवा-पानी उन्हें रास नहीं आया। बंबई टाकीज तब हिमांशु राय ने शुरू की थी। उन्होंने मुंशीजी को बहुत रोकना चाहा, पर मुंशीजी किसी तरह नहीं रुके। यहां तक कि बनारस से ही फिल्म की कहानियां भेजते रहने का प्रस्ताव भी स्वीकार नहीं किया।

बंबई में सेहत और भी काफी टूट चुकी थी, बनारस लौटने के कुछ महीने बाद बीमार पड़े और काफी दिन बीमारी भुगतने के बाद 8 अक्तूबर, 1936 को चल बसे। यही उनका कुल जीवन-परिचय है, जिससे नाटकीय तत्त्व तो छोड़ ही दीजिए, कोई विशेष कथा-तत्त्व भी नहीं है। जभी तो उन्होंने अपने बारे में लिखा था:

> मेरा जीवन एक सपाट, समतल मैदान है, जिसमें कहीं-कहीं गढ़े तो हैं, पर टीलों, पर्वतों, घने जंगलों, गहरी घाटियों और खंडहरों का स्थान नहीं है।

जो सज्जन पहाड़ों की सैर के शौकीन हैं, उन्हें तो यहां निराशा ही होगी। और सच तो यह है कि अगर ऐसी कुछ बात ही न आ पड़ती, तो शायद उस व्यक्ति ने अपने बारे में इतना भी न लिखा होता। कोई पूछता, तो वह शायद कह देताः मेरी जिंदगी में ऐसा है ही क्या, जो मैं किसी को सुनाऊं। बिल्कुल सीधी-सपाट जिंदगी है, जैसे देश के और करोड़ों लोग जीते हैं। एक सीधा-सादा, गृहस्थी के पचड़ों में फंसा हुआ तंगदस्त मुदर्रिस जो सारी जिंदगी कलम घिसता रहा, इस उम्मीद में कि कुछ आसूदा हो सकेगा, मगर न हो सका। उसमें है ही क्या, जो मैं किसी को सुनाऊं। मैं तो नदी किनारे खड़ा हुआ नरकुल हूं। हवा के थपेड़ों से मेरे अंदर भी आवाज पैदा हो जाती है, बस इतनी-सी बात है। मेरे पास

अपना कुछ नहीं है, जो कुछ है, उन हवाओं का है, जो मेरे भीतर बजीं। और जो हवाएं उनके भीतर बजीं, वही उनका साहित्य है, भारतीय जनता के दुख-सुख का साहित्य, हमारे आपके दुख-सुख का साहित्य, जिसे आप इसी कारण इतना प्यार करते हैं।

मुझे बड़ी खुशी है कि प्रेमचंद का कथा-साहित्य अब शुद्ध प्रामाणिक पाठ और सुंदर साज-सज्जा के साथ 'हिंद पॉकेट बुक्स' के माध्यम से भी लाखों-करोड़ों पाठकों तक पहुंच सकेगा।

धूप छांह
इलाहाबाद

(अमृत राय)

ईदगाह

रमज़ान के पूरे तीस रोज़ों के बाद आज ईद आयी है। कितना मनोहर, कितना सुहावना प्रभात है। वृक्षों पर कुछ अजीब हरियाली है, खेतों में कुछ अजीब रौनक है, आसमान पर कुछ अजीब लालिमा है। आज का सूर्य देखो, कितना प्यारा, कितना शीतल है, मानो संसार को ईद की बधाई दे रहा है। गाँव में कितनी हलचल है। ईदगाह जाने की तैयारियाँ हो रही हैं। किसी के कुरते में बटन नहीं है। पड़ोस के घर से सुई-धागा लेने दौड़ा जा रहा है। किसी के जूते कड़े हो गये हैं। उनमें तेल डालने के लिए तेली के घर भागा जाता है। जल्दी-जल्दी बैलों को सानी-पानी दे दें। ईदगाह से लौटते-लौटते दोपहर हो जायेगी। तीन कोस का पैदल रास्ता, फिर सैकड़ों आदमियों से मिलना-भेंटना। दोपहर के पहले लौटना असंभव है। लड़के सबसे ज्यादा प्रसन्न हैं। किसी ने एक रोज़ा रखा है, वह भी दोपहर तक, किसी ने वह भी नहीं; लेकिन ईदगाह जाने की खुशी उनके हिस्से की चीज़ है। रोज़े बड़े-बूढ़ों के लिए होंगे। उनके लिए तो ईद है। रोज़ ईद का नाम रटते थे। आज वह आ गयी। अब जल्दी पड़ी है कि लोग ईदगाह क्यों नहीं चलते। इन्हें गृहस्थी की चिंताओं से क्या प्रयोजन! सेवैयों के लिए दूध और शक्कर घर में है या नहीं, इनकी बला से, ये तो सेवैयाँ खायेंगे। वह क्या जाने कि अब्बाजान क्यों बदहवास चौधरी कायमअली के घर दौड़े जा रहे हैं। उन्हें क्या ख़बर कि चौधरी

आज आँखें बदल लें, तो यह सारी ईद मुहर्रम हो जाय। उनकी अपनी जेबों में तो कुबेर का धन भरा हुआ है। बार-बार जेब से अपना खजाना निकालकर गिनते हैं और खुश होकर फिर रख लेते हैं। महमूद गिनता है, एक-दो, दस-बारह। उसके पास बारह पैसे हैं। मोहसिन के पास एक, दो, तीन, आठ, नौ, पन्द्रह पैसे हैं। इन्हीं अनगिनती पैसों में अनगिनती चीज़ें लायेंगे–खिलौने, मिठाइयाँ, बिगुल, गेंद और न जाने क्या-क्या। और सबसे ज्यादा प्रसन्न है हामिद। वह चार-पाँच साल का गरीब-सूरत, दुबला-पतला लड़का, जिसका बाप गत वर्ष हैजे की भेंट हो गया और माँ न जाने क्यों पीली होती-होती एक दिन मर गयी। किसी को पता न चला, क्या बीमारी है। कहती भी तो कौन सुनने वाला था। दिल पर जो कुछ बीतती थी, वह दिल में ही सहती थी और जब न सहा गया तो संसार से बिदा हो गयी। अब हामिद अपनी बूढ़ी दादी अमीना की गोद में सोता है और उतना ही प्रसन्न है। उसके अब्बाजान रुपये कमाने गये हैं। बहुत-सी थैलियाँ लेकर आयेंगे। अम्मीजान अल्लाह मियाँ के घर से उसके लिए बड़ी अच्छी-अच्छी चीज़ें लाने गयी हैं; इसलिए हामिद प्रसन्न है। आशा तो बड़ी चीज़ है, और फिर बच्चों की आशा! उनकी कल्पना तो राई का पर्वत बना लेती है। हामिद के पाँव में जूते नहीं हैं, सिर पर एक पुरानी-धुरानी टोपी है, जिसका गोट काला पड़ गया है, फिर भी वह प्रसन्न है। जब उसके अब्बाजान थैलियाँ और अम्मीजान नियामतें लेकर आयेंगी, तो वह दिल के अरमान निकाल लेगा। तब देखेगा महमूद, मोहसिन, नूरे और सम्मी कहाँ से उतने पैसे निकालेंगे। अभागिन अमीना अपनी कोठरी में बैठी रो रही है। आज ईद का दिन और उसके घर में दाना नहीं! आज आबिद होता तो क्या इसी तरह ईद आती और चली जाती! इस अंधकार और निराशा में वह डूबी जा रही थी। किसने बुलाया था इस निगोड़ी ईद को। इस घर में उसका काम नहीं है, लेकिन हामिद! उसे किसी के मरने-जीने से क्या मतलब? उसके अन्दर प्रकाश है, बाहर आशा। विपत्ति

अपना सारा दल-बल लेकर आये, हामिद की आनन्द-भरी चितवन उसका विध्वंस कर देगी।

हामिद भीतर जाकर दादी से कहता है–तुम डरना नहीं अम्माँ, मैं सबसे पहले आऊँगा। बिलकुल न डरना!

अमीना का दिल कचोट रहा है। गाँव के बच्चे अपने-अपने बाप के साथ जा रहे हैं। हामिद के बाप अमीना के सिवा और कौन है? उसे कैसे अकेले मेले जाने दे। उस भीड़-भाड़ में बच्चा कहीं खो जाय तो क्या हो। नहीं; अमीना उसे यों न जाने देगी। नन्ही-सी जान! तीन कोस चलेगा कैसे! पैर में छाले पड़ जायेंगे। जूते भी तो नहीं हैं। वह थोड़ी-थोड़ी दूर पर उसे गोद ले लेगी; लेकिन यहाँ सेवैयाँ कौन पकायेगा? पैसे होते तो लौटते-लौटते सब सामग्री जमा करके चटपट बना लेती। यहाँ तो घण्टों चीज़ें जमा करते लगेंगे। माँगे ही का तो भरोसा ठहरा। उस दिन फहीमन के कपड़े सिये थे। आठ आने पैसे मिले थे। उस अठन्नी को ईमान की तरह बचाती चली आती थी इसी ईद के लिए, लेकिन कल ग्वालन सिर पर सवार हो गयी तो क्या करती। हामिद के लिए कुछ नहीं है, तो दो पैसे का दूध तो चाहिए ही। अब तो कुल दो आने पैसे बच रहे हैं। तीन पैसे हामिद की जेब में, पाँच अमीना के बटवे में। यही तो बिसात है और ईद का त्योहार! अल्लाह ही बेड़ा पार लगावे। धोबन और नाइन और मेहतरानी और चूड़िहारिन सभी तो आयेंगी। सभी को सेवैयाँ चाहिए और थोड़ा किसी की आँखों नहीं लगता। किस-किस से मुँह चुरायेगी। और मुँह क्या चुराये? साल भर का त्यौहार है। ज़िन्दगी ख़ैरियत से रहे, उनकी तकदीर भी तो उसी के साथ है। बच्चे को खुदा सलामत रखे, ये दिन भी कट जायँगे।

गाँव से मेला चला। और बच्चों के साथ हामिद भी जा रहा था। कभी सब-के-सब दौड़कर आगे निकल जाते। फिर किसी पेड़ के नीचे खड़े होकर साथ वालों का इन्तज़ार करते। ये लोग क्यों इतना धीरे-धीरे चल

रहे हैं। हामिद के पैरों में तो जैसे पर लग गये हैं। वह कभी थक सकता है! शहर का दामन आ गया। सड़क के दोनों ओर अमीरों के बग़ीचे हैं। पक्की चारदीवारी बनी हुई है। पेड़ों में आम और लीचियाँ लगी हुई हैं। कभी-कभी कोई लड़का कँकड़ी उठाकर आम पर निशाना लगता है। माली अन्दर से गाली देता हुआ निकलता है। लड़के वहाँ से एक फलांग पर हैं। खूब हँस रहे हैं। माली को कैसे उल्लू बनाया है।

बड़ी-बड़ी इमारतें आने लगीं; यह अदालत है, यह कालेज है, यह क्लब-घर है। इतने बड़े कालेज में कितने लड़के पढ़ते होंगे? सब लड़के नहीं हैं जी! बड़े-बड़े आदमी हैं, सच उनकी बड़ी-बड़ी मूँछे हैं। इतने बड़े हो गये, अभी तक पढ़ने जाते हैं। न जाने कब तक पढ़ेंगे और क्या करेंगे इतना पढ़कर। हामिद के मदरसे में दो-तीन बड़े-बड़े लड़के हैं, बिलकुल तीन कौड़ी के, रोज़ मार खाते हैं, काम से जी चुरानेवाले। इस जगह भी उसी तरह के लोग होंगे और क्या। क्लब-घर में जादू होता है। सुना है, यहाँ मुरदे की खोपड़ियाँ दौड़ती हैं। और बड़े-बड़े तमाशे होते हैं, पर किसी को अन्दर नहीं जाने देते। और यहाँ शाम को साहब लोग खेलते हैं। बड़े-बड़े आदमी खेलते हैं, मूँछों-दाढ़ीवाले और मेमें खेलती हैं, सच! हमारी अम्माँ को वह दे दो, क्या नाम है, बैट, तो उसे पकड़ ही न सकें। घुमाते ही लुढ़क न जायँ।

महमूद ने कहा–हमारी अम्मीजान का तो हाथ काँपने लगे, अल्ला कसम।

मोहसिन बोला–अम्मी मनों आटा पीस डालती हैं। ज़रा-सा बैट पकड़ लेंगी, तो हाथ काँपने लगे। सैकड़ों घड़े पानी रोज़ निकालती हैं। पाँच घड़े तो मेरी भैंस पी जाती है। किसी मेम को एक घड़ा पानी भरना पड़े तो आँखों तले अँधेरा आ जाय।

महमूद–लेकिन दौड़तीं तो नहीं, उछल-कूद तो नहीं सकतीं।

मोहसिन–हाँ, उछल-कूद नहीं सकतीं; लेकिन उस दिन मेरी गाय खुल

गयी थी और चौधरी के खेत में जा पड़ी थी, तो अम्माँ इतनी तेज़ दौड़ीं कि मैं उन्हें न पा सका, सच?

आगे चले। हलवाइयों की दुकानें शुरू हुईं। आज खूब सजी हुई थीं। इतनी मिठाइयाँ कौन खाता है। देखो न, एक-एक दुकान पर मनों होंगी। सुना है, रात को जिन्नात आकर खरीद ले जाते हैं। अब्बा कहते थे कि आधी रात को एक आदमी हर दुकान पर जाता है और जितना माल बचा होता है, वह तुलवा लेता है और सचमुच के रुपये देता है, बिलकुल ऐसे ही रुपये।

हामिद को यकीन न आया–ऐसे रुपये जिन्नात को कहाँ से मिल जायेंगे?

मोहसिन ने कहा–जिन्नात को रुपये की क्या कमी? जिस खज़ाने में चाहें, चले जायँ। लोहे के दरवाज़े तक उन्हें नहीं रोक सकते जनाब, आप हैं किस फेर में। हीरे-जवाहरात तक उनके पास रहते हैं, जिससे खुश हो गये, उसे टोकरों जवाहरात दे दिये। अभी यहीं बैठे हैं, पाँच मिनट में कहो कलकत्ता पहुँच जायँ।

हामिद ने फिर पूछा–जिन्नात बहुत बड़े-बड़े होते होंगे?

मोहसिन–एक-एक आसमान के बराबर होता है जी। जमीन पर खड़ा हो जाय तो उसका सिर आसमान से जा लगे, मगर चाहें तो एक लोटे में घुस जायँ।

हामिद–लोग उन्हें खुश करते होंगे? कोई मुझे वह मन्तर बता दे, तो एक जिन्न को खुश कर लूँ।

मोहसिन–अब यह तो मैं नहीं जानता, लेकिन चौधरी साहब के काबू में बहुत से जिन्नात हैं। कोई चीज़ चोरी चली जाय, चौधरी साहब उसका पता लगा देंगे और चोर का नाम भी बता देंगे। जुमराती का बछवा उस दिन खो गया था। तीस दिन हैरान हुए, कहीं न मिला। तब झख मारकर

चौधरी के पास गये। चौधरी ने तुरन्त बता दिया कि मवेशीखाने में है, और वहीं मिला। जिन्नात आकर उन्हें सारे जहान की खबरें दे जाते हैं।

अब उसकी समझ में आ गया कि चौधरी के पास क्यों इतना धन है, और क्यों उनका इतना सम्मान है।

आगे चले। यह पुलिस लाइन है। यहीं सब कानिसटिबल कवायद करते हैं। रैटन! फाय फो! रात को बेचारे घूम-घूमकर पहरा देते हैं, नहीं चोरियाँ हो जायँ। मोहसिन ने प्रतिवाद किया–यह कानिसटिबल पहरा देते हैं? तभी तुम बहुत जानते हो। अजी हजरत, यही चोरी कराते हैं। शहर के जितने चोर-डाकू हैं, सब इनसे मिले रहते हैं। रात को ये लोग चोरों से तो कहते हैं, चोरी करो और आप दूसरे मुहल्ले में जाकर 'जागते रहो! जागते रहो!' पुकारते हैं। जभी इन लोगों के पास इतने रुपये आते हैं। मेरे मामूँ एक थाने में कानिसटिबल हैं। बीस रुपया महीना पाते हैं; लेकिन पचास रुपये घर भेजते हैं। अल्ला कसम! मैंने एक बार पूछा था कि मामूँ, आप इतने रुपये कहाँ से पाते हैं? हँसकर कहने लगे–बेटा, अल्लाह देता है। फिर आप ही बोले–लोग चाहें तो एक दिन में लाखों मार लायें। हम तो इतना ही लेते हैं, जिसमें अपनी बदनामी न हो और नौकरी न चली जाय।

हामिद ने पूछा–यह लोग चोरी करवाते हैं तो कोई इन्हें पकड़ता नहीं?

मोहसिन उसकी नादानी पर दया दिखाकर बोला–अरे पागल, इन्हें कौन पकड़ेगा। पकड़नेवाला तो यह खुद हैं; लेकिन अल्लाह इन्हें सजा भी खूब देता है। हराम का माल हराम में जाता है। थोड़े ही दिन हुए, मामूँ के घर में आग लग गयी। सारी लेई-पूँजी जल गयी। एक बरतन तक न बचा। कई दिन पेड़ के नीचे सोये, अल्ला कसम, पेड़ के नीचे। फिर न जाने कहाँ से एक सौ क़र्ज़ लाये तो बरतन-भांडे आये।

हामिद–एक सौ तो पचास से ज्यादा होते हैं?

'कहाँ पचास कहाँ एक सौ। पचास एक थैली-भर होता है। सौ तो दो थैलियों में भी न आवे।'

अब बस्ती घनी होने लगी थी। ईदगाह जानेवालों की टोलियाँ नज़र आने लगीं। एक-से-एक भड़कीले वस्त्र पहने हुए। कोई इक्के-ताँगे पर सवार, कोई मोटर पर, सभी इत्र में बसे; सभी के दिलों में उमंग। ग्रामीणों का यह छोटा-सा दल अपनी विपन्नता से बेखबर, सन्तोष और धैर्य में मगन चला जा रहा था। बच्चों के लिए नगर की सभी चीज़ें अनोखी थीं। जिस चीज़ की ओर ताकते, ताकते ही रह जाते। और पीछे से बार-बार हॉर्न की आवाज़ होने पर भी न चेतते। हामिद तो मोटर के नीचे आते-आते बचा।

सहसा ईदगाह नज़र आया। ऊपर इमली के घने वृक्षों की छाया। नीचे पक्का फर्श है, जिस पर जाजिम बिछा हुआ है। और रोज़ेदारों की पंक्तियाँ एक के पीछे एक न जाने कहाँ तक चली गयी हैं, पक्के जगत के नीचे तक, जहाँ जाजिम भी नहीं है। नये आनेवाले आकर पीछे की कतार में खड़े हो जाते हैं। आगे जगह नहीं है। यहाँ कोई धन और पद नहीं देखता। इस्लाम की निगाह में सब बराबर हैं। इन ग्रामीणों ने भी वज़ू किया और पिछली पंक्ति में खड़े हो गये। कितना सुन्दर संचालन है, कितनी सुन्दर व्यवस्था! लाखों सिर एक साथ सिजदे में झुक जाते हैं, फिर सब-के-सब एक साथ खड़े हो जाते हैं, एक साथ झुकते हैं और एक साथ घुटनों के बल बैठ जाते हैं। कई बार यही क्रिया होती है, जैसे बिजली की लाखों बत्तियाँ एक साथ प्रदीप्त हों और एक साथ बुझ जायँ, और यही क्रम चलता रहा। कितना अपूर्व दृश्य था, जिसकी सामूहिक क्रियाएँ, विस्तार और अनन्तता हृदय को श्रद्धा, गर्व और आत्मानन्द से भर देती थीं, मानो भ्रातृत्व का एक सूत्र इन समस्त आत्माओं को एक लड़ी में पिरोये हुए है।

नमाज़ खत्म हो गयी है। लोग आपस में गले मिल रहे हैं। तब मिठाई और खिलौने की दुकानों पर धावा होता है। ग्रामीणों का यह दल इस विषय में बालकों से कम उत्साही नहीं है। यह देखो, हिंडोला है। एक पैसा देकर चढ़ जाओ। कभी आसमान पर जाते हुए मालूम होंगे, कभी जमीन पर गिरते हुए। यह चर्खी है, लकड़ी के हाथी, घोड़े, ऊँट छड़ों से लटके हुए हैं। एक पैसा देकर बैठ जाओ और पच्चीस चक्करों का मजा लो। महमूद और मोहसिन और नूरे और सम्मी इन घोड़ों और ऊँटों पर बैठते हैं। हामिद दूर खड़ा है। तीन ही पैसे तो उसके पास हैं। अपने कोष का तिहाई ज़रा-सा चक्कर खाने के लिए नहीं दे सकता।

सब चर्खियों से उतरते हैं। अब खिलौने लेंगे। इधर दुकानों की कतार लगी हुई है। तरह-तरह के खिलौने हैं–सिपाही और गुजरिया, राजा और वकील, भिश्ती और धोबिन और साधू। वाह! कितने सुन्दर खिलौने हैं। अब बोला ही चाहते हैं। महमूद सिपाही लेता है, खाकी वर्दी और लाल पगड़ीवाला, कन्धे पर बन्दूक रखे हुए। मालूम होता है, अभी कवायद किये चला आ रहा है। मोहसिन को भिश्ती पसन्द आया। कमर झुकी है, ऊपर मशक रखे हुए है। मशक का मुँह एक हाथ से पकड़े हुए है। कितना प्रसन्न है। शायद कोई गीत गा रहा है। बस, मशक से पानी उँडेला ही चाहता है। नूरे को वकील से प्रेम है। कैसी विद्वत्ता है उसके मुख पर! काला चोगा, नीचे सफेद अचकन, अचकन के सामने की जेब में घड़ी, सुनहरी ज़ंजीर, एक हाथ में कानून का पोथा लिए हुए। मालूम होता है, अभी किसी अदालत से जिरह या बहस किये चला आ रहा है। यह सब दो-दो पैसे के खिलौने हैं। हामिद के पास कुल तीन पैसे हैं; इतने महँगे खिलौने वह कैसे ले? खिलौना कहीं हाथ से छूट पड़े, तो चूर-चूर हो जाय। ज़रा पानी पड़े तो सारा रंग धुल जाय। ऐसे खिलौने लेकर वह क्या करेगा; किस काम के!

मोहसिन–मेरा भिश्ती रोज़ पानी दे जायगा; साँझ-सबेरे।

महमूद–और मेरा सिपाही घर का पहरा देगा। कोई चोर आवेगा, तो फौरन बन्दूक से फैर कर देगा!

नूरे–और मेरा वकील खूब मुकदमा लड़ेगा।

सम्मी–और मेरी धोबिन रोज कपड़े धोयेगी।

हामिद खिलौनों की निन्दा करता है–मिट्टी ही के तो हैं, गिरें तो चकनाचूर हो जायँ, लेकिन ललचाई हुई आँखों से खिलौनों को देख रहा है और चाहता है कि ज़रा देर के लिए उन्हें हाथ में ले सकता। उसके हाथ अनायास ही लपकते हैं : लेकिन लड़के इतने त्यागी नहीं होते, विशेषकर जब अभी नया शौक है। हामिद ललचता रह जाता है।

खिलौने के बाद मिठाइयाँ आती हैं। किसी ने रेवड़ियाँ ली हैं, किसी ने गुलाबजामुन, किसी ने सोहनहलुआ। मज़े से खा रहे हैं। हामिद उनकी बिरादरी से पृथक है। अभागे के पास तीन पैसे हैं। क्यों नहीं कुछ लेकर खाता? ललचायी आँखों से सबकी ओर देखता है।

मोहसिन कहता है–हामिद, रेवड़ी ले जा, कितनी खुशबूदार है।

हामिद को सन्देह हुआ, यह केवल क्रूर विनोद है, मोहसिन इतना उदार नहीं है; लेकिन यह जानकर भी वह उसके पास जाता है। मोहसिन दोने से एक रेवड़ी निकालकर हामिद की ओर बढ़ाता है। हामिद हाथ फैलाता है। मोहसिन रेवड़ी अपने मुँह में रख लेता है। महमूद, नूरे और सम्मी खूब तालियाँ बजा-बजाकर हँसते हैं। हामिद खिसिया जाता है।

मोहसिन–अच्छा, अबकी ज़रूर देंगे हामिद, अलला कसम, ले जाव।

हामिद–रखे रहो। क्या मेरे पास पैसे नहीं हैं?

सम्मी–तीन ही पैसे तो हैं। तीन पैसे में क्या-क्या लोगे?

महमूद–हमसे गुलाबजामुन ले जाव हामिद। मोहसिन बदमाश है।

हामिद–मिठाई कौन बड़ी नेमत है। किताब में इसकी कितनी बुराइयाँ लिखी हैं।

मोहसिन–लेकिन दिल में कह रहे होंगे कि मिले तो खा लें। अपने पैसे क्यों नहीं निकालते?

महमूद–हम समझते हैं इसकी चालाकी। जब हमारे सारे पैसे खर्च हो जायेंगे, तो हमें ललचा-ललचाकर खायगा।

मिठाइयों के बाद कुछ दुकानें लोहे की चीज़ों की हैं। कुछ गिलट और कुछ नकली गहनों की। लड़कों के लिए यहाँ कोई आकर्षण न था। वह सब आगे बढ़ जाते हैं। हामिद लोहे की दुकान पर रुक जाता है। कई चिमटे रखे हुए थे। उसे खयाल आया, दादी के पास चिमटा नहीं है। तवे से रोटियाँ उतारती है, तो हाथ जल जाता है; अगर वह चिमटा ले जाकर दादी को दे दे, तो वह कितनी प्रसन्न होंगी? फिर उनकी उंगलियाँ कभी न जलेंगी। घर में एक काम की चीज़ हो जायगी। खिलौने से क्या फायदा। व्यर्थ में पैसे खराब होते हैं। ज़रा देर ही तो खुशी होती है। फिर तो खिलौनों को कोई आँख उठा कर नहीं देखता। या तो घर पहुँचते-पहुँचते टूट-फूट बराबर हो जायेंगे, या छोटे बच्चे जो मेले में नहीं आए हैं, ज़िद करके ले लेंगे और तोड़ डालेंगे। चिमटा कितने काम की चीज़ है। रोटियाँ तवे से उतार लो, चूल्हें में सेंक लो। कोई आग माँगने आवे तो चटपट चूल्हे से आग निकालकर उसे दे दो। अम्माँ बेचारी को कहाँ फुर्सत है कि बाजार आयें, और इतने पैसे ही कहाँ मिलते हैं। रोज हाथ जला लेती हैं। हामिद के साथी आगे बढ़ गये हैं। सबील पर सब-के-सब शर्बत पी रहे हैं। देखो, सब कितने लालची हैं। इतनी मिठाइयाँ लीं, मुझे किसी ने एक भी न दी। उस पर कहते हैं, मेरे साथ खेलो। मेरा यह काम करो। अब अगर किसी ने कोई काम करने को कहा, तो पूछूँगा। खायें मिठाइयाँ, आप मुँह सड़ेगा, फोड़े-फुन्सियाँ निकलेंगी, आप ही जबान चटोरी हो जायगी। तब घर के पैसे चुरायेंगे

और मार खायेंगे। किताब में झूठी बातें थोड़े ही लिखी हैं। मेरी ज़बान क्यों खराब होगी? अम्मा चिमटा देखते ही दौड़कर मेरे हाथ से ले लेंगी और कहेंगी–मेरा बच्चा अम्माँ के लिए चिमटा लाया है! हज़ारों दुआएँ देंगी। फिर पड़ोस की औरतों को दिखायेंगी। सारे गाँव में चरचा होने लगेगी, हामिद चिमटा लाया है। कितना अच्छा लड़का है। इन लोगों के खिलौनों पर कौन इन्हें दुआएँ देगा। बड़ों की दुआएँ सीधे अल्लाह के दरबार में पहुँचती हैं, और तुरन्त सुनी जाती हैं। मेरे पास पैसे नहीं हैं। तभी तो मोहसिन और महमूद यों मिज़ाज दिखाते हैं। मैं भी इनसे मिज़ाज दिखाऊँगा। खेलें खिलौने और खायें मिठाइयाँ। मैं नहीं खेलता खिलौने, किसी का मिज़ाज क्यों सहूँ। मैं गरीब सही, किसी से कुछ माँगने तो नहीं जाता। आखिर अब्बाजान कभी-न-कभी आयेंगे। अम्माँ भी आयेंगी ही। फिर इन लोगों से पूछूँगा कितने खिलौने लोगे? एक-एक को टोकरियों खिलौने दूँ और दिखा दूँ कि दोस्तों के साथ इस तरह सलूक किया जाता है। यह नहीं कि एक पैसे की रेवड़ियाँ लीं तो चिढ़ा-चिढ़ाकर खाने लगे। सब-के-सब खूब हँसेंगे कि हामिद ने चिमटा

लिया है। हँसें, मेरी बला से। उसने दुकानदार से पूछा-यह चिमटा कितने का है?

दुकानदार ने उसकी ओर देखा और कोई आदमी साथ न देखकर कहा–यह तुम्हारे काम का नहीं है जी?

'बिकाऊ क्यों नहीं है। और यहाँ क्यों लाद लाये हैं?'

'बिकाऊ है, क्यों नहीं?'

'तो बताते क्यों नहीं, कै पैसे का है?'

'छै पैसे लगेंगे।'

हामिद का दिल बैठ गया।

'ठीक-ठीक पाँच पैसे लगेंगे, लेना हो लो, नहीं चलते बनो।'

हामिद ने कलेजा मजबूत करके कहा–तीन पैसे लोगे?

यह कहता हुआ वह आगे बढ़ गया कि दुकानदार की घुड़कियाँ न सुने। लेकिन दुकानदार ने घुड़कियाँ नहीं दीं। बुलाकर चिमटा दे दिया। हामिद ने उसे इस तरह कन्धे पर रखा, मानो बन्दूक है और शान से अकड़ता हुआ संगियों के पास आया। ज़रा सुनें, सब-के-सब क्या-क्या आलोचनाएँ करते हैं।

मोहसिन ने हँसकर कहा–यह चिमटा क्यों लाया पगले; इसे क्या करेगा? हामिद ने चिमटे को जमीन पर पटककर कहा–ज़रा अपना भिश्ती जमीन पर गिरा दो। सारी पसलियाँ चूर-चूर हो जायँ बच्चू की। महमूद बोला–तो यह चिमटा कोई खिलौना है?

हामिद–खिलौना क्यों नहीं? अभी कन्धे पर रखा, बन्दूक हो गयी। हाथ में लिया, फकीरों का चिमटा हो गया। चाहूँ तो इससे मजीरे का काम ले सकता हूँ। एक चिमटा जमा दूँ तो तुम लोगों के सारे खिलौनों की जान निकल जाय। तुम्हारे खिलौने कितना ही ज़ोर लगावें, वे मेरे

चिमटे का बाल भी बाँका नहीं कर सकते। मेरा बहादुर शेर है–चिमटा।

सम्मी ने खँजरी ली थी। प्रभावित होकर बोला–मेरी खँजरी से बदलोगे? दो आने की है।

हामिद ने खँजरी की ओर उपेक्षा से देखा–मेरा चिमटा चाहे तो तुम्हारी खँजरी का पेट फाड़ डाले। बस, एक चमड़े की झिल्ली लगा दी, ढब-ढब बोलने लगी। ज़रा-सा पानी लग जाय तो खतम हो जाय। मेरा बहादुर चिमटा आग में, पानी में, तूफान में बराबर डटा खड़ा रहेगा।

चिमटे ने सभी को मोहित कर लिया; लेकिन अब पैसे किसके पास धरे हैं! फिर मेले से दूर निकल आये हैं, नौ कब के बज गये, धूप तेज़ हो रही है। घर पहुँचने की जल्दी हो रही है। बाप से जिद भी करें, तो चिमटा नहीं मिल सकता है। हामिद है बड़ा चालाक। इसीलिए बदमाश ने अपने पैसे बचा रखे थे!

अब बालकों के दो दल हो गये हैं। मोहसिन, महमूद, सम्मी और नूर एक तरफ हैं, हामिद अकेला दूसरी तरफ। शास्त्रार्थ हो रहा है। सम्मी तो विधर्मी हो गया। दूसरे पक्ष से जा मिला; लेकिन मोहसिन, महमूद और नूरे भी, हामिद से एक-एक, दो-दो साल बड़े होने पर भी हामिद के आघातों से आतंकित हो उठे हैं। उसके पास न्याय का बल है और नीति की शक्ति। एक ओर मिट्टी है, दूसरी ओर लोहा, जो इस वक्त अपने को फौलाद कह रहा है। वह अजेय है, घातक है। अगर कोई शेर आ जाय, तो मियाँ भिश्ती के छक्के छूट जायँ, मियाँ सिपाही मिट्टी की बन्दूक छोड़कर भागें, वकील साहब की नानी मर जाय, चोगे में मुँह छिपाकर जमीन पर लेट जायँ। मगर यह चिमटा, यह बहादुर, यह रुस्तमे-हिन्द लपककर शेर की गरदन पर सवार हो जायगा और उसकी आँखें निकाल लेगा।

मोहसिन ने एड़ी-चोटी का ज़ोर लगाकर कहा–अच्छा, पानी तो नहीं भर सकता।

हामिद ने चिमटे को सीधा खड़ा करके कहा–भिश्ती को एक डाँट बतायेगा, तो दौड़ा हुआ पानी लाकर उसके द्वार पर छिड़कने लगेगा।

मोहसिन परास्त हो गया; पर महमूद ने कुमक पहुँचाई–अगर बच्चा पकड़ा जाये तो अदालत में बँधे-बँधे फिरेंगे। तब तो वकील साहब के ही पैरों पड़ेंगे।

हामिद इस प्रबल तर्क का जवाब न दे सका। उसने पूछा–हमें पकड़ने कौन आयेगा?

नूरे ने अकड़कर कहा–यह सिपाही बन्दूक वाला।

हामिद ने मुँह चिढ़ाकर कहा–यह बेचारे हम बहादुर रुस्तमे-हिन्द को पकड़ेंगे! अच्छा लाओ, अभी ज़रा कुश्ती हो जाय। इसकी सूरत देखकर दूर से भागेंगे। पकड़ेंगे क्या बेचारे!

मोहसिन को एक नयी चोट सूझ गयी–तुम्हारे चिमटे का मुँह रोज आग में जलेगा।

उसने समझा था कि हामिद लाजवाब हो जायगा; लेकिन यह बात न हुई। हामिद ने तुरन्त जवाब दिया–आग में बहादुर ही कूदते हैं जनाब, तुम्हारे यह वकील, सिपाही और भिश्ती लौंडियों की तरह घर में घुस जायँगे। आग में कूदना वह काम है, जो रुस्तमे-हिन्द ही कर सकता है।

महमूद ने एक ज़ोर लगाया–वकील साहब कुर्सी-मेज पर बैठेंगे, तुम्हारा चिमटा तो बावरचीखाने में जमीन पर पड़ा रहेगा।

इस तर्क ने सम्मी और नूरे को भी सजीव कर दिया। कितने ठिकाने की बात कही है पट्ठे ने। चिमटा बावरचीखाने में पड़े रहने के सिवा और क्या कर सकता है?

हामिद को कोई फड़कता हुआ जवाब न सूझा तो उसने धाँधली शुरू की–मेरा चिमटा बावरचीखाने में नहीं रहेगा। वकील साहब कुरसी पर

बैठेंगे तो जाकर उन्हें जमीन पर पटक देगा और उनका कानून उनके पेट में डाल देगा।

बात कुछ बनी नहीं। खासी गाली-गलौच थी; कानून को पेट में डालने वाली बात छा गयी। ऐसी छा गयी थी कि तीनों सूरमा मुँह ताकते रह गए, मानो कोई धेलचा कनकौआ किसी गण्डेवाले कनकौए को काट गया हो। कानून मुँह से बाहर निकलनेवाली चीज़ है। उसको पेट के अन्दर डाल दिया जावे, बेतुकी-सी बात होने पर भी कुछ नयापन रखती है। हामिद ने मैदान मार लिया। उसका चिमटा रुस्तमे-हिन्द है। अब इसमें मोहसिन, महमूद, नूरे, सम्मी किसी को भी आपत्ति नहीं हो सकती।

विजेता को हारनेवालों से जो सत्कार मिलना स्वाभाविक है, वह हामिद को भी मिला। औरों ने तीन-तीन, चार-चार आने पैसे खर्च किये; पर कोई काम की चीज़ न ले सके। हामिद ने तीन पैसे में रंग जमा लिया। सच ही तो है, खिलौनों का क्या भरोसा? टूट-फूट जायँगे। हामिद का चिमटा बना रहेगा बरसों!

सन्धि की शर्त तय होने लगी। मोहसिन ने कहा–ज़रा अपना चिमटा दो, हम भी देखें, तुम हमारा भिश्ती लेकर देखो।

महमूद और नूरे ने भी अपने-अपने खिलौने पेश किये।

हामिद को इन शर्तों के मानने में कोई आपत्ति न थी। चिमटा बारी-बारी से सबके हाथ में गया; और उनके खिलौने बारी-बारी से हामिद के हाथ में आये। कितने खूबसूरत खिलौने हैं!

हामिद ने हारनेवाले के आँसू पोंछे–मैं तुम्हें चिढ़ा रहा था, सच। यह लोहे का चिमटा भला इन खिलौनों की क्या बराबरी करेगा; मालूम होता है, अब बोले, अब बोले।

लेकिन मोहसिन की पार्टी को इस दिलासे से संतोष नहीं होता। चिमटे

का सिक्का खूब बैठ गया है। चिपका हुआ टिकट अब पानी से नहीं छूट रहा है।

मोहसिन–लेकिन इन खिलौनों के लिए कोई हमें दुआ तो न देगा।

महमूद–दुआ को लिए फिरते हो। उलटे मार न पड़े। अम्माँ ज़रूर कहेंगी कि मेले में मिट्टी के खिलौने ही तुम्हें मिले?

हामिद को स्वीकार करना पड़ा कि खिलौनों को देखकर किसी की माँ इतनी खुश न होंगी, जितनी दादी चिमटे को देखकर होंगी। तीन पैसों ही में तो उसे सब कुछ करना था, और उन पैसों के इस उपयोग पर पछतावे की बिलकुल ज़रूरत न थी। फिर अब तो चिमटा रुस्तमे-हिन्द है और सभी खिलौनों का बादशाह।

रास्ते में महमूद को भूख लगी। उसके बाप ने केले खाने को दिये। महमूद ने केवल हामिद को साझी बनाया। उसके अन्य मित्र मुँह ताकते रह गये। यह उस चिमटे का प्रसाद था।

3

ग्यारह बजे सारे गाँव में हलचल मच गयी। मेलेवाले आ गये। मोहसिन की छोटी बहन ने दौड़कर भिश्ती उसके हाथ से छीन लिया और मारे खुशी के जो उछली, तो मियाँ भिश्ती नीचे आ रहे और सुरलोक सिधारे। इस पर भाई-बहन में मार-पीट हुई। दोनों खूब रोये। उनकी अम्माँ यह शोर सुनकर बिगड़ीं और दोनों को ऊपर से दो-दो चाँटे और लगाये।

मियाँ नूरे के वकील का अन्त उसकी प्रतिष्ठानुकूल इससे ज़्यादा गौरवमय हुआ। वकील जमीन पर या ताक पर तो नहीं बैठ सकता। उसकी मर्यादा का विचार तो रखना ही होगा। दीवार में दो खूटियाँ गाड़ी गयीं। उन पर लकड़ी का एक पटरा रखा गया। पटरे पर काग़ज़ का कालीन बिछाया गया। वकील साहब राजा भोज की भाँति सिंहासन पर

विराजे। नूरे ने उन्हें पंखा झलना शुरू किया। अदालतों में खस की टट्टियाँ और बिजली के पंखे रहते हैं। क्या यहाँ मामूली पंखा भी न हो। कानून की गर्मी दिमाग़ पर चढ़ जायगी कि नहीं। बाँस का पंखा आया और नूरे हवा करने लगे। मालूम नहीं, पंखे की हवा से या पंखे की चोट से वकील साहब स्वर्गलोक से मृत्युलोक में आ रहे और उनका माटी का चोला माटी में मिल गया। फिर बड़े ज़ोर-शोर से मातम हुआ और वकील साहब की अस्थि घूरे पर डाल दी गयी।

अब रहा महमूद का सिपाही। उसे चटपट गाँव का पहरा देने का चार्ज मिल गया; लेकिन पुलिस का सिपाही कोई साधारण व्यक्ति तो था नहीं; जो अपने पैरों चले। वह पालकी पर चलेगा। एक टोकरी आयी, उसमें कुछ लाल रंग के फटे-पुराने चिथड़े बिछाये गये, जिसमें सिपाही साहब आराम से लेटे। नूरे ने यह टोकरी उठायी और अपने द्वार का चक्कर लगाने लगे। उनके दोनों छोटे भाई सिपाही की तरफ से 'छोनेवाले, जागते लहो' पुकारते चलते हैं। मगर रात तो अँधेरी ही होनी चाहिए। महमूद को ठोकर लग जाती है। टोकरी उसके हाथ से छूटकर गिर पड़ती है और मियाँ सिपाही अपनी बन्दूक लिये जमीन पर आ जाते हैं और उनकी एक टाँग में विकार आ जाता है। महमूद को आज ज्ञात हुआ कि वह अच्छा डाक्टर है। उसको ऐसा मरहम मिल गया है, जिससे वह टूटी टाँग को आनन-फानन जोड़ सकता है। केवल गूलर का दूध चाहिए। गूलर का दूध आता है। टाँग जोड़ दी जाती है; लेकिन सिपाही को ज्यों ही खड़ा किया जाता है, टाँग जवाब दे जाती है। शल्यक्रिया असफल हुई, तब उसकी दूसरी टाँग भी तोड़ दी जाती है। अब कम-से-कम एक जगह आराम से बैठ तो सकता है। एक टाँग से तो न चल सकता था न बैठ सकता था। अब वह सिपाही संन्यासी हो गया है। अपनी जगह पर बैठा-बैठा पहरा देता है। कभी-कभी देवता भी बन जाता है। उसके सिर का झालरदार साफा खुरच दिया गया है। अब उसका जितना रूपान्तर चाहो, कर सकते

हो। कभी-कभी तो उससे बाट का काम भी लिया जाता है।

अब मियाँ हामिद का हाल सुनिए। अमीना उसकी आवाज सुनते ही दौड़ी और उसे गोद में उठाकर प्यार करने लगी। सहसा उसके हाथ में चिमटा देखकर वह चौंकी।'

'यह चिमटा कहाँ था?'

'मैंने मोल लिया है।'

'के पैसे में?'

'तीन पैसे दिये।'

अमीना ने छाती पीट ली। यह कैसा बेसमझ लड़का है कि दोपहर हुआ, कुछ खाया न पिया। लाया क्या यह चिमटा! सारे मेले में तुझे और कोई चीज़ न मिली, जो यह लोहे का चिमटा उठा लाया।

हामिद ने अपराधी भाव से कहा–तुम्हारी उँगलियाँ तवे से जल जाती थीं, इसलिए मैंने इसे ले लिया।

बुढ़िया का क्रोध तुरन्त स्नेह में बदल गया, और स्नेह भी वह नहीं, जो प्रगल्भ होता है और अपनी सारी कसक शब्दों में बिखेर देता है। यह मूक स्नेह था, खूब ठोस, रस और स्वाद से भरा हुआ। बच्चे में कितना त्याग, कितना सदभाव और कितना विवेक है! दूसरों को खिलौने लेते और मिठाई खाते देखकर उसका मन कितना ललचाया होगा। इतना जब्त इससे हुआ कैसे? वहाँ भी उसे अपनी बुढ़िया दादी की याद बनी रही। अमीना का मन गद्‌गद हो गया।

और अब एक बड़ी विचित्र बात हुई। हामिद के इस चिमटे से भी विचित्र। बच्चे हामिद ने बूढ़े हामिद का पार्ट खेला था। बुढ़िया अमीना बालिका अमीना बन गयी। वह रोने लगी। दामन फैलाकर हामिद को दुआएँ देती जाती थी और आँसू की बड़ी-बड़ी बूँदें गिराती जाती थी। हामिद इसका रहस्य क्या समझता!

पूस की रात

हल्कू ने आकर स्त्री से कहा–सहना आया है, लाओ, जो रुपये रखे हैं, उसे दे दूँ, किसी तरह गला तो छूटे।

मुन्नी झाड़ू लगा रही थी। पीछे फिरकर बोली–तीन ही तो रुपये हैं; दे दोगे तो कम्मल कहाँ से आवेगा? माघ-पूस की रात हार में कैसे कटेगी। उससे कह दो, फसल पर रुपये दे देंगे। अभी नहीं।

हल्कू एक क्षण अनिश्चित दशा में खड़ा रहा। पूस सिर पर आ गया, कम्मल के बिना हार में रात को वह किसी तरह नहीं जा सकता। मगर सहना मानेगा नहीं, घुड़कियाँ जमावेगा, गालियाँ देगा। बला से जाड़ों मरेंगे, बला सिर से टल जायगी। यह सोचता हुआ वह अपना भारी-भरकम डील लिए हुए (जो उसके नाम को झूठ सिद्ध करता था) स्त्री के समीप आ गया और खुशामद करके बोला–ला दे दे, गला तो छूटे। कम्मल के लिए कोई दूसरा उपाय सोचूँगा।

मुन्नी उसके पास से दूर हट गयी और आँखें तरेरती हुई बोली–कर चुके दूसरा उपाय! ज़रा सुनूँ, कौन उपाय करोगे? कोई खैरात दे देगा कम्मल? न जाने कितनी बाकी है जो किसी तरह चुकने ही नहीं आती। मैं कहती हूँ, तुम क्यों नहीं खेती छोड़ देते? मर-मर काम करो, उपज हो तो बाकी दे दो, चलो छुट्टी हुई। बाकी चुकाने के लिए ही तो हमारा जनम

हुआ है। पेट के लिए मजूरी करो। ऐसी खेती से बाज आये। मैं रुपये न दूँगी–न दूँगी।

हल्कू उदास होकर बोला–तो क्या गाली खाऊँ?

मुन्नी ने तड़पकर कहा–गाली क्यों देगा, क्या उसका राज है?

मगर यह कहने के साथ उसकी तनी हुई भौंहें ढीली पड़ गयीं। हल्कू के उस वाक्य में जो कठोर सत्य था, वह मानो एक भीषण जन्तु की भाँति उसे घूर रहा था।

उसने जाकर आले पर से रुपये निकाले और लाकर हल्कू के हाथ पर रख दिये। फिर बोली–तुम छोड़ दो अबकी से खेती। मजूरी में सुख से एक रोटी खाने को तो मिलेगी। किसी की धौंस तो न रहेगी। अच्छी खेती है! मजूरी करके लाओ, वह उसी में झोंक दो, उस पर से धौंस।

हल्कू ने रुपये लिये और इस तरह बाहर चला मानो अपना हृदय निकालकर देने जा रहा हो। उसने मजूरी से एक-एक पैसा काट-कपटकर तीन रुपये कम्मल के लिए जमा किये थे। वह आज निकले जा रहे थे। एक-एक पग के साथ उसका मस्तक अपनी दीनता के भार से दबा जा रहा था।

2

पूस की अँधेरी रात! आकाश पर तारे ठिठरते हुए मालूम होते थे। हल्कू अपने खेत के किनारे ऊख के पत्तों की एक छतरी के नीचे बाँस के खटोले पर अपनी पुरानी गाढ़े की चादर ओढ़े काँप रहा था। खाट के नीचे उसका संगी कुत्ता जबरा पेट में मुँह डाले सर्दी से कूँ-कूँ कर रहा था। दो में से एक को भी नींद न आती थी।

हल्कू ने घुटनियों को गर्दन में चिपकाते हुए कहा–क्यों जबरा, जाड़ा लगता है? कहता तो था, घर में पुआल पर लेट रह, तो यहाँ क्या लेने

आये थे। अब खाओ ठण्ड, मैं क्या करूँ? जानते थे, मैं यहाँ हलुवा-पूरी खाने आ रहा हूँ, दौड़े-दौड़े आगे-आगे चले आये। अब रोओ नानी के नाम को।

जबरा ने पड़े-पड़े दुम हिलाई और अपनी कूँ-कूँ को दीर्घ बनाता हुआ एक बार जम्हाई लेकर चुप हो गया। उसकी श्वान-बुद्धि ने शायद ताड़ लिया, स्वामी को मेरी कूँ-कूँ से नींद नहीं आ रही है।

हल्कू ने हाथ निकालकर जबरा की ठंडी पीठ सहलाते हुए कहा—कल से मत आना मेरे साथ, नहीं तो ठंडे हो जाओगे। यह राँड पछुआ न जाने कहाँ से बरफ लिए आ रही है। उठूँ, फिर एक चिलम भरूँ। किसी तरह रात तो कटे! आठ चिलम तो पी चुका। यह खेती का मज़ा है! और एक-एक भागवान ऐसे पड़े हैं, जिनके पास जाड़ा जाय तो गर्मी से

घबराकर भागे। मोटे-मोटे गद्दे, लिहाफ-कम्मल। मज़ाल है कि जाड़े का गुज़र हो जाय। तकदीर की बखूबी है! मजूरी हम करें, मज़ा दूसरे लूटें!

हल्कू उठा और गड्ढे में से ज़रा-सी आग निकालकर चिलम भरी। जबरा भी उठ बैठा।

हल्कू ने चिलम पीते हुए कहा, पियेगा चिलम, जाड़ा तो क्या जाता है, ज़रा मन बहल जाता है।

जबरा ने उसके मुँह की ओर प्रेम से छलकती हुई आँखों से देखा।

हल्कू–आज और जाड़ा खा ले। कल से मैं यहाँ पुआल बिछा दूँगा। उसी में घुसकर बैठना, तब जाड़ा न लगेगा।

जबरा ने अगले पंजे उसकी घुटनियों पर रख दिये और उसके मुँह के पास अपना मुँह ले गया। हल्कू को उसकी गर्म साँस लगी।

चिलम पीकर हल्कू फिर लेटा और निश्चय करके लेटा कि चाहे कुछ हो अबकी सो जाऊँगा, पर एक ही क्षण में उसके हृदय में कम्पन होने लगा। कभी इस करवट लेटता, कभी उस करवट; पर जाड़ा किसी पिशाच की भाँति उसकी छाती को दबाये हुए था।

जब किसी तरह न रहा गया तो उसने जबरा को धीरे से उठाया और उसके सिर को थपथपाकर उसे अपनी गोद में सुला लिया। कुत्ते की देह से जाने कैसी दुर्गंध आ रही थी, पर वह उसे अपनी गोद से चिपटाये हुए ऐसे सुख का अनुभव कर रहा था, जो इधर महीनों से उसे न मिला था। जबरा शायद समझ रहा था कि स्वर्ग यही है; और हल्कू की पवित्र आत्मा में तो उस कुत्ते के प्रति घृणा की गन्ध तक न थी। अपने किसी अभिन्न मित्र या भाई को भी वह इतनी ही तत्परता से गले लगाता। वह अपनी दीनता से आहत न था, जिसने आज उसे इस दशा को पहुँचा दिया। नहीं, इस अनोखी मैत्री ने जैसे उसकी आत्मा के सब द्वार खोल दिये थे और उसका एक-एक अणु प्रकाश से चमक रहा था।

सहसा जबरा ने किसी जानवर की आहट पाई। इस विशेष आत्मीयता ने उसमें एक नई स्फूर्ति पैदा कर दी थी, जो हवा के ठंडे झोकों को तुच्छ समझती थी। वह झपटकर उठा और छतरी के बाहर आकर भूँकने लगा। हल्कू ने उसे कई बार चुमकारकर बुलाया; पर वह उसके पास न आया। हार में चारों तरह दौड़-दौड़कर भूँकता रहा। एक क्षण के लिए आ भी जाता तो तुरंत ही फिर दौड़ता। कर्तव्य उसके हृदय में अरमान की भाँति उछल रहा था।

3

एक घंटा और गुज़र गया। रात ने शीत को हवा से धधकाना शुरू किया। हल्कू उठ बैठा और दोनों घुटनों को छाती से मिलाकर सिर को उसमें छिपा लिया। फिर भी ठंड कम न हुई। ऐसा जान पड़ता था, सारा रक्त जम गया है, धमनियों में रक्त की जगह हिम बह रहा है। उसने झुककर आकाश की ओर देखा, अभी कितनी रात बाकी है। सप्तर्षि अभी आकाश में आधे भी नहीं चढ़े। ऊपर आ जायँगे तब कहीं सबेरा होगा। अभी पहर भर से ऊपर रात है।

हल्कू के खेत से कोई एक गोली के टप्पे पर आमों का बाग था। पतझड़ शुरू हो गई थी। बाग में पत्तियों का ढेर लगा हुआ था। हल्कू ने सोचा, चलकर पत्तियाँ बटोरूँ और उन्हें जलाकर खूब तापूँ। रात को कोई मुझे पत्तियाँ बटोरते देखे तो समझे कोई भूत है। कौन जाने कोई जानवर ही छिपा बैठा हो; मगर अब तो बैठे नहीं रहा जाता।

उसने पास के अरहर के खेत में जाकर कई पौधे उखाड़ लिए और उनका एक झाड़ू बनाकर हाथ में सुलगता हुआ उपला लिए बगीचे की तरफ चला। जबरा ने उसे आते देखा तो पास आया और दुम हिलाने लगा।

हल्कू ने कहा–अब तो नहीं रहा जाता जबरू! चलो, बगीचे में पत्तियाँ बटोरकर तापें। टाँठे हो जायँगे, तो फिर आकर सोयेंगे। अभी तो रात बहुत है।

जबरा ने कूँ-कूँ करके सहमति प्रकट की और आगे-आगे बगीचे की ओर चला।

बगीचे में खूब अंधेरा छाया हुआ था और अन्धकार में निर्दय पवन पत्तियों को कुचलता हुआ चला जाता था। वृक्षों से ओस की बूँदें टप-टप नीचे टपक रही थीं।

एकाएक एक झोंका मेंहदी के फूलों की खुशबू लिये हुए आया।

हल्कू ने कहा–कैसी अच्छी महक आई जबरू! तुम्हारी नाक में भी सुगन्ध आ रही है?

जबरा को कहीं जमीन पर एक हड्डी पड़ी मिल गई थी। उसे वह चिचोड़ रहा था।

हल्कू ने आग ज़मीन पर रख दी और पत्तियाँ बटोरने लगा। ज़रा देर में पत्तियों का एक ढेर लग गया। हाथ ठिठुरे जाते थे। नंगे पाँव गले जाते थे। और वह पत्तियों का पहाड़ खड़ा कर रहा था। इसी अलाव में वह ठंड को जलाकर भस्म कर देगा।

थोड़ी देर में अलाव जल उठा। उसकी लौ ऊपर वाले वृक्ष की पत्तियों को छू-छूकर भागने लगीं। उस अस्थिर प्रकाश में बगीचे के विशाल वृक्ष ऐसे मालूम होते थे, मानो उस अथाह अन्धकार को अपने सिरों पर सँभाले हुए हों। अन्धकार के उस अनन्त सागर में यह प्रकाश एक नौका के समान हिलता, मचलता हुआ जान पड़ता था।

हल्कू अलाव के सामने बैठा आग ताप रहा था। एक क्षण में उसने दोहर उतारकर बगल में दबा ली और दोनों पाँव फैला दिये, मानो ठंड को ललकार रहा हो, तेरे जी में जो आये सो कर। ठंड की असीम शक्ति पर

विजय पाकर वह विजय-गर्व को हृदय में छिपा न सकता था।

उसने जबरा से कहा–क्यों जब्बर, अब ठंड नहीं लग रही है ?

जब्बर ने कूँ-कूँ करके मानो कहा–अब क्या ठंड लगती ही रहेगी।

'पहले से यह उपाय न सूझा, नहीं इतनी ठंड क्यों खाते।'

जबरा ने पूँछ हिलाई।

'अच्छा आओ, इस अलाव को कूद कर पार करें। देखें, कौन निकल जाता है। अगर जल गए बच्चा, तो मैं दवा न करूँगा।'

जबरा ने उस अग्निराशि की ओर कातर नेत्रों से देखा।

'मुन्नी से कल न कह देना नहीं तो लड़ाई करेगी।'

यह कहता हुआ वह उछला और अलाव के ऊपर से साफ़ निकल गया। पैरों में ज़रा लपट लगी; पर वह कोई बात न थी। जबरा आग के गिर्द घूमकर उसके पास आ खड़ा हुआ।

हल्कू ने कहा–चलो-चलो, इसकी सही नहीं। ऊपर से कूदकर आओ। वह फिर कूदा और अलाव के इस पार आ गया।

4

पत्तियाँ जल चुकी थीं। बगीचे में फिर अँधेरा छाया था। राख के नीचे कुछ-कुछ आग बाकी थी, जो हवा का झोंका आ जाने पर ज़रा जाग उठती थी; पर एक क्षण में फिर आँखें बन्द कर लेती थी।

हल्कू ने फिर चादर ओढ़ ली और गर्म राख के पास बैठा हुआ एक गीत गुनगुनाने लगा। उसके बदन में गर्मी आ गयी थी; पर ज्यों-ज्यों शीत बढ़ती जाती थी, उसे आलस्य दबाये लेता था।

जबरा ज़ोर से भूँककर खेत की ओर भागा। हल्कू को ऐसा मालूम हुआ कि जानवरों का एक झुण्ड उसके खेत में आया है। शायद नीलगायों का

झुण्ड था। उनके कूदने-दौड़ने की आवाजें साफ कान में आ रही थीं। फिर ऐसा मालूम हुआ कि वह खेत में चर रही हैं। उनके चबाने की आवाज़ चर-चर सुनायी देने लगी।

उसने दिल में कहा–नहीं, जबरा के होते कोई जानवर खेत में नहीं आ सकता। नोच ही डाले। मुझे भ्रम हो रहा है। कहाँ! अब तो कुछ नहीं सुनायी देता। मुझे भी कैसा धोखा हुआ।

उसने ज़ोर से आवाज लगायी–जबरा, जबरा।

जबरा भूँकता रहा। उसके पास न आया।

फिर खेत के चरे जाने की आहट मिली। अब वह अपने को धोखा न दे सका। उसे अपनी जगह से हिलना ज़हर लग रहा था। कैसा दंदाया हुआ था। इस जाड़े-पाले में खेत में जाना, जानवरों के पीछे दौड़ना असूझ जान बैठा पड़ा। वह अपनी जगह से न हिला।

उसने ज़ोर से आवाज़ लगायी–लिहो-लिहो! लिहो!!

जबरा भूँक उठा। जानवर खेत चर रहे थे। फसल तैयार है। कैसी अच्छी खेती थी; पर ये दुष्ट जानवर उसका सर्वनाश किये डालते हैं।

हल्कू पक्का इरादा करके उठा और दो-तीन क़दम चला; पर एकाएक हवा का ऐसा ठण्डा, चुभनेवाला, बिच्छू के डंक का-सा झोंका लगा कि वह फिर बुझते हुए अलाव के पास आ बैठा और राख को कुरेदकर अपनी ठण्डी देह को गर्माने लगा।

जबरा अपना गला फाड़े डालता था, नीलगायें खेत का सफाया किये डालती थीं। और हल्कू गर्म राख के पास शांत बैठा हुआ था। अकर्मण्यता ने रस्सियों की भाँति उसे चारों तरफ़ से जकड़ रखा था।

उसी राख के पास गर्म जमीन पर वह चादर ओढ़कर सो गया।

सबेरे जब उसकी नींद खुली, तब चारों तरफ धूप फैल गयी थी। और मुन्नी कह रही थी–क्या आज सोते ही रहोगे? तुम यहाँ आकर रम गये

और उधर सारा खेत चौपट हो गया।

हल्कू ने उठकर कहा–क्या तू खेत से होकर आ रही है?

मुन्नी बोली–हाँ, सारे खेत का सत्यानाश हो गया। भला ऐसा भी कोई सोता है! तुम्हारे मड़ैया डालने से क्या हुआ?

हल्कू ने बहाना किया–मैं मरते-मरते बचा, तुझे अपने खेत की पड़ी है। पेट में ऐसा दरद हुआ, कि मैं ही जानता हूँ।

दोनों फिर खेत की डाँड़ पर आये। देखा, सारा खेत रौंदा पड़ा हुआ है, और जबरा मड़ैया के नीचे चित लेटा है; मानो प्राण ही न हों।

दोनों खेत की दशा देख रहे थे। मुन्नी के मुख पर उदासी छाई थी। पर हल्कू प्रसन्न था।

मुन्नी ने चिंतित होकर कहा–अब मजूरी करके मालगुजारी भरनी पड़ेगी।

हल्कू ने प्रसन्न-मुख से कहा–रात की ठण्ड में यहाँ सोना तो न पड़ेगा।

नशा

ईश्वरी एक बड़े ज़मींदार का लड़का था और मैं एक गरीब क्लर्क था, जिसके पास मेहनत-मजूरी के सिवा और कोई जायदाद न थी। हम दोनों में परस्पर बहसें होती रहती थीं। मैं ज़मींदारों की बुराई करता, उन्हें हिंसक पशु और खून चूसने वाली जोंक और वृक्षों की चोटी पर फूलनेवाला बंझा कहता। वह ज़मींदारों का पक्ष लेता; पर स्वभावतः उसका पहलू कुछ कमज़ोर होता था, क्योंकि उसके पास ज़मींदारों के अनुकूल कोई दलील न थी। यह कहना कि सभी मनुष्य बराबर नहीं होते, छोटे-बड़े हमेशा होते रहते हैं और होते रहेंगे, लचर दलील थी। किसी मानुषीय या नैतिक नियम से इस व्यवस्था का औचित्य सिद्ध करना कठिन था। मैं इस वाद-विवाद की गर्मा-गर्मी में अक्सर तेज़ हो जाता और लगने वाली बातें कह जाता; लेकिन ईश्वरी हारकर भी मुस्कराता रहता था। मैंने उसे कभी गर्म होते नहीं देखा। शायद इसका कारण यह था कि वह अपने पक्ष की कमज़ोरी समझता था। नौकरों से वह सीधे मुँह बात न करता था। अमीरों में जो एक बेदर्दी और उद्दण्डता होती है, उसका उसे भी प्रचुर भाग मिला था। नौकर ने बिस्तर लगाने में ज़रा भी देर की, दूध ज़रूरत से ज्यादा गर्म या ठंडा हुआ, साइकिल अच्छी तरह साफ नहीं हुई, तो वह आपे से बाहर हो जाता। सुस्ती, बदतमीजी उसे ज़रा भी बर्दाश्त न थी, पर दोस्तों

से और विशेषकर मुझसे उसका व्यवहार सौहार्द और नम्रता से भरा होता था। शायद उसकी जगह मैं होता, तो मुझमें भी वही कठोरताएँ पैदा हो जातीं, जो उसमें थीं; क्योंकि मेरा लोक-प्रेम सिद्धान्तों पर नहीं, निजी दशाओं पर टिका हुआ था; लेकिन वह मेरी जगह होकर भी शायद अमीर ही रहता, क्योंकि वह प्रकृति से ही विलासी और ऐश्वर्य-प्रिय था।

अबकी दशहरे की छुट्टियों में मैंने निश्चय किया कि घर न जाऊँगा। मेरे पास किराये के लिए रुपये न थे और न मैं घरवालों को तकलीफ देना चाहता था। मैं जानता हूँ वे मुझे जो कुछ देते हैं वह उनकी हैसियत से बहुत ज्यादा है। इसके साथ ही परीक्षा का भी खयाल था। अभी बहुत-कुछ पढ़ना बाकी था और घर जाकर कौन पढ़ता है। बोर्डिंग हाउस में भूत की तरह अकेले पड़े रहने को भी जी न चाहता था। लेकिन जब ईश्वरी ने मुझे अपने घर चलने का नेवता दिया, तो मैं बिना आग्रह के राजी हो गया। ईश्वरी के साथ परीक्षा की तैयारी खूब हो जायगी। वह अमीर होकर भी मेहनती और ज़हीन है।

उसने इसके साथ ही कहा–लेकिन भाई एक बात का खयाल रखना। वहाँ अगर ज़मींदारों की निन्दा की तो मुआमला बिगड़ जायगा और मेरे घरवालों को बुरा लगेगा। वह लोग तो असामियों पर इसी दावे से शासन करते हैं कि ईश्वर ने असामियों को उनकी सेवा के लिए पैदा किया है। असामी भी यही समझता है। अगर उसे सुझा दिया जाय कि ज़मींदार और असामी में कोई मौलिक भेद नहीं है, तो ज़मींदारों का कहीं पता न लगे। मैंने कहा–तो क्या तुम समझते हो कि मैं वहाँ जाकर कुछ और हो जाऊँगा?

'हाँ मैं तो यही समझता हूँ।'

'तो तुम गलत समझते हो।'

ईश्वरी ने इसका कोई जवाब न दिया। कदाचित् उसने इस मुआमले को

मेरे विवेक पर छोड़ दिया और बहुत अच्छा किया। अगर वह अपनी बात पर अड़ता, तो मैं भी ज़िद पकड़ लेता।

2

सेकेण्ड क्लास तो क्या मैंने कभी इण्टर क्लास में भी सफ़र न किया था। अबकी सेकेण्ड क्लास में सफ़र करने का सौभाग्य प्राप्त हुआ। गाड़ी तो नौ बजे रात को आती थी, पर यात्रा के हर्ष में हम शाम को ही स्टेशन जा पहुँचे। कुछ देर इधर-उधर सैर करने के बाद रिफ्रेशमेण्ट रूम में जाकर हम लोगों ने भोजन किया। मेरी वेश-भूषा और रंग-ढंग से पारखी खानसामों को यह पहचानने में देर न लगी कि मालिक कौन है और पिछलग्गू कौन; लेकिन न जाने मुझे उनकी गुस्ताखी बुरी लग रही थी। पैसे ईश्वरी के जेब से गये। शायद मेरे पिता को जो वेतन मिलता है, उससे ज्यादा इन खानसामों को इनाम-एकराम में मिल जाता हो। एक अठन्नी तो चलते समय ईश्वरी ही ने दी। फिर भी मैं उन सबों से उसी तत्परता और विनय की प्रतीक्षा करता था, जिससे वे ईश्वरी की सेवा कर रहे थे! ईश्वरी के हुक्म पर सब-के-सब क्यों दौड़ते हैं, लेकिन मैं कोई चीज़ माँगता हूँ तो इतना उत्साह नहीं दिखाते? मुझे भोजन में कुछ स्वाद न मिला। वह भेद मेरे ध्यान को सम्पूर्ण रूप से अपनी ओर खींचे हुए था।

गाड़ी आयी, हम दोनों सवार हुए। खानसामों ने ईश्वरी को सलाम किया। मेरी ओर देखा भी नहीं।

ईश्वरी ने कहा–कितने तमीज़दार हैं ये सब। एक हमारे नौकर हैं कि कोई काम करने का ढंग नहीं।

मैंने खट्टे मन से कहा–इसी तरह अगर तुम अपने नौकरों को भी आठ आने रोज़ इनाम दिया करो तो शायद इससे ज़्यादा तमीज़दार हो जायें।

'तो क्या तुम समझते हो, यह सब केवल इनाम के लालच से इतना अदब करते हैं?'

'जी नहीं, कदापि नहीं। तमीज़ और अदब तो इनके रक्त में मिल गया है!'

गाड़ी चली। डाक थी। प्रयाग से चली तो प्रतापगढ़ जाकर रुकी। एक आदमी ने हमारा कमरा खोला। मैं तुरन्त चिल्ला उठा–दूसरा दरजा है–सेकेण्ड क्लास है।

उस मुसाफिर ने डब्बे के अन्दर आकर मेरी ओर एक विचित्र उपेक्षा की दृष्टि से देखकर कहा–जी हाँ, सेवक भी इतना समझता है, और बीचवाले बर्थ पर बैठ गया। मुझे कितनी लज्जा आयी, कह नहीं सकता।

भोर होते-होते हम लोग मुरादाबाद पहुँचे। स्टेशन पर कई आदमी हमारा स्वागत करने के लिए खड़े थे। दो भद्र पुरुष थे। पाँच बेगार। बेगारों ने हमारा लगेज उठाया। दोनों भद्र पुरुष पीछे-पीछे चले। एक मुसलमान था, रियासत अली; दूसरा ब्राह्मण था, रामहरख। दोनों ने मेरी ओर अपरिचित नेत्रों से देखा, मानो कह रहे हैं, तुम कौवे होकर हंस के साथ कैसे?

रियासत अली ने ईश्वरी से पूछा–यह बाबू साहब क्या आपके साथ पढ़ते हैं?

ईश्वरी ने जवाब दिया–हाँ, साथ पढ़ते भी हैं, और साथ रहते भी हैं? यों कहिए कि आप ही की बदौलत मैं इलाहाबाद पड़ा हुआ हूँ, नहीं कब का लखनऊ चला आया होता। अबकी मैं उन्हें घसीट लाया। इनके घर से कई तार आ चुके थे; मगर मैंने इनकारी जवाब दिलवा दिये। आखिरी तार तो अर्जेण्ट था, जिसकी फ़ीस चार आने प्रति शब्द है; पर यहाँ से भी उसका जवाब इनकारी ही गया।

दोनों सज्जनों ने मेरी ओर चकित नेत्रों से देखा। आतंकित हो जाने की चेष्टा करते हुए जान पड़े।

रियासत अली ने अर्द्ध शंका के स्वर में कहा–लेकिन आप बड़े सादे लिबास में रहते हैं!

ईश्वरी ने शंका निवारण की–महात्मा गाँधी के भक्त हैं साहब! खद्दर के सिवा कुछ पहनते ही नहीं। पुराने सारे कपड़े जला डाले! यों कहो कि राजा हैं। ढाई लाख सालाना की रियासत है; पर आपकी सूरत देखो तो मालूम होता है, अभी अनाथालय से पकड़कर आये हैं।

रामहरख बोले–अमीरों का ऐसा स्वभाव बहुत कम देखने में आता है। कोई भाँप ही नहीं सकता।

रियासत अली ने समर्थन किया–आपने महाराज चाँगली को देखा होता, तो दाँतों उँगली दबाते। एक गाढ़े की मिर्जई और चमरौधे जूते पहने बाजारों में घूमा करते थे। सुनते हैं, एक बार बेगार में पकड़े गये थे और उन्हीं ने दस लाख से कालेज खोल दिया।

मैं मन में कटा जा रहा था; पर न जाने क्या बात थी कि यह सफेद झूठ उस वक्त मुझे हास्यास्पद न जान पड़ा। उसके प्रत्येक वाक्य के साथ मानो मैं उस कल्पित वैभव के समीपतर आता जाता था।

मैं शहसवार नहीं हूँ। हाँ, लड़कपन में कई बार लद्दू घोड़ों पर सवार हुआ हूँ। यहाँ देखा तो दो कलाँ-रास घोड़े हमारे लिए तैयार खड़े थे। मेरी तो जान ही निकल गयी। सवार तो हुआ; पर बोटियाँ काँप रही थीं। मैंने चेहरे पर शिकन न पड़ने दिया। घोड़े को ईश्वरी के पीछे डाल दिया। खैरियत यह हुई कि ईश्वरी ने घोड़े को तेज़ न किया, वरना शायद मैं हाथ-पाँव तुड़वाकर लौटता। सम्भव है, ईश्वरी ने समझ लिया हो कि वह कितने पानी में है।

3

ईश्वरी का घर क्या था, किला था। इमामबाड़े का-सा फाटक, द्वार पर पहरेदार टहलता हुआ, नौकरों का कोई हिसाब नहीं, एक हाथी बँधा हुआ। ईश्वरी ने अपने पिता, चाचा, ताऊ आदि सबसे मेरा परिचय कराया, और उसी अतिशयोक्ति के साथ। ऐसी हवा बाँधी कि कुछ न पूछिए। नौकर-चाकर ही नहीं, घर के लोग भी मेरा सम्मान करने लगे। देहात के ज़मींदार, लाखों का मुनाफ़ा, मगर पुलिस कान्सटेबिल को भी अफसर समझने वाले। कई महाशय तो मुझे हुजूर-हुजूर कहने लगे।

जब ज़रा एकान्त हुआ, तो मैंने ईश्वरी से कहा–तुम बड़े शैतान हो यार, मेरी मिट्टी क्यों पलीद कर रहे हो?

ईश्वरी ने सुदृढ़ मुस्कान के साथ कहा–इन गधों के सामने यही चाल ज़रूरी थी; वरना सीधे मुँह बोलते भी नहीं।

ज़रा देर बाद एक नाई हमारे पाँव दबाने आया। कुँवर लोग स्टेशन से आये हैं, थक गए होंगे। ईश्वरी ने मेरी ओर इशारा करके कहा–पहले कुँवर साहब के पाँव दबा।

मैं चारपाई पर लेटा हुआ था। मेरे जीवन में ऐसा शायद ही कभी हुआ हो कि किसी ने मेरे पाँव दबाये हों। मैं इसे अमीरों के चोंचले, रईसों का गधापन और बड़े आदमियों की मुटमरदी और जाने क्या-क्या कहकर ईश्वरी का परिहास किया करता और आज मैं पोतड़ों का रईस बनने का स्वाँग भर रहा था!

इतने में दस बज गये। पुरानी सभ्यता के लोग थे। नयी रोशनी अभी केवल पहाड़ की चोटी तक पहुँच पायी थी। अन्दर से भोजन का बुलावा आया। हम स्नान करने चले। मैं हमेशा अपनी धोती खुद छाँट लिया करता हूँ; मगर यहाँ मैंने ईश्वरी की ही भाँति अपनी धोती भी छोड़ दी। अपने हाथों अपनी धोती छाँटते शर्म आ रही थी। अन्दर भोजन करने

चले। होटल में जूते पहने मेज पर डटते थे। यहाँ पाँव धोना आवश्यक था। कहार पानी लिये खड़ा था। ईश्वरी ने पाँव बढ़ा दिये। कहार ने उसके पाँव धोये। मैंने भी पाँव बढ़ा दिये। कहार ने मेरे पाँव भी धोये। मेरा वह विचार न जाने कहाँ चला गया था।

4

सोचा था, वहाँ देहात में एकाग्र होकर खूब पढ़ेंगे; पर वहाँ सारा दिन सैर-सपाटे में कट जाता था। कहीं नदी में बजरे पर सैर कर रहे हैं; कहीं मछलियों या चिड़ियों का शिकार खेल रहे हैं, कहीं पहलवानों की कुश्ती देख रहे हैं, कहीं शतरंज पर जमे हैं। ईश्वरी खूब अण्डे मँगवाता और कमरे में 'स्टोव' पर आमलेट बनते। नौकरों का एक जत्था हमेशा घेरे रहता। अपने हाथ-पाँव को हिलाने की कोई ज़रूरत नहीं। केवल एक ज़बान हिला देना काफी है। नहाने बैठे तो आदमी नहलाने को हाज़िर, लेटे तो आदमी पंखा झलने को खड़े। मैं महात्मा गाँधी का कुँअर चेला मशहूर था। भीतर से बाहर तक मेरी धाक थी। नाश्ते में ज़रा भी देर न होने पाये, कहीं कुँअर साहब नाराज न हो जाएँ, बिछावन ठीक समय पर लग जाय, कुंवर साहब के सोने का समय आ गया। मैं ईश्वरी से भी ज्यादा नाजुक दिमाग बन गया था, या बनने पर मजबूर किया गया था। ईश्वरी अपने हाथ से बिस्तर बिछा ले; लेकिन कुँवर मेहमान अपने हाथों से कैसे अपना बिछावन बिछा सकते हैं! उनकी महानता में बट्टा लग जायगा।

एक दिन सचमुच यही बात हो गई। ईश्वरी घर में थे। शायद अपनी माता से कुछ बातचीत करने में देर हो गई। यहाँ दस बज गये। मेरी आँखें नींद से झपक रही थीं; मगर बिस्तर कैसे लगाऊँ? कुँअर जो ठहरा। कोई साढ़े ग्यारह बजे महरा आया। बड़ा मुँहलगा नौकर था। घर के धन्धों में मेरा बिस्तर लगाने की उसे सुधि ही न रही। अब जो याद

आई, तो भागा हुआ आया। मैंने ऐसी डाँट बताई कि उसने भी याद किया होगा।

ईश्वरी मेरी डाँट सुनकर बाहर निकल आया और बोला–तुमने बहुत अच्छा किया। यह सब हरामखोर इसी व्यवहार के योग्य हैं।

इसी तरह ईश्वरी एक दिन एक जगह दावत में गया हुआ था। शाम हो गई; पर लैम्प न जला। लैम्प मेज़ पर रखा हुआ था। दियासलाई भी वहीं थी; लेकिन ईश्वरी खुद कभी लैम्प नहीं जलाता। फिर कुँअर साहब कैसे जलायें? मैं झुँझला रहा था। समाचार-पत्र आया रखा हुआ था। जी उधर लगा हुआ था; पर लैम्प नदारत। दैवयोग उसी वक्त मुंशी रियासत अली आ निकले। मैं उन्हीं पर उबल पड़ा ऐसी फटकार बताई कि बेचारा उल्लू हो गया–तुम लोगों को इतनी फिक्र भी नहीं कि लैम्प जलवा दो! मालूम नहीं, ऐसे कामचोर आदमियों का यहाँ कैसे गुज़र होता है। मेरे यहाँ घंटे भर निर्वाह न हो। रियासत अली ने काँपते हुए हाथों से लैम्प जला दिया।

वहाँ एक ठाकुर अक्सर आया करता था। कुछ मनचला आदमी था, महात्मा गाँधी का परम भक्त। मुझे महात्माजी का चेला समझकर मेरा लिहाज करता था; पर मुझसे कुछ पूछते संकोच करता था। एक दिन मुझे अकेला देखकर आया और हाथ बाँधकर बोला–सरकार तो गाँधी बाबा के चेले हैं न? लोग कहते हैं कि यहाँ सुराज हो जायगा तो ज़मींदार न रहेंगे।

मैंने शान जमाई–ज़मींदारों के रहने की ज़रूरत ही क्या है? यह लोग गरीबों का खून चूसने के सिवा और क्या करते हैं?

ठाकुर ने फिर पूछा–तो क्या सरकार, सब ज़मींदारों की जमीन छीन ली जायगी?

मैंने कहा–बहुत से लोग खुशी से दे देंगे। जो लोग खुशी से न देंगे

उनकी जमीन छीननी ही पड़ेगी। हम लोग तो तैयार बैठे हुए हैं। ज्यों ही स्वराज्य हुआ, अपने सारे इलाके असामियों के नाम हिब्बा कर देंगे।

मैं कुरसी पर पाँव लटकाये बैठा था। ठाकुर मेरे पाँव दबाने लगा। फिर बोला–आजकल ज़मींदार लोग बड़ा जुलुम करते हैं सरकार! हमें भी हुज़ूर अपने इलाके में थोड़ी-सी जमीन दे दें; तो चलकर वहीं आपकी सेवा में रहें।

मैंने कहा–अभी तो मेरा कोई अख्तियार नहीं है भाई, लेकिन ज्यों ही अख्तियार मिला, मैं सबसे पहले तुम्हें बुलाऊँगा। तुम्हें मोटर-ड्राइवरी सिखाकर अपना ड्राइवर बना लूंगा।

सुना, उस दिन ठाकुर ने खूब भंग पी और अपनी स्त्री को खूब पीटा और गाँव के महाजन से लड़ने पर तैयार हो गया।

5

छुट्टी इस तरह तमाम हुई और हम फिर प्रयाग चले। गाँव के बहुत से लोग हम लोगों को पहुँचाने आये। ठाकुर तो हमारे साथ स्टेशन तक आया। मैंने भी अपना पार्ट खूब सफ़ाई से खेला और अपनी कुबेरोचित विनय और देवत्व की मुहर हरेक हृदय पर लगा दी। जी तो चाहता था, हरेक को अच्छा इनाम दें, लेकिन यह सामर्थ्य कहाँ थी? वापसी टिकट था ही, केवल गाड़ी में बैठना था; पर गाड़ी आयी तो ठसाठस भरी हुई। दुर्गा पूजा की छुट्टियाँ भोगकर सभी लोग लौट रहे थे। सेकेण्ड क्लास में तिल रखने की जगह नहीं। इण्टर क्लास की हालत उससे भी बदतर। यह आखिरी गाड़ी थी। किसी तरह रुक न सकते थे। बड़ी मुश्किल से तीसरे दर्जे में जगह मिली। हमारे ऐश्वर्य ने वहाँ अपना रंग जमा लिया; मगर मुझे उसमें बैठना बुरा लग रहा था। आये थे आराम से लेटे-लेटे, जा रहे थे सिकुड़े हुए। पहलू बदलने की भी जगह न थी।

कई आदमी पढ़े-लिखे भी थे। आपस में अंग्रेज़ी राज्य की तारीफ़ करते जा रहे थे। एक महाशय बोले–ऐसा न्याय तो किसी राज्य में नहीं देखा। छोटे-बड़े सब बराबर। राजा भी किसी पर अन्याय करे, तो अदालत उसकी भी गर्दन दबा देती है।

दूसरे सज्जन ने समर्थन किया–अरे साहब, आप खुद बादशाह पर दावा कर सकते हैं! अदालत में बादशाह पर डिग्री हो जाती है।

एक आदमी, जिसकी पीठ पर बड़ा-सा गट्ठर बँधा था, कलकत्ते जा रहा था। कहीं गठरी रखने की जगह न मिलती थी। पीठ पर बाँधे हुए था। इससे बेचैन होकर बार-बार द्वार पर खड़ा हो जाता। मैं द्वार के पास ही बैठा हुआ था। उसका बार-बार आकर मेरे मुँह को अपनी गठरी से रगड़ना मुझे बहुत बुरा लग रहा था। एक तो हवा यों ही कम थी, दूसरे उस गँवार का आकर मेरे मुँह पर खड़ा हो जाना मानो मेरा गला दबाना था। मैं कुछ देर जब्त किये बैठा रहा। एकाएक मुझे क्रोध आ गया। मैंने उसे पकड़कर ढकेल दिया और दो तमाचे ज़ोर-ज़ोर से लगाये।

उसने आँखें निकालकर कहा–क्यों मारते हो बाबूजी, हमने भी किराया दिया है।

मैंने उठकर दो-तीन तमाचे और जड़ दिये।

गाड़ी में तूफ़ान आ गया। चारों ओर से मुझ पर बौछार पड़ने लगी।

'अगर इतने नाजुक मिज़ाज हो, तो अव्वल दर्जे में क्यों नहीं बैठे?'

'कोई बड़ा आदमी होगा तो अपने घर का होगा। मुझे इस तरह मारते, तो दिखा देता।'

'क्या कसूर किया था बेचारे ने? गाड़ी में साँस लेने की जगह नहीं, खिड़की पर ज़रा साँस लेने खड़ा हो गया तो उस पर इतना क्रोध! अमीर होकर क्या आदमी अपनी इंसानियत बिलकुल खो देता है?'

'यह भी अंग्रेज़ी राज है, जिसका आप बखान कर रहे थे!'

एक ग्रामीण बोला–दफ़्तरन माँ घुसन तो पावत नहीं, उस पर इत्ता मिजाज!

ईश्वरी ने अंग्रेज़ी में कहा–What an idiot you are Sir!

और मेरा नशा कुछ-कुछ उतरता हुआ मालूम होता था।

सज्जनता का दंड

साधारण मनुष्य की तरह शाहजहाँपुर के डिस्ट्रिक्ट इंजीनियर सरदार शिवसिंह में भी भलाइयाँ और बुराइयाँ दोनों ही वर्तमान थीं। भलाई यह थी कि उनके यहाँ न्याय और दया में कोई अंतर न था। बुराई यह थी कि वे सर्वथा निर्लोभ और निःस्वार्थ थे। भलाई ने मातहतों को निडर और आलसी बना दिया था, बुराई के कारण उस विभाग के सभी अधिकारी उनकी जान के दुश्मन बन गये थे।

प्रातःकाल का समय था। वे किसी पुल की निगरानी के लिए तैयार खड़े थे। मगर साईस अभी तक मीठी नींद ले रहा था। रात को उसे अच्छी तरह सहेज दिया था कि पौ फटने के पहले गाड़ी तैयार कर लेना। लेकिन सुबह भी हुई, सूर्य भगवान् ने दर्शन भी दिये, शीतल किरणों में गरमी भी आयी, पर साईस की नींद अभी तक नहीं टूटी।

सरदार साहब खड़े-खड़े थक कर एक कुर्सी पर बैठ गये। साईस तो किसी तरह जागा, परंतु अर्दली के चपरासियों का पता नहीं। जो महाशय डाक लेने गये थे, वे एक ठाकुरद्वारा में खड़े चरणामृत की परीक्षा कर रहे थे। जो ठेकेदार को बुलाने गये थे वे बाबा रामदास की सेवा में बैठे गाँजे का दम लगा रहे थे।

धूप तेज होती जाती थी। सरदार साहब झुँझला कर मकान में चले गये

और अपनी पत्नी से बोले, इतना दिन चढ़ आया, अभी तक एक चपरासी का भी पता नहीं। इनके मारे तो मेरे नाक में दम आ गया है।

पत्नी ने दीवार की ओर देख कर सरदार साहब से कहा, यह सब उन्हें सिर चढ़ाने का फल है।

सरदार साहब चिढ़ कर बोले, क्या करूँ, उन्हें फाँसी दे दूँ?

2

सरदार साहब के पास मोटरकार का तो कहना ही क्या, कोई फिटन भी न थी। वे अपने इक्के से ही प्रसन्न थे, जिसे उनके नौकर-चाकर अपनी भाषा में उड़नखटोला कहते थे। शहर के लोग उसे इतना आदर-सूचक नाम न देकर छकड़ा कहना ही उचित समझते थे। इस तरह सरदार साहब अन्य व्यवहारों में भी बड़े मितव्ययी थे। उनके दो भाई इलाहाबाद में पढ़ते थे। विधवा माता बनारस में रहती थीं। एक विधवा बहिन भी उन्हीं पर अवलम्बित थी। इनके सिवा कई गरीब लड़कों को छात्रवृत्तियाँ भी देते थे। इन्हीं कारणों से वे सदा खाली हाथ रहते! यहाँ तक कि उनके कपड़ों पर भी इस आर्थिक दशा के चिह्न दिखायी देते थे! लेकिन यह सब कष्ट सह कर भी वे लोभ को अपने पास फटकने न देते थे! जिन लोगों पर उनका स्नेह था वे उनकी सज्जनता को सराहते थे और उन्हें देवता समझते थे। उनकी सज्जनता से उन्हें कोई हानि न होती थी, लेकिन जिन लोगों से उनके व्यावसायिक सम्बन्ध थे, वे उनके सद्भावों के ग्राहक न थे, क्योंकि उन्हें हानि होती थी। यहाँ तक कि उन्हें अपनी सहधर्मिणी से भी कभी-कभी अप्रिय बातें सुननी पड़ती थीं।

एक दिन वे दफ्तर से आये तो उनकी पत्नी ने स्नेहपूर्ण ढंग से कहा, तुम्हारी यह सज्जनता किस काम की, जब सारा संसार तुमको बुरा कह रहा है।

सरदार साहब ने दृढ़ता से जवाब दिया, संसार जो चाहे कहे परमात्मा तो देखता है।

रामा ने यह जवाब पहले ही सोच लिया। वह बोली, मैं तुमसे विवाद तो करती नहीं, मगर जरा अपने दिल में विचार करके देखो कि तुम्हारी इस सचाई का दूसरों पर क्या असर पड़ता है? तुम तो अच्छा वेतन पाते हो। तुम अगर हाथ न बढ़ाओ तो तुम्हारा निर्वाह हो सकता है? रूखी रोटियाँ मिल ही जायेंगी, मगर ये दस-दस पाँच-पाँच रुपये के चपरासी, मुहर्रिर, दफ्तरी बेचारे कैसे गुजर करें। उनके भी बाल-बच्चे हैं। उनके भी कुटुम्ब-परिवार हैं। शादी-गमी, तिथि-त्योहार यह सब उनके पास लगे हुए हैं। भलमनसी का भेष बनाये काम नहीं चलता। बताओ उनका गुजर कैसे हो? अभी रामदीन चपरासी की घरवाली आयी थी। रोते-रोते आँचल भीगता था। लड़की सयानी हो गयी है। अब उसका ब्याह करना पड़ेगा। ब्राह्मण की जाति-हजारों का खर्च। बताओ उसके आँसू किसके सिर पड़ेंगे?

ये सब बातें सच थीं। इनसे सरदार साहब को इनकार नहीं हो सकता था। उन्होंने स्वयं इस विषय में बहुत कुछ विचार किया था। यही कारण था कि वह अपने मातहतों के साथ बड़ी नरमी का व्यवहार करते थे। लेकिन सरलता और शालीनता का आत्मिक गौरव चाहे जो हो, उनका आर्थिक मोल बहुत कम है। वे बोले, तुम्हारी बातें सब यथार्थ हैं, किंतु मैं विवश हूँ। अपने नियमों को कैसे तोड़ूँ? यदि मेरा वश चले तो मैं उन लोगों का वेतन बढ़ा दूँ। लेकिन यह नहीं हो सकता कि मैं खुद लूट मचाऊँ और उन्हें लूटने दूँ।

रामा ने व्यंग्यपूर्ण शब्दों में कहा, तो यह हत्या किस पर पड़ेगी?

सरदार साहब ने तीव्र हो कर उत्तर दिया, यह उन लोगों पर पड़ेगी जो अपनी हैसियत और आमदनी से अधिक खर्च करना चाहते हैं। अरदली बनकर क्यों वकील के लड़के से लड़की ब्याहने को ठानते हैं। दफ्तरी को

यदि टहलुवे की जरूरत हो तो यह किसी पाप कार्य से कम नहीं। मेरे साईस की स्त्री अगर चाँदी की सिल गले में डालना चाहे तो यह उसकी मूर्खता है। इस झूठी बड़ाई का उत्तरदाता मैं नहीं हो सकता।

3

इंजीनियरों का ठेकेदारों से कुछ ऐसा ही सम्बन्ध है जैसे मधु-मक्खियों का फूलों से। अगर वे अपने नियत भाग से अधिक पाने की चेष्टा न करें तो उनसे किसी को शिकायत नहीं हो सकती। यह मधु-रस कमीशन कहलाता है। रिश्वत लोक और परलोक दोनों का ही सर्वनाश कर देती है। उसमें भय है, चोरी है, बदमाशी है। मगर कमीशन एक मनोहर वाटिका है, जहाँ न मनुष्य का डर है, न परमात्मा का भय, यहाँ तक कि वहाँ आत्मा की छिपी हुई चुटकियों का भी गुजर नहीं है। और कहाँ तक कहें उसकी ओर बदनामी आँख भी नहीं उठा सकती। यह वह बलिदान है, जो हत्या होते हुए भी धर्म का एक अंश है। ऐसी अवस्था में यदि सरदार शिवसिंह अपने उज्ज्वल चरित्र को इस धब्बे से साफ रखते थे और उस पर अभिमान करते थे, तो क्षमा के पात्र थे।

मार्च का महीना बीत रहा था। चीफ इंजीनियर साहब जिले में मुआयना करने आ रहे थे। मगर अभी तक इमारतों का काम अपूर्ण था। सड़कें खराब हो रही थीं, ठेकेदारों ने मिट्टी और कंकड़ भी नहीं जमा किये थे।

सरदार साहब रोज ठेकेदारों को ताकीद करते थे, मगर इसका कुछ फल न होता था।

एक दिन उन्होंने सबको बुलाया। वे कहने लगे, तुम लोग क्या यही चाहते हो कि मैं इस जिले से बदनाम होकर जाऊँ। मैंने तुम्हारे साथ कोई बुरा सलूक नहीं किया। मैं चाहता तो आपसे काम छीन कर खुद करा

लेता, मगर मैंने आपको हानि पहुँचाना उचित न समझा। उसकी मुझे यह सजा मिल रही है। खैर!

ठेकेदार लोग यहाँ से चले तो बातें होने लगीं। मिस्टर गोपालदास बोले, अब आटे-दाल का भाव मालूम हो जायेगा।

शाहबाज़ खाँ ने कहा, किसी तरह इसका जनाजा निकले तो यहाँ से...

सेठ चुन्नीलाल ने फरमाया, इंजीनियर से मेरी जान-पहचान है। मैं उसके साथ काम कर चुका हूँ। वह उन्हें खूब लथेड़ेगा।

इस पर बूढ़े हरिदास ने उपदेश दिया, यारो, स्वार्थ की बात है। नहीं तो सच यह है कि यह मनुष्य नहीं, देवता है। भला और नहीं तो साल भर में कमीशन के 10 हजार तो होते होंगे। इतने रुपयों को ठीकरे की तरह तुच्छ समझना क्या कोई सहज बात है? एक हम हैं कि कौड़ियों के पीछे ईमान बेचते फिरते हैं। जो सज्जन पुरुष हमसे एक पाई का रवादार न हो, सब प्रकार के कष्ट उठा कर भी जिसकी नीयत डाँवाँडोल न हो, उसके साथ ऐसा नीच और कूटिल बरताव करना पड़ता है। इसे अपने अभाग्य के सिवा और क्या समझें।

शाहबाज़ खाँ ने फरमाया–हाँ; इसमें तो कोई शक नहीं कि यह शख्स नेकी का फरिश्ता है।

सेठ चुन्नीलाल ने गम्भीरता से कहा, खाँ साहब! बात तो वही है, जो तुम कहते हो। लेकिन किया क्या जाय? नेकनीयती से तो काम नहीं चलता। यह दुनिया तो छल-कपट की है।

मिस्टर गोपालदास बी. ए. पास थे। वे गर्व के साथ बोले, इन्हें जब इस तरह रहना था तो नौकरी करने की क्या जरूरत थी? यह कौन नहीं जानता की नीयत को साफ रखना अच्छी बात है। मगर यह भी तो देखना चाहिए कि इसका दूसरों पर क्या असर पड़ता है। हमको तो ऐसा आदमी

चाहिए जो खुद खाये और हमें भी खिलावे। खुद हलुवा खाय, हमें रूखी रोटियाँ ही खिलावे। वह अगर एक रुपया कमीशन लेगा तो उसकी जगह पाँच का फायदा कर देगा। इन महाशय के यहाँ क्या है? इसीलिए आप जो चाहें कहें, मेरी तो कभी इनसे निभ नहीं सकती।

शाहबाज़ खाँ बोले, हाँ, नेक और पाक-साफ रहना जरूर अच्छी चीज है, मगर ऐसी नेकी ही से क्या जो दूसरों की जान ले ले।

बूढ़े हरिदास की बातों की जिन लोगों ने पुष्टि की थी वे सब गोपालदास की हाँ में हाँ मिलाने लगे! निर्बल आत्माओं में सचाई का प्रकाश जुगनू की चमक है।

4

सरदार साहब के एक पुत्री थी। उसका विवाह मेरठ के एक वकील के लड़के से ठहरा था। लड़का होनहार था। जाति-कुल का ऊँचा था। सरदार साहब ने कई महीने की दौड़-धूप में इस विवाह को तै किया था। और सब बातें तै हो चुकी थीं, केवल दहेज का निर्णय नहीं हुआ था। आज वकील साहब का एक पत्र आया। उसने इस बात का भी निश्चय कर दिया, मगर विश्वास, आशा और वचन के बिलकुल प्रतिकूल। पहले वकील साहब ने एक जिले के इंजीनियर के साथ किसी प्रकार का ठहराव व्यर्थ समझा। बड़ी सस्ती उदारता प्रकट की। इस लज्जित और घृणित व्यवहार पर खूब आँसू बहाये। मगर जब ज्यादा पूछताछ करने पर सरदार साहब के धन-वैभव का भेद खुल गया, तब दहेज का ठहराना आवश्यक हो गया। सरदार साहब ने आशंकित हाथों से पत्र खोला, पाँच हजार रुपये से कम पर विवाह नहीं हो सकता। वकील साहब को बहुत खेद और लज्जा थी कि वे इस विषय में स्पष्ट होने पर मजबूर किये गये। मगर वे अपने खानदान के कई बूढ़े खुर्राट, विचारहीन, स्वार्थांध महात्माओं के हाथों बहुत तंग थे। उनका कोई वंश न था। इंजीनियर साहब ने एक

परिणाम यह हुआ कि वे एक छोटे-से जिले में भेज दिये गये और उनका दरजा भी घटा दिया गया।

सरदार साहब के मित्रों और स्नेहियों ने बड़े समारोह से एक जलसा किया। उसमें उनकी धर्मनिष्ठा और स्वतंत्रता की प्रशंसा की। सभापति ने सजलनेत्र हो कर कम्पित स्वर में कहा, सरदार साहब के वियोग का दुःख हमारे दिल में सदा खटकता रहेगा। यह घाव कभी न भरेगा।

मगर 'फेयरवेल डिनर' में यह बात सिद्ध हो गयी कि स्वादिष्ट पदार्थों के सामने वियोग का दुःख दुस्सह नहीं।

यात्रा के सामान तैयार थे। सरदार साहब जलसे से आये तो रामा ने उन्हें बहुत उदास और मलिनमुख देखा। उसने बार-बार कहा था कि बड़े इंजीनियर के खानसामा को इनाम दो, हेड क्लर्क की दावत करो; मगर सरदार साहब ने उसकी बात न मानी थी। इसलिए जब उसने सुना कि उनका दरजा घटा और बदली भी हुई तब उसने बड़ी निर्दयता से अपने व्यंग्य-बाण चलाये। मगर इस वक्त उन्हें उदास देख कर उससे न रहा गया। बोली, क्यों इतने उदास हो? सरदार साहब ने उत्तर दिया, क्या करूँ हँसूँ? रामा ने गम्भीर स्वर से कहा, हँसना ही चाहिए। रोये तो वह जिसने कौड़ियों पर अपनी आत्मा भ्रष्ट की हो–जिसने रुपयों पर अपना धर्म बेचा हो। वह बुराई का दंड नहीं है। यह भलाई और सज्जनता का दंड है, इसे सानन्द झेलना चाहिए।

यह कह उसने पति की ओर देखा तो नेत्रों में सच्चा अनुराग भरा हुआ दिखायी दिया। सरदार साहब ने भी उसकी ओर स्नेहपूर्ण दृष्टि से देखा। उनकी हृदयेश्वरी का मुखारविंद सच्चे आमोद से विकसित था। उसे गले लगा कर वे बोले, रामा! मुझे तुम्हारी ही सहानुभूति की जरूरत थी, अब में इस दंड को सहर्ष सहूँगा।

दो बैलों की कथा

जानवरों में गधा सबसे ज्यादा बुद्धिहीन समझा जाता है। हम जब किसी आदमी को पल्ले दरजे का बेवकूफ कहना चाहते हैं, तो उसे गधा कहते हैं। गधा सचमुच बेवकूफ है, या उसके सीधेपन, उसकी निरापद सहिष्णुता ने उसे यह पदवी दे दी है, इसका निश्चय नहीं किया जा सकता। गायें सींग मारती हैं, ब्यायी हुई गाय तो अनायास ही सिंहनी का रूप धारण कर लेती है। कुत्ता भी बहुत गरीब जानवर है, लेकिन कभी-कभी उसे भी क्रोध आ ही जाता है; किन्तु गधे को कभी क्रोध करते नहीं सुना, न देखा। जितना चाहो गरीब को मारो, चाहे जैसी खराब, सड़ी हुई घास सामने डाल दो, उसके चेहरे पर कभी असन्तोष की छाया भी न दिखायी देगी। वैशाख में चाहे एकाध बार कुलेल कर लेता हो; पर हमने तो उसे कभी खुश होते नहीं देखा। उसके चेहरे पर एक स्थायी विषाद स्थायी रूप से छाया रहता है। सुख-दुःख, हानि-लाभ, किसी भी दशा में उसे बदलते नहीं देखा। ऋषियों-मुनियों के जितने गुण हैं, वे सभी उसमें पराकाष्ठा को पहुँच गये हैं; पर आदमी उसे बेवकूफ कहता है। सद्‌गुणों का इतना अनादर कहीं नहीं देखा। कदाचित् सीधापन संसार के लिए उपयुक्त नहीं है। देखिये न, भारतवासियों की अफ्रीका में क्या दुर्दशा हो रही है? क्यों अमरीका में उन्हें घुसने नहीं दिया जाता? बेचारे

शराब नहीं पीते, चार पैसे कुसमय के लिए बचाकर रखते हैं, जी तोड़कर काम करते हैं, किसी से लड़ाई-झगड़ा नहीं करते, चार बातें सुनकर गम खा जाते हैं फिर भी बदनाम हैं। कहा जाता है, वे जीवन के आदर्श को नीचा करते हैं। अगर वे भी ईंट का जवाब पत्थर से देना सीख जाते, तो शायद सभ्य कहलाने लगते। जापान की मिसाल सामने है। एक ही विजय ने उसे संसार की सभ्य जातियों में गण्य बना दिया।

लेकिन गधे का एक छोटा भाई और भी है, जो उससे कम ही गधा है, और वह है 'बैल'। जिस अर्थ में हम गधा का प्रयोग करते हैं, कुछ उसी से मिलते-जुलते अर्थ में 'बछिया के ताऊ' का भी प्रयोग करते हैं। कुछ लोग बैल को शायद बेवकूफों में सर्वश्रेष्ठ कहेंगे; मगर हमारा विचार ऐसा नहीं है। बैल कभी-कभी मारता भी है, कभी-कभी अड़ियल बैल भी देखने में आता है। और भी कई रीतियों से अपना असन्तोष प्रकट कर देता है; अतएव उसका स्थान गधे से नीचा है।

झूरी काछी के दोनों बैलों के नाम थे हीरा और मोती। दोनों पछाईं जाति के थे–देखने में सुन्दर, काम में चौकस, डील में ऊँचे। बहुत दिनों साथ रहते-रहते दोनों में भाईचारा हो गया था। दोनों आमने-सामने या आस-पास बैठे हुए एक-दूसरे से मूक-भाषा में विचार-विनिमय करते थे। एक, दूसरे के मन की बात कैसे समझ जाता था, हम नहीं कह सकते। अवश्य ही उनमें कोई ऐसी गुप्त शक्ति थी, जिससे जीवों में श्रेष्ठता का दावा करनेवाला मनुष्य वंचित है। दोनों एक-दूसरे को चाटकर और सूँघकर अपना प्रेम प्रकट करते, कभी-कभी दोनों सींग भी मिला लिया करते थे–विग्रह के नाते से नहीं, केवल विनोद के भाव से, आत्मीयता के भाव से, जैसे दोस्तों में घनिष्ठता होते ही धौल-धप्पा होने लगता है। इसके बिना दोस्ती कुछ फुसफुसी, कुछ हलकी-सी रहती है, जिस पर ज्यादा विश्वास नहीं किया जा सकता। जिस वक्त ये दोनों बैल हल या गाड़ी में जोत दिये जाते और गरदन हिला-हिलाकर चलते, उस वक्त हर

एक की यही चेष्टा होती थी कि ज्यादा-से-ज्यादा बोझ मेरी ही गरदन पर रहे। दिन-भर के बाद दोपहर या सन्ध्या को दोनों खुलते, तो एक-दूसरे को चाट-चूटकर अपनी थकान मिटा लिया करते। नाँद में खली-भूसा पड़ जाने के बाद दोनों साथ उठते, साथ नाँद में मुँह डालते और साथ ही बैठते थे। एक मुँह हटा लेता, तो दूसरा भी हटा लेता था।

संयोग की बात, झूरी ने एक बार गोईं को ससुराल भेज दिया। बैलों को क्या मालूम, वे क्यों भेजे जा रहे हैं। समझे, मालिक ने हमें बेच दिया। अपना यों बेचा जाना उन्हें अच्छा लगा या बुरा, कौन जाने, पर झूरी के साले गया को घर तक गोईं ले जाने में दाँतों पसीना आ गया। पीछे से हाँकता तो दोनों दाँयें-बाँयें भागते; पगहिया पकड़कर आगे से खींचता, तो दोनों पीछे को जोर लगाते। मारता तो दोनों सींग नीचे करके हुँकारते। अगर ईश्वर ने उन्हें वाणी दी होती, तो झूरी से पूछते–तुम हम गरीबों को क्यों निकाल रहे हो? हमने तो तुम्हारी सेवा करने में कोई कसर नहीं उठा रखी। अगर इतनी मेहनत से काम न चलता था तो और काम ले लेते। हमें तो तुम्हारी चाकरी में मर जाना कबूल था। हमने कभी दाने-चारे की शिकायत नहीं की। तुमने जो कुछ खिलाया, वह सिर झुकाकर खा लिया, फिर तुमने हमें इस जालिम के हाथ क्यों बेच दिया?

संध्या समय दोनों बैल अपने नये स्थान पर पहुँचे। दिन-भर के भूखे थे, लेकिन जब नाँद में लगाये गये, तो एक ने भी उसमें मुँह न डाला। दिल भारी हो रहा था। जिसे उन्होंने अपना घर समझ रखा था, वह आज उनसे छूट गया था। यह नया घर, नया गाँव, नये आदमी, उन्हें बेगानों-से लगते थे।

दोनों ने अपनी मूक-भाषा में सलाह की, एक-दूसरे को कनखियों से देखा और लेट गये। जब गाँव में सोता पड़ गया, तो दोनों ने जोर मारकर पगहे तुड़ा डाले और घर की तरफ चले। पगहे बहुत मजबूत थे। अनुमान न हो सकता था कि कोई बैल उन्हें तोड़ सकेगा; पर इन दोनों में इस

समय दूनी शक्ति आ गयी थी। एक-एक झटके में रस्सियाँ टूट गयीं।

झूरी प्रातःकाल सोकर उठा, तो देखा कि दोनों बैल चरनी पर खड़े हैं। दोनों की गरदनों में आधा-आधा गराँव लटक रहा है। घुटने तक पाँव कीचड़ से भरे हैं और दोनों की आँखों में विद्रोहमय स्नेह झलक रहा है।

झूरी बैलों को देखकर स्नेह से गद्‌गद हो गया। दौड़कर उन्हें गले लगा लिया। प्रेमालिंगन और चुम्बन का वह दृश्य बड़ा ही मनोहर था।

घर और गाँव के लड़के जमा हो गये और तालियाँ बजा-बजाकर उनका स्वागत करने लगे। गाँव के इतिहास में यह घटना अभूतपूर्व न होने पर भी महत्त्वपूर्ण थी। बाल-सभा ने निश्चय किया, दोनों पशु-वीरों को अभिनन्दनपत्र देना चाहिए। कोई अपने घर से रोटियाँ लाया, कोई गुड़, कोई चोकर, कोई भूसी।

एक बालक ने कहा–ऐसे बैल किसी के पास न होंगे।

दूसरे ने समर्थन किया–इतनी दूर से दोनों अकेले चले आये।

तीसरा बोला–बैल नहीं हैं वे, उस जनम के आदमी हैं।

इसका प्रतिवाद करने का किसी को साहस न हुआ।

झूरी की स्त्री ने बैलों को द्वार पर देखा, तो जल उठी। बोली–कैसे नमक-हराम बैल हैं कि एक दिन वहाँ काम न किया; भाग खड़े हुए।

झूरी अपने बैलों पर यह आक्षेप न सुन सका–नमकहराम क्यों हैं? चारा-दाना न दिया होगा, तो क्या करते?

स्त्री ने रोब के साथ कहा–बस, तुम्हीं तो बैलों को खिलाना जानते हो, और तो सभी पानी पिला-पिलाकर रखते हैं।

झूरी ने चिढ़ाया–चारा मिलता तो क्यों भागते?

स्त्री चिढ़ी–भागे इसलिए कि वे लोग तुम–जैसे बुद्‌धुओं की तरह बैलों को सहलाते नहीं। खिलाते हैं, तो रगड़कर जोतते भी हैं। ये दोनों ठहरे

कामचोर, भाग निकले। अब देखूँ, कहाँ से खली और चोकर मिलता है! सूखे भूसे के सिवा कुछ न दूँगी, खायें चाहें मरें।

वही हुआ। मजूर को कड़ी ताकीद कर दी गयी कि बैलों को खाली सूखा भूसा दिया जाय।

बैलों ने नाँद में मुँह डाला, तो फीका-फीका। न कोई चिकनाहट, न कोई रस! क्या खायँ? आशा-भरी आँखों से द्वार की ओर ताकने लगे।

झूरी ने मजूर से कहा—थोड़ी-सी खली क्यों नहीं डाल देता बे?

'मालकिन मुझे मार ही डालेंगी।'

'चुराकर डाल आ।'

'ना दादा, पीछे से तुम भी उन्हीं की-सी कहोगे।'

2

दूसरे दिन झूरी का साला फिर आया और बैलों को ले चला। अबकी उसने दोनों को गाड़ी में जोता।

दो-चार बार मोती ने गाड़ी को सड़क की खाई में गिराना चाहा; पर हीरा ने सँभाल लिया। वह ज्यादा सहनशील था।

संध्या-समय घर पहुँचकर उसने दोनों को मोटी रस्सियों से बाँधा और कल की शरारत का मजा चखाया। फिर वही सूखा भूसा डाल दिया। अपने दोनों बैलों को खली, चूनी सब कुछ दी।

दोनों बैलों का ऐसा अपमान कभी न हुआ था। झूरी इन्हें फूल की छड़ी से भी न छूता था। उसकी टिटकार पर दोनों उड़ने लगते थे। यहाँ मार पड़ी। आहत-सम्मान की व्यथा तो थी ही, उस पर मिला सूखा भूसा!

नाँद की तरफ आँखें तक न उठायीं।

दूसरे दिन गया ने बैलों को हल में जोता, पर इन दोनों ने जैसे पाँव

न उठाने की कसम खा ली थी। वह मारते-मारते थक गया; पर दोनों ने पाँव न उठाया। एक बार जब उस निर्दयी ने हीरा की नाक पर खूब डण्डे जमाये, तो मोती का गुस्सा काबू के बाहर हो गया। हल लेकर भागा। हल, रस्सी, जुआ, जोत, सब टूट-टाट कर बराबर हो गया। गले में बड़ी-बड़ी रस्सियाँ न होतीं, तो दोनों पकड़ाई में न आते।

हीरा ने मूक-भाषा में कहा—भागना व्यर्थ है।

मोती ने उत्तर दिया—तुम्हारी तो इसने जान ही ले ली थी।

अबकी बड़ी मार पड़ेगी।

'पड़ने दो, बैल का जन्म लिया है, तो मार से कहाँ तक बचेंगे?'

'गया दो आदमियों के साथ दौड़ा आ रहा है। दोनों के हाथों में लाठियाँ हैं।'

मोती बोला—कहो तो दिखा दूँ कुछ मजा मैं भी। लाठी लेकर आ रहा है।

हीरा ने समझाया—नहीं भाई! खड़े हो जाओ।

'मुझे मारेगा, तो मैं भी एक-दो को गिरा दूँगा!'

'नहीं। हमारी जाति का यह धर्म नहीं है।'

मोती दिल में ऐंठकर रह गया। गया आ पहुँचा और दोनों को पकड़कर ले चला। कुशल हुई कि उसने इस वक्त मारपीट न की, नहीं तो मोती भी पलट पड़ता। उसके तेवर देखकर गया और उसके सहायक समझ गये कि इस वक्त टाल जाना ही मसलहत है।

आज दोनों के सामने फिर वही सूखा भूसा लाया गया। दोनों चुपचाप खड़े रहे। घर के लोग भोजन करने लगे। उस वक्त छोटी-सी लड़की दो रोटियाँ लिये निकली, और दोनों के मुँह में देकर चली गयी। उस एक रोटी से इनकी भूख तो क्या शान्त होती; पर दोनों के हृदय को मानो

भोजन मिल गया। यहाँ भी किसी सज्जन का वास है। लड़की भैरो की थी। उसकी माँ मर चुकी थी। सौतेली माँ उसे मारती रहती थी, इसलिए इन बैलों से उसे एक प्रकार की आत्मीयता हो गयी थी।

दोनों दिन-भर जोते जाते, डण्डे खाते, अड़ते। शाम को थान पर बाँध दिये जाते और रात को वही बालिका उन्हें दो रोटियाँ खिला जाती। प्रेम के इस प्रसाद की यह बरकत थी कि दो-दो गाल सूखा भूसा खाकर भी दोनों दुर्बल न होते थे, मगर दोनों की आँखों में रोम-रोम में विद्रोह भरा हुआ था।

एक दिन मोती ने मूक-भाषा में कहा—अब तो नहीं सहा जाता, हीरा!

'क्या करना चाहते हो?'

'एकाध को सींगों पर उठाकर फेंक दूँगा।'

'लेकिन जानते हो, वह प्यारी लड़की, जो हमें रोटियाँ खिलाती है, उसी की लड़की है, जो इस घर का मालिक है। यह बेचारी अनाथ न हो जायेगी?'

'तो मालकिन को न फेंक दूँ। वही तो उस लड़की को मारती है।'

'लेकिन औरत जात पर सींग चलाना मना है, यह भूले जाते हो।'

'तुम तो किसी तरह निकलने ही नहीं देते। बताओ, तुड़ाकर भाग चलें।'

'हाँ, यह मैं स्वीकार करता हूँ, लेकिन इतनी मोटी रस्सी टूटेगी कैसे?'

'इसका एक उपाय है। पहले रस्सी को थोड़ा-सा चबा लो। फिर एक झटके में जाती है।'

रात को जब बालिका रोटियाँ खिलाकर चली गयी, दोनों रस्सियाँ चबाने लगे, पर मोटी रस्सी मुँह में न आती थी। बेचारे बार-बार जोर लगाकर रह जाते थे।

सहसा घर का द्वार खुला और वही लड़की निकली। दोनों सिर झुकाकर उसका हाथ चाटने लगे। दोनों की पूँछें खड़ी हो गयीं। उसने उनके माथे सहलाये और बोली–खोले देती हूँ। चुपके से भाग जाओ, नहीं तो यहाँ लोग मार डालेंगे। आज घर में सलाह हो रही है कि इनकी नाकों में नाथ डाल दी जाँय।

उसने गराँव खोल दिया, पर दोनों चुपचाप खड़े रहे।

मोती ने अपनी भाषा में पूछा–अब चलते क्यों नहीं।

हीरा ने कहा–चलें तो लेकिन कल इस अनाथ पर आफत आयेगी। सब इसी पर सन्देह करेंगे। सहसा बालिका चिल्लायी–दोनों फूफावाले बैल भागे जा रहे हैं। ओ दादा! दादा! दोनों बैल भागे जा रहे हैं, जल्दी दौड़ो।

गया हड़बड़ाकर भीतर से निकला और बैलों को पकड़ने चला। वे दोनों भागे। गया ने पीछा किया। और भी तेज हुए। गया ने शोर मचाया। फिर गाँव के कुछ आदमियों को भी साथ लेने के लिए लौटा। दोनों मित्रों को भागने का मौका मिल गया। सीधे दौड़ते चले गये। यहाँ तक कि मार्ग का ज्ञान न रहा। जिस परिचित मार्ग से आये थे, उसका यहाँ पता न था। नये-नये गाँव मिलने लगे। तब दोनों एक खेत के किनारे खड़े होकर सोचने लगे, अब क्या करना चाहिए।

हीरा ने कहा–मालूम होता है, राह भूल गये।

'तुम भी बेतहाशा भागे। वहीं उसे मार गिराना था।'

'उसे मार गिराते, तो दुनिया क्या कहती? वह अपना धर्म छोड़ दे, लेकिन हम अपना धर्म क्यों छोड़ें?'

दोनों भूख से व्याकुल हो रहे थे। खेत में मटर खड़ी थी। चरने लगे। रह-रहकर आहट ले लेते थे, कोई आता तो नहीं है।

जब पेट भर गया, दोनों ने आजादी का अनुभव किया, तो मस्त होकर

उछलने-कूदने लगे। पहले दोनों ने डकार ली। फिर सींग मिलाये और एक-दूसरे को ठेलने लगे। मोती ने हीरा को कई कदम पीछे हटा दिया, यहाँ तक कि वह खाई में गिर गया। तब उसे भी क्रोध आया। सँभलकर उठा और फिर मोती से मिल गया। मोती ने देखा–खेल में झगड़ा हुआ चाहता है, तो किनारे हट गया।

3

अरे! यह क्या? कोई साँड़ डौंकता चला आ रहा है। हाँ, साँड़ ही है। वह सामने आ पहुँचा। दोनों मित्र बगलें झाँक रहे हैं। साँड़ पूरा हाथी है। उससे भिड़ना जान से हाथ धोना है; लेकिन न भिड़ने पर भी जान बचती नहीं नजर आती। इन्हीं की तरफ आ भी रहा है। कितनी भयंकर सूरत है!

मोती ने मूक-भाषा में कहा–बुरे फँसे। जान बचेगी? कोई उपाय सोचो।

हीरा ने चिन्तित स्वर में कहा–अपने घमंड में भूला हुआ है। आरज़ू-विनती न सुनेगा।

'भाग क्यों न चलें?'

'भागना कायरता है।'

'तो फिर यहीं मरो। बन्दा तो नौ-दो-ग्यारह होता है।'

'और जो दौड़ाये?'

'तो फिर कोई उपाय सोचो जल्द!'

'उपाय यही है कि उस पर दोनों जने एक साथ चोट करें? मैं आगे से रगेदता हूँ, तुम पीछे से रगेदो, दोहरी मार पड़ेगी, तो भाग खड़ा होगा। मेरी ओर झपटे, तुम बगल से उसके पेट में सींग घुसेड़ देना। जान जोखिम

है; पर दूसरा उपाय नहीं है।'

दोनों मित्र जान हथेलियों पर लेकर लपके। साँड़ को भी संगठित शत्रुओं से लड़ने का तजुरबा न था। वह तो एक शत्रु से मल्लयुद्ध करने का आदी था। ज्यों ही हीरा पर झपटा, मोती ने पीछे से दौड़ाया। साँड़ उसकी तरफ मुड़ा, तो हीरा ने रगेदा। साँड़ चाहता था कि एक-एक करके दोनों को गिरा ले; पर ये दोनों भी उस्ताद थे। उसे वह अवसर न देते थे। एक बार साँड़ झल्लाकर हीरा का अन्त कर देने के लिए चला कि मोती ने बगल से आकर पेट में सींग भोंक दिया। साँड़ क्रोध में आकर पीछे फिरा तो हीरा ने दूसरे पहलू में सींग चुभा दिया। आखिर बेचारा जख्मी होकर भागा और दोनों मित्रों ने दूर तक उसका पीछा किया। यहाँ तक कि साँड़ बेदम होकर गिर पड़ा। तब दोनों ने उसे छोड़ दिया।

दोनों मित्र विजय के नशे में झूमते चले जाते थे।

मोती ने अपनी सांकेतिक भाषा में कहा–मेरा जी तो चाहता था कि बच्चा को मार ही डालूँ।

हीरा ने तिरस्कार किया–गिरे हुए बैरी पर सींग न चलाना चाहिए।

'यह सब ढोंग है। बैरी को ऐसा मारना चाहिए कि फिर न उठे।'

'अब घर कैसे पहुँचेंगे, वह सोचो।'

'पहले कुछ खा लें, तो सोचें।'

सामने मटर का खेत था ही। मोती उसमें घुस गया। हीरा मना करता रहा, पर उसने एक न सुनी। अभी दो ही चार ग्रास खाये थे कि दो आदमी लाठियाँ लिये दौड़ पड़े, और दोनों मित्रों को घेर लिया। हीरा तो मेड़ पर था, निकल गया। मोती सींचे हुए खेत में था। उसके खुर कीचड़ में धँसने लगे। न भाग सका। पकड़ लिया। हीरा ने देखा, संगी संकट में है, तो लौट पड़ा। फँसेंगे तो दोनों फँसेंगे। रखवालों ने उसे भी पकड़ लिया।

प्रातःकाल दोनों मित्र काँजीहौस में बन्द कर दिये गये।

4

दोनों मित्रों को जीवन में पहली बार ऐसा साबिका पड़ा कि सारा दिन बीत गया और खाने को एक तिनका भी न मिला। समझ ही में न आता था, यह कैसा स्वामी है। इससे तो गया फिर भी अच्छा था। यहाँ कई भैंसें थीं, कई बकरियाँ, कई घोड़े, कई गधे; पर किसी के सामने चारा न था, सब जमीन पर मुरदों की तरह पड़े थे। कई तो इतने कमजोर हो गये थे कि खड़े भी न हो सकते थे। सारा दिन दोनों मित्र फाटक की ओर टकटकी लगाये ताकते रहे; पर कोई चारा लेकर आता न दिखायी दिया। तब दोनों ने दीवार की नमकीन मिट्टी चाटनी शुरू की, पर इससे क्या तृप्ति होती?

रात को भी जब कुछ भोजन न मिला, तो हीरा के दिल में विद्रोह की ज्वाला दहक उठी। मोती से बोला–अब तो नहीं रहा जाता मोती!

मोती ने सिर लटकाये हुए जवाब दिया–मुझे तो मालूम होता है, प्राण निकल रहे हैं।

'इतनी जल्द हिम्मत न हारो भाई! यहाँ से भागने का कोई उपाय निकालना चाहिए।'

'आओ दीवार तोड़ डालें।'

'मुझसे तो अब कुछ नहीं होगा।'

'बस इसी बूते पर अकड़ते थे!'

'सारी अकड़ निकल गयी।'

बाड़े की दीवार कच्ची थी। हीरा मजबूत तो था ही, अपने नुकीले सींग दीवार में गड़ा दिये और जोर मारा, तो मिट्टी का एक चिप्पड़ निकल आया। फिर तो उसका साहस बढ़ा। इसने दौड़-दौड़कर दीवार पर चोटें

कीं और हर चोट में थोड़ी-थोड़ी मिट्टी गिराने लगा।

उसी समय काँजीहौस का चौकीदार लालटेन लेकर जानवरों की हाजिरी लेने आ निकला। हीरा का उजड्डपन देखकर उसने उसे कई डंडे रसीद किये और मोटी-सी रस्सी से बाँध दिया।

मोती ने पड़े-पड़े कहा–आखिर मार खायी, क्या मिला?

'अपने बूते-भर जोर तो मार दिया।'

'ऐसा जोर मारना किस काम का कि और बंधन में पड़ गये।'

'जोर तो मारता ही जाऊँगा, चाहे कितने ही बंधन पड़ते जायँ।'

'जान से हाथ धोना पड़ेगा।'

'कुछ परवाह नहीं। यों भी तो मरना ही है। सोचो, दीवार खुद जाती, तो कितनी जानें बच जातीं। इतने भाई यहाँ बन्द हैं। किसी की देह में जान नहीं है। दो-चार दिन और यही हाल रहा, तो सब मर जायेंगे।'

'हाँ, यह बात तो है। अच्छा, तो ला, फिर मैं भी जोर लगाता हूँ।'

मोती ने भी दीवार में उसी जगह सींग मारा। थोड़ी-सी मिट्टी गिरी और फिर हिम्मत बढ़ी। फिर तो वह दीवार में सींग लगाकर इस तरह जोर करने लगा, मानो किसी प्रतिद्वन्द्वी से लड़ रहा है। आखिर कोई दो घंटे की जोर-आजमाई के बाद दीवार ऊपर से लगभग एक हाथ गिर गयी। उसने दूनी शक्ति से दूसरा धक्का मारा, तो आधी दीवार गिर पड़ी।

दीवार का गिरना था कि अधमरे-से पड़े हुए सभी जानवर चेत उठे। तीनों घोड़ियाँ सरपट भाग निकलीं। फिर बकरियाँ निकलीं। इसके बाद भैंसें भी खिसक गयीं; पर गधे अभी तक ज्यों-के-त्यों खड़े थे।

हीरा ने पूछा-तुम दोनों क्यों नहीं भाग जाते?

एक गधे ने कहा–जो कहीं फिर पकड़ लिये जायँ।

'तो क्या हरज है। अभी तो भागने का अवसर है।'

'हमें तो डर लगता है, हम यहीं पड़े रहेंगे।'

आधी रात से ऊपर जा चुकी थी। दोनों गधे अभी तक खड़े सोच रहे थे कि भागें या न भागें, और मोती अपने मित्र की रस्सी तोड़ने में लगा हुआ था। जब वह हार गया, तो हीरा ने कहा–तुम जाओ, मुझे यहीं पड़ा रहने दो। शायद कहीं भेंट हो जाय।

मोती ने आँखों में आँसू लाकर कहा–तुम मुझे इतना स्वार्थी समझते हो, हीरा? हम और तुम इतने दिनों एक साथ रहे हैं। आज तुम विपत्ति में पड़ गये, तो मैं तुम्हें छोड़कर अलग हो जाऊँ।

हीरा ने कहा–बहुत मार पड़ेगी। लोग समझ जायँगे, यह तुम्हारी शरारत है।

मोती गर्व से बोला–जिस अपराध के लिए तुम्हारे गले में बन्धन पड़ा, उसके लिए अगर मुझ पर मार पड़े, तो क्या चिन्ता। इतना तो हो ही गया कि नौ-दस प्राणियों की जान बच गयी। वे सब तो आशीर्वाद देंगे।

यह कहते हुए मोती ने दोनों गधों को सींगों से मार-मारकर बाड़े के बाहर निकाला और तब अपने बन्धु के पास आकर सो रहा।

भोर होते ही मुंशी और चौकीदार तथा अन्य कर्मचारियों में कैसी खलबली मची, इसके लिखने की जरूरत नहीं। बस, इतना ही काफी है कि मोती की खूब मरम्मत हुई और उसे भी मोटी रस्सी से बाँध दिया गया।

5

एक सप्ताह तक दोनों मित्र वहाँ बँधे पड़े रहे। किसी ने चारे का एक तृण भी न डाला। हाँ, एक बार पानी दिखा दिया जाता था। यही उनका आधार था। दोनों इतने दुर्बल हो गये थे कि उठा तक न जाता था; ठठरियाँ निकल आयी थीं।

एक दिन बाड़े के सामने डुग्गी बजने लगी और दोपहर होते-होते वहाँ पचास-साठ आदमी जमा हो गये। तब दोनों मित्र निकाले गये और उनकी देखभाल होने लगी। लोग आ-आकर उनकी सूरत देखते और मन फीका करके चले जाते। ऐसे मृतक बैलों का कौन खरीदार होता?

सहसा एक दढ़ियल आदमी, जिसकी आँखें लाल थीं और मुद्रा अत्यन्त कठोर, आया और दोनों मित्रों के कूल्हों में उँगली गोदकर मुंशीजी से बातें करने लगा। उसका चेहरा देखकर अन्तर्ज्ञान से दोनों मित्रों के दिल काँप उठे। वह कौन है और उन्हें क्यों टटोल रहा है, इस विषय में उन्हें कोई सन्देह न हुआ। दोनों ने एक-दूसरे को भीत नेत्रों से देखा और सिर झुका लिया।

हीरा ने कहा–गया के घर से नाहक भागे। अब जान न बचेगी।

मोती ने अश्रद्धा के भाव से उत्तर दिया–कहते हैं, भगवान् सबके ऊपर दया करते हैं। उन्हें हमारे ऊपर क्यों दया नहीं आती?

'भगवान् के लिए हमारा मरना-जीना दोनों बराबर है। चलो, अच्छा ही है, कुछ दिन उसके पास तो रहेंगे। एक बार भगवान् ने उस लड़की के रूप में हमें बचाया था। क्या अब न बचायेंगे?'

'यह आदमी छुरी चलायेगा। देख लेना।'

'तो क्या चिन्ता है? मांस, खाल, सींग, हड्डी सब किसी-न-किसी काम आ जायँगे।'

नीलाम हो जाने के बाद दोनों मित्र उस दढ़ियल के साथ चले। दोनों की बोटी-बोटी काँप रही थी। बेचारे पाँव तक न उठा सकते थे, पर भय के मारे गिरते-पड़ते भागे जाते थे; क्योंकि वह जरा भी चाल धीमी हो जाने पर जोर से डंडा जमा देता था।

राह में गाय-बैलों का एक रेवड़ हरे-हरे हार में चरता नजर आया। सभी जानवर प्रसन्न थे, चिकने, चपल। कोई उछलता था, कोई आनन्द से बैठा

पागुर करता था। कितना सुखी जीवन था इनका; पर कितने स्वार्थी हैं सब। किसी को चिन्ता नहीं कि उनके दो भाई बधिक के हाथ पड़े कैसे दुःखी हैं।

सहसा दोनों को ऐसा मालूम हुआ कि यह परिचित राह है। हाँ, इसी रास्ते से गया उन्हें ले गया था। वही खेत, वही बाग, वही गाँव मिलने लगे। प्रतिक्षण उनकी चाल तेज होने लगी। सारी थकान, सारी दुर्बलता गायब हो गयी। आह? यह लो! अपना ही हार आ गया। इसी कुएँ पर हम पुर चलाने आया करते थे; यही कुआँ है।

मोती ने कहा–हमारा घर नगीच आ गया।

हीरा बोला–भगवान् की दया है।

'मैं तो अब घर भागता हूँ।'

'यह जाने देगा?'

'इसे मैं मार गिराता हूँ।'

'नहीं-नहीं, दौड़कर थान पर चलो। वहाँ से हम आगे न जायँगे।'

दोनों उन्मत्त होकर बछड़ों की भाँति कुलेलें करते हुए घर की ओर दौड़े। वह हमारा थान है। दोनों दौड़कर अपने थान पर आये और खड़े हो गये। दढ़ियल भी पीछे-पीछे दौड़ा चला आता था।

झूरी द्वार पर बैठा धूप खा रहा था। बैलों को देखते ही दौड़ा और उन्हें बारी-बारी से गले लगाने लगा। मित्रों की आँखों से आनन्द के आँसू बहने लगे। एक झूरी का हाथ चाट रहा था।

दढ़ियल ने जाकर बैलों की रस्सियाँ पकड़ लीं।

झूरी ने कहा–मेरे बैल हैं।

'तुम्हारे बैल कैसे? मैं मवेशीखाने से नीलाम लिये आता हूँ।'

'मैं तो समझता हूँ चुराये लिये आते हो! चुपके से चले जाओ। मेरे

बैल हैं। मैं बेचूँगा तो बिकेंगे। किसी को मेरे बैल नीलाम करने का क्या अख्तियार है?'

'जाकर थाने में रपट कर दूँगा।'

'मेरे बैल हैं। इसका सबूत यह है कि मेरे द्वार पर खड़े हैं।'

दढ़ियल झल्लाकर बैलों को जबरदस्ती पकड़ ले जाने के लिए बढ़ा। उसी वक्त मोती ने सींग चलाया। दढ़ियल पीछे हटा। मोती ने पीछा किया। दढ़ियल भागा। मोती पीछे दौड़ा। गाँव के बाहर निकल जाने पर वह रुका; पर खड़ा दढ़ियल का रास्ता देख रहा था। दढ़ियल दूर खड़ा धमकियाँ दे रहा था, गालियाँ निकाल रहा था, पत्थर फेंक रहा था। और मोती विजयी शूर की भाँति उसका रास्ता रोके खड़ा था। गाँव के लोग यह तमाशा देखते थे और हँसते थे।

जब दढ़ियल हारकर चला गया, तो मोती अकड़ता हुआ लौटा।

हीरा ने कहा–मैं डर रहा था कि कहीं तुम गुस्से में आकर मार न बैठो।

'अगर वह मुझे पकड़ता, तो मैं बे-मारे न छोड़ता।'

'अब न आयेगा।'

'आयेगा तो दूर ही से खबर लूँगा। देखूँ, कैसे ले जाता है।'

'जो गोली मरवा दे?'

'मर जाऊँगा; पर उसके काम तो न आऊँगा।'

'हमारी जान को कोई जान ही नहीं समझता।'

'इसीलिए कि हम इतने सीधे हैं।'

जरा देर में नाँदों में खली, भूसा, चोकर और दाना भर दिया गया और दोनों मित्र खाने लगे। झूरी खड़ा दोनों को सहला रहा था और बीसों लड़के तमाशा देख रहे थे। सारे गाँव में उछाह-सा मालूम होता था।

उसी समय मालकिन ने आकर दोनों के माथे चूम लिये।

आत्माराम

वेदों-ग्राम में महादेव सोनार एक सुविख्यात आदमी था। वह अपने सायबान में प्रातः से संध्या तक अँगीठी के सामने बैठा हुआ खटखट किया करता था। यह लगातार ध्वनि सुनने के लोग इतने अभ्यस्त हो गये थे कि जब किसी कारण से वह बंद हो जाती, तो जान पड़ता था, कोई चीज़ गायब हो गयी। वह नित्य-प्रति एक बार प्रातःकाल अपने तोते का पिंजड़ा लिए कोई भजन गाता हुआ तालाब की ओर जाता था। उस धुँधले प्रकाश में उसका जर्जर शरीर, पोपला मुँह और झुकी हुई कमर देख कर किसी अपरिचित मनुष्य को उसके पिशाच होने का भ्रम हो सकता था। ज्यों ही लोगों के कानों में आवाज आती–'सत्त गुरुदत्त शिवदत्त दाता', लोग समझ जाते कि भोर हो गयी।

महादेव का पारिवारिक जीवन सुखमय न था। उसके तीन पुत्र थे, तीन बहुएँ थीं, दर्जनों नाती-पोते थे, लेकिन उसके बोझ को हलका करनेवाला कोई न था। लड़के कहते–'जब तक दादा जीते हैं, हम जीवन का आनंद भोग लें, फिर तो यह ढोल गले पड़ेगी ही।' बेचारे महादेव को कभी-कभी निराहार ही रहना पड़ता। भोजन के समय उसके घर में साम्यवाद का ऐसा गगनभेदी निर्घोष होता कि वह भूखा ही उठ जाता, और नारियल का हुक्का पीता हुआ सो जाता। उसका व्यावसायिक जीवन और भी

अशांतिकारक था। यद्यपि वह अपने काम में निपुण था, उसकी खटाई औरों से कहीं ज्यादा शुद्धिकारक और उसकी रासायनिक क्रियाएँ कहीं ज्यादा कष्टसाध्य थीं, तथापि उसे आये दिन शक्की और धैर्य-शून्य प्राणियों के अपशब्द सुनने पड़ते थे। पर महादेव अविचलित गाम्भीर्य से सिर झुकाये सब कुछ सुना करता था। ज्यों ही यह कलह शांत होता, वह अपने तोते की ओर देख कर पुकार उठता–'सत्त गुरुदत्त शिवदत्त दाता।' इस मंत्र को जपते ही उसके चित्त को पूर्ण शांति प्राप्त हो जाती थी।

2

एक दिन संयोगवश किसी लड़के ने पिंजड़े का द्वार खोल दिया। तोता उड़ गया। महादेव ने सिर उठाकर जो पिंजड़े की ओर देखा, तो उसका कलेजा सन्न-से हो गया। तोता कहाँ गया। उसने फिर पिंजड़े को देखा, तोता गायब था! महादेव घबड़ा कर उठा और इधर-उधर खपरैलों पर निगाह दौड़ाने लगा। उसे संसार में कोई वस्तु अगर प्यारी थी, तो वह यही तोता। लड़के-बालों, नाती-पोतों से उसका जी भर गया था। लड़कों की चुलबुल से उसके काम में विघ्न पड़ता था। बेटों से उसे प्रेम न था; इसलिए नहीं कि वे निकम्मे थे, बल्कि इसलिए कि उनके कारण वह अपने आनंददायी कुल्हड़ों की नियमित संख्या से वंचित रह जाता था। पड़ोसियों से उसे चिढ़ थी, इसलिए कि वे अँगीठी से आग निकाल ले जाते थे। इन समस्त विघ्न-बाधाओं से उसके लिए कोई पनाह थी, तो वह यही तोता था। इससे उसे किसी प्रकार का कष्ट न होता था। वह अब उस अवस्था में था जब मनुष्य को शांति भोग के सिवा और कोई इच्छा नहीं रहती।

तोता एक खपरैल पर बैठा था। महादेव ने पिंजरा उतार लिया और उसे दिखा कर कहने लगा–'आ-आ' 'सत्त गुरुदत्त शिवदत्त दाता।' लेकिन गाँव और घर के लड़के एकत्र हो कर चिल्लाने और तालियाँ बजाने

लगे। ऊपर से कौओं ने काँव-काँव की रट लगायी? तोता उड़ा और गाँव से बाहर निकल कर एक पेड़ पर जा बैठा। महादेव खाली पिंजड़ा लिये उसके पीछे दौड़ा, सो दौड़ा। लोगों को उसकी द्रुतगामिता पर अचम्भा हो रहा था। मोह की इससे सुंदर, इससे सजीव, इससे भावमय कल्पना नहीं की जा सकती।

दोपहर हो गयी थी। किसान लोग खेतों से चले आ रहे थे। उन्हें विनोद का अच्छा अवसर मिला। महादेव को चिढ़ाने में सभी को मजा आता था। किसी ने कंकड़ फेंके, किसी ने तालियाँ बजायीं। तोता फिर उड़ा और वहाँ से दूर आम के बाग में एक पेड़ की फुनगी पर जा बैठा। महादेव फिर खाली पिंजड़ा लिये मेंढक की भाँति उचकता चला। बाग में पहुँचा तो पैर के तलुओं से आग निकल रही थी; सिर चक्कर खा रहा था। जब जरा सावधान हुआ, तो फिर पिंजड़ा उठा कर कहने लगा–'सत्त गुरुदत्त शिवदत्त दाता।' तोता फुनगी से उतर कर नीचे की एक डाल पर आ बैठा, किन्तु महादेव की ओर सशंक नेत्रों से ताक रहा था। महादेव ने समझा, डर रहा है। वह पिंजड़े को छोड़ कर आप एक दूसरे पेड़ की आड़ में छिप गया। तोते ने चारों ओर गौर से देखा, निश्शंक हो गया, उतरा और आ कर पिंजड़े के ऊपर बैठ गया। महादेव का हृदय उछलने लगा। 'सत्त गुरुदत्त शिवदत्त दाता' का मंत्र जपता हुआ धीरे-धीरे तोते के समीप आया और लपका कि तोते को पकड़ ले; किन्तु तोता हाथ न आया, फिर पेड़ पर जा बैठा।

शाम तक यही हाल रहा। तोता कभी इस डाल पर जाता, कभी उस डाल पर। कभी पिंजड़े पर आ बैठता, कभी पिंजड़े के द्वार पर बैठ अपने दाना-पानी की प्यालियों को देखता, और फिर उड़ जाता। बुड्ढा अगर मूर्तिमान मोह था, तो तोता मूर्तिमयी माया। यहाँ तक कि शाम हो गयी। माया और मोह का यह संग्राम अंधकार में विलीन हो गया।

3

रात हो गयी! चारों ओर निविड़ अंधकार छा गया। तोता न जाने पत्तों में कहाँ छिपा बैठा था। महादेव जानता था कि रात को तोता कहीं उड़ कर नहीं जा सकता। और न पिंजड़े ही में आ सकता है, फिर भी वह उस जगह से हिलने का नाम न लेता था। आज उसने दिन भर कुछ नहीं खाया। रात के भोजन का समय भी निकल गया, पानी की बूँद भी उसके कंठ में न गयी; लेकिन उसे न भूख थी, न प्यास! तोते के बिना उसे अपना जीवन निस्सार, शुष्क और सूना जान पड़ता था। वह दिन-रात काम करता था; इसलिए कि यह उसकी अंतःप्रेरणा थी; जीवन के और काम इसलिए करता था कि आदत थी। इन कामों में उसे अपनी सजीवता का लेश-मात्र भी ज्ञान न होता था। तोता ही वह वस्तु था, जो उसे चेतना की याद दिलाता था। उसका हाथ से जाना जीव का देह-त्याग करना था।

महादेव दिन भर का भूखा-प्यासा, थका-माँदा, रह-रह कर झपकियाँ ले लेता था; किन्तु एक क्षण में फिर चौंक कर आँखें खोल देता और उस विस्तृत अंधकार में उसकी आवाज सुनायी देती–'सत्त गुरुदत्त शिवदत्त दाता'।

आधी रात गुजर गयी थी। सहसा वह कोई आहट पा कर चौंका। देखा, एक दूसरे वृक्ष के नीचे एक धुँधला दीपक जल रहा है, और कई आदमी बैठे हुए आपस में कुछ बातें कर रहे हैं। वे सब चिलम पी रहे थे। तमाखू की महक ने उसे अधीर कर दिया। उच्च स्वर से बोला–'सत्त गुरुदत्त शिवदत्त दाता' और उन आदमियों की ओर चिलम पीने चला गया; किंतु जिस प्रकार बंदूक की आवाज़ सुनते ही हिरन भाग जाते हैं उसी प्रकार उसे आते देख सब-के-सब उठ कर भागे। कोई इधर गया, कोई उधर। महादेव चिल्लाने लगा–'ठहरो-ठहरो' एकाएक उसे ध्यान आ

गया, ये सब चोर हैं। वह जोर से चिल्ला उठा–'चोर-चोर, पकड़ो-पकड़ो।' चोरों ने पीछे फिर कर न देखा।

महादेव दीपक के पास गया, तो उसे एक कलसा रखा हुआ मिला जो मोर्चे से काला हो रहा था। महादेव का हृदय उछलने लगा। उसने कलसे में हाथ डाला, तो मोहरें थीं। उसने एक मोहर बाहर निकाली और दीपक के उजाले में देखा। हाँ, मोहर थी। उसने तुरंत कलसा उठा लिया, और दीपक बुझा दिया और पेड़ के नीचे छिप कर बैठ रहा। साह से चोर बन गया।

उसे फिर शंका हुई, ऐसा न हो, चोर लौट आवें, और मुझे अकेला देख कर मोहरें छीन लें। उसने कुछ मोहर कमर में बाँधीं, फिर एक सूखी लकड़ी से जमीन की मिट्टी हटा कर कई गड़ढे बनाये, उन्हें मोहरों से भर कर मिट्टी से ढँक दिया।

4

महादेव के अंतर्नेत्रों के सामने अब एक दूसरा जगत् था, चिंताओं और कल्पना से परिपूर्ण। यद्यपि अभी कोष के हाथ से निकल जाने का भय था, पर अभिलाषाओं ने अपना काम शुरू कर दिया। एक पक्का मकान बन गया, सराफे की एक भारी दूकान खुल गयी, निज सम्बन्धियों से फिर नाता जुड़ गया, विलास की सामग्रियाँ एकत्रित हो गयीं। तब तीर्थ-यात्रा करने चले, और वहाँ से लौट कर बड़े समारोह से यज्ञ, ब्रह्मभोज हुआ। इसके पश्चात् एक शिवालय और कुआँ बन गया, एक बाग भी लग गया और वह नित्यप्रति कथा-पुराण सुनने लगा। साधु-सन्तों का आदर-सत्कार होने लगा।

अकस्मात् उसे ध्यान आया। कहीं चोर आ जायँ, तो मैं भागूँगा क्योंकर? उसने परीक्षा करने के लिए कलसा उठाया। और दो सौ पग

तक बेतहाशा भागा हुआ चला गया। जान पड़ता था, उसके पैरों में पर लग गये हैं। चिंता शांत हो गयी। इन्हीं कल्पनाओं में रात व्यतीत हो गयी। उषा का आगमन हुआ, हवा जगी, चिड़ियाँ गाने लगीं। सहसा महादेव के कानों में आवाज़ आयी–

सत्त गुरुदत्त शिवदत्त दाता,
राम के चरण में चित्त लागा।

यह बोल सदैव महादेव की जिह्वा पर रहता था। दिन में सहस्रों ही बार ये शब्द उसके मुँह से निकलते थे, पर उनका धार्मिक भाव कभी भी उसके अंतःकरण को स्पर्श न करता था। जैसे किसी बाजे से राग निकलता है, उसी प्रकार उसके मुँह से यह बोल निकलता था। निरर्थक और प्रभाव-शून्य। तब उसका हृदय-रूपी वृक्ष पत्र-पल्लव विहीन था। यह निर्मल वायु उसे गुंजरित न कर सकती थी; पर अब उस वृक्ष में कोपलें और शाखाएँ निकल आयी थीं। इस वायु-प्रवाह से झूम उठा, गुंजित हो गया।

अरुणोदय का समय था। प्रकृति एक अनुरागमय प्रकाश में डूबी हुई थी। उसी समय तोता पैरों को जोड़े हुए ऊँची डाल से उतरा, जैसे आकाश से कोई तारा टूटे और आ कर पिंजड़े में बैठ गया। महादेव प्रफुल्लित हो कर दौड़ा और पिंजड़े को उठा कर बोला–'आओ आत्माराम, तुमने कष्ट तो बहुत दिया, पर मेरा जीवन भी सफल कर दिया। अब तुम्हें चाँदी के पिंजड़े में रखूँगा और सोने से मढ़ दूँगा।' उसके रोम-रोम से परमात्मा के गुणानुवाद की ध्वनि निकलने लगी। प्रभु तुम कितने दयावान् हो! यह तुम्हारा असीम वात्सल्य है, नहीं तो मुझ पापी, पतित प्राणी कब इस कृपा के योग्य था! इन पवित्र भावों से उसकी आत्मा विह्वल हो गयी! वह अनुरक्त हो कर कह उठा–

'सत्त गुरुदत्त शिवदत्त दाता,
राम के चरण में चित्त लागा।'

उसने एक हाथ में पिंजड़ा लटकाया, बगल में कलसा दबाया और घर चला।

5

महादेव घर पहुँचा, तो अभी कुछ अँधेरा था। रास्ते में एक कुत्ते के सिवा और किसी से भेंट न हुई, और कुत्ते को मोहरों से विशेष प्रेम नहीं होता। उसने कलसे को एक नाद में छिपा दिया, और उसे कोयले से अच्छी तरह ढँक कर अपनी कोठरी में रख आया। जब दिन निकल आया तो वह सीधे पुरोहित के घर पहुँचा। पुरोहित पूजा पर बैठे सोच रहे थे–कल ही मुकदमे की पेशी है और अभी तक हाथ में कौड़ी भी नहीं–यजमानों में कोई साँस भी नहीं लेता। इतने में महादेव ने पालागन की। पंडित जी ने मुँह फेर लिया। यह अमंगलमूर्ति कहाँ से आ पहुँची, मालूम नहीं, दाना भी मयस्सर होगा या नहीं। रुष्ट हो कर पूछा–क्या है जी, क्या कहते हो। जानते नहीं, हम इस समय पूजा पर रहते हैं।

महादेव ने कहा–महाराज, आज मेरे यहाँ सत्यनारायण की कथा है।

पुरोहित जी विस्मित हो गये। कानों पर विश्वास न हुआ। महादेव के घर कथा का होना उतनी ही असाधारण घटना थी, जितनी अपने घर से किसी भिखारी के लिए भीख निकालना। पूछा–आज क्या है?

महादेव बोला–कुछ नहीं, ऐसी इच्छा हुई कि आज भगवान् की कथा सुन लूँ।

प्रभात ही से तैयारी होने लगी। वेदों के निकटवर्ती गाँवों में सुपारी फिरी। कथा के उपरांत भोज का भी नेवता था। जो सुनता आश्चर्य करता। आज रेत में दूब कैसे जमी।

संध्या समय जब सब लोग जमा हुए, और पंडित जी अपने सिंहासन पर विराजमान हुए, तो महादेव खड़ा होकर उच्च स्वर में बोला–भाइयो,

मेरी सारी उम्र छल-कपट में कट गयी। मैंने न जाने कितने आदमियों को दगा दी, कितने खरे को खोटा किया; पर अब भगवान् ने मुझ पर दया की है, वह मेरे मुँह की कालिख को मिटाना चाहते हैं। मैं आप सब भाइयों से ललकार कर कहता हूँ कि जिसका मेरे जिम्मे जो कुछ निकलता हो, जिसकी जमा मैंने मार ली हो, जिसके चोखे माल को खोटा कर दिया हो, वह आ कर अपनी एक-एक कौड़ी चुका ले, अगर कोई यहाँ न आ सका हो, तो आप लोग उससे जा कर कह दीजिए, कल से एक महीने तक, जब जी चाहे, आये और अपना हिसाब चुकता कर ले। गवाही-साखी का काम नहीं।

सब लोग सन्नाटे में आ गये। कोई मार्मिक भाव से सिर हिला कर बोला–हम कहते न थे। किसी ने अविश्वास से कहा–क्या खा कर भरेगा, हजारों का टोटल हो जायेगा।

एक ठाकुर ने ठठोली की–और जो लोग सुरधाम चले गये।

महादेव ने उत्तर दिया–उसके घर वाले तो होंगे।

किन्तु इस समय लोगों को वसूली की इतनी इच्छा न थी, जितनी यह जानने की कि इसे इतना धन मिल कहाँ से गया। किसी को महादेव के पास आने का साहस न हुआ। देहात के आदमी थे, गड़े मुर्दे उखाड़ना क्या जानें। फिर प्रायः लोगों को याद भी न था कि उन्हें महादेव से क्या पाना है, और ऐसे पवित्र अवसर पर भूल-चूक हो जाने का भय उनका मुँह बन्द किये हुए था। सबसे बड़ी बात यह थी कि महादेव की साधुता ने उन्हें वशीभूत कर लिया था।

अचानक पुरोहित जी बोले–तुम्हें याद है, मैंने एक कंठा बनाने के लिए सोना दिया था, तुमने कई माशे तौल में उड़ा दिये थे।

महादेव–हाँ, याद है, आपका कितना नुकसान हुआ होगा?

पुरोहित–पचास रुपये से कम न होगा।

महादेव ने कमर से दो मोहरें निकालीं और पुरोहित जी के सामने रख दीं।

पुरोहित जी की लोलुपता पर टीकाएँ होने लगीं। यह बेईमानी है, बहुत हो, तो दो-चार रुपये का नुकसान हुआ होगा। बेचारे से पचास रुपये ऐंठ लिये। नारायण का भी डर नहीं। बनने को पंडित, पर नीयत ऐसी खराब! राम-राम!!

लोगों को महादेव पर एक श्रद्धा-सी हो गयी। एक घंटा बीत गया पर उन सहस्त्रों मनुष्यों में से एक भी खड़ा न हुआ। तब महादेव ने फिर कहा–मालूम होता है, आप लोग अपना-अपना हिसाब भूल गये हैं, इसलिए आज कथा होने दीजिए। मैं एक महीने तक आपकी राह देखूँगा। इसके पीछे तीर्थ-यात्रा करने चला जाऊँगा। आप सब भाइयों से मेरी विनती है कि आप मेरा उद्धार करें।

एक महीने तक महादेव लेनदारों की राह देखता रहा। रात को चोरों के भय से नींद न आती। अब वह कोई काम न करता। शराब का चसका भी छूटा। साधु-अभ्यागत जो द्वार पर आ जाते, उनका यथायोग्य सत्कार करता। दूर-दूर उसका सुयश फैल गया। यहाँ तक कि महीना पूरा हो गया, और एक आदमी भी हिसाब लेने न आया। अब महादेव को ज्ञान हुआ कि संसार में कितना धर्म, कितना सद्व्यवहार है। अब उसे मालूम हुआ कि संसार बुरों के लिए बुरा है और अच्छों के लिए अच्छा।

6

इस घटना को हुए पचास वर्ष बीत चुके हैं। आप वेदों जाइये, तो दूर ही से एक सुनहला कलेश दिखायी देता है। वह ठाकुरद्वारे का कलश है। उससे मिला हुआ एक पक्का तालाब है, जिसमें खूब कमल खिले रहते हैं। उसकी मछलियाँ कोई नहीं पकड़ता, तालाब के किनारे एक विशाल

समाधि है। यही आत्माराम का स्मृति-चिह्न है, उसके सम्बन्ध में विभिन्न किंवदंतियाँ प्रचलित हैं। कोई कहता है, वह रत्नजड़ित पिंजड़ा स्वर्ग को चला गया, कोई कहता, वह 'सत्त गुरुदत्त' कहता हुआ अंतर्धान हो गया, पर यथार्थ यह है कि उस पक्षी-रूपी चंद्र को किसी बिल्ली-रूपी राहु ने ग्रस लिया। लोग कहते हैं, आधी रात को अभी तक तालाब के किनारे आवाज आती है–

'सत्त गुरुदत्त शिवदत्त दाता,

राम के चरण में चित्त लागा।'

महादेव के विषय में भी कितनी ही जन-श्रुतियाँ हैं। उनमें सबसे मान्य यह है कि आत्माराम के समाधिस्थ होने के बाद वह कई संन्यासियों के साथ हिमालय चला गया, और वहाँ से लौट कर न आया। उसका नाम आत्माराम प्रसिद्ध हो गया।

घासवाली

मुलिया हरी-हरी घास का गट्ठा लेकर आयी, तो उसका गेहुआँ रंग कुछ तमतमाया हुआ था और बड़ी-बड़ी मद-भरी आँखों में शंका समाई हुई थी। महावीर ने उसका तमतमाया हुआ चेहरा देखकर पूछा–क्या है मुलिया, आज कैसा जी है।

मुलिया ने कुछ जवाब न दिया–उसकी आँखें डबडबा गयीं!

महावीर ने समीप आकर पूछा–क्या हुआ है, बताती क्यों नहीं? किसी ने कुछ कहा है, अम्माँ ने डाँटा है, क्यों इतनी उदास है?

मुलिया ने सिसककर कहा–कुछ नहीं, हुआ क्या है, अच्छी तो हूँ?

महावीर ने मुलिया को सिर से पाँव तक देखकर कहा–चुपचाप रोयेगी, बतायेगी नहीं?

मुलिया ने बात टालकर कहा–कोई बात भी हो, क्या बताऊँ।

मुलिया इस ऊसर में गुलाब का फूल थी। गेहुआँ रंग था, हिरन की-सी आँखें, नीचे खिंचा हुआ चिबुक, कपोलों पर हलकी लालिमा, बड़ी-बड़ी नुकीली पलकें, आँखों में एक विचित्र आर्द्रता, जिसमें एक स्पष्ट वेदना, एक मूक व्यथा झलकती रहती थी। मालूम नहीं, चमारों के इस घर में वह अप्सरा कहाँ से आ गयी थी। क्या उसका कोमल फूल-सा गात इस

योग्य था कि सर पर घास की टोकरी रखकर बेचने जाती? उस गाँव में भी ऐसे लोग मौजूद थे, जो उसके तलवे के नीचे आँखें बिछाते थे, उसकी एक चितवन के लिए तरसते थे, जिनसे अगर वह एक शब्द भी बोलती, तो निहाल हो जाते; लेकिन उसे आये साल-भर से अधिक हो गया, किसी ने उसे युवकों की तरफ़ ताकते या बातें करते नहीं देखा। वह घास लिये निकलती, तो ऐसा मालूम होता, मानो उषा का प्रकाश, सुनहरे आवरण में रंजित, अपनी छटा बिखेरता जाता हो। कोई ग़ज़लें गाता, कोई छाती पर हाथ रखता; पर मुलिया नीची आँख किये अपनी राह चली जाती। लोग हैरान होकर कहते–इतना अभिमान! महावीर में ऐसे क्या सुरखाब के पर लगे हैं, ऐसा अच्छा जवान भी तो नहीं, न जाने यह कैसे उसके साथ रहती है!

मगर आज ऐसी बात हो गयी, जो इस जाति की और युवतियों के लिए चाहे गुप्त संदेश होती, मुलिया के लिए हृदय का शूल थी। प्रभात का समय था, पवन आम की बौर की सुगन्धि से मतवाला हो रहा था, आकाश पृथ्वी पर सोने की वर्षा कर रहा था। मुलिया सिर पर झौआ रक्खे घास छीलने चली, तो उसका गेहुआँ रंग प्रभात की सुनहरी किरणों से कुन्दन की तरह दमक उठा। एकाएक युवक चैनसिंह सामने से आता हुआ दिखाई दिया। मुलिया ने चाहा कि कतराकर निकल जाय; मगर चैनसिंह ने उसका हाथ पकड़ लिया और बोला–मुलिया, तुझे क्या मुझ पर ज़रा भी दया नहीं आती?

मुलिया का वह फूल-सा खिला हुआ चेहरा ज्वाला की तरह दहक उठा। वह ज़रा भी नहीं डरी, ज़रा भी न झिझकी, झौआ जमीन पर गिरा दिया, और बोली–मुझे छोड़ दो, नहीं मैं चिल्लाती हूँ।

चैनसिंह को आज जीवन में एक नया अनुभव हुआ। नीची जातों में रूप-माधुर्य का इसके सिवा और काम ही क्या है कि वह ऊँची जातवालों का खिलौना बने। ऐसे कितने ही मार्के उसने जीते थे; पर आज मुलिया

के चेहरे का वह रंग, उसका वह क्रोध, वह अभिमान देखकर उसके छक्के छूट गये। उसने लज्जित होकर उसका हाथ छोड़ दिया। मुलिया वेग से आगे बढ़ गयी। संघर्ष की गरमी में चोट की व्यथा नहीं होती, पीछे से टीस होने लगती है। मुलिया जब कुछ दूर निकल गई, तो क्रोध और भय तथा अपनी बेकसी को अनुभव करके उसकी आँखों में आँसू भर आये। उसने कुछ देर जब्त किया, फिर सिसक-सिसक कर रोने लगी। अगर वह इतनी गरीब न होती, तो किसी की मजाल थी कि इस तरह उसका अपमान करता! वह रोती जाती थी और घास छीलती जाती थी। महावीर का क्रोध वह जानती थी। अगर उससे कह दे, तो वह इस ठाकुर के खून का प्यासा हो जायगा। फिर न जाने क्या हो! इस खयाल से उसके रोएँ खड़े हो गए। इसीलिए उसने महावीर के प्रश्नों का कोई उत्तर न दिया।

2

दूसरे दिन मुलिया घास के लिए न गई। सास ने पूछा–तू क्यों नहीं जाती? और सब तो चली गयीं?

मुलिया ने सिर झुकाकर कहा–मैं अकेली न जाऊँगी।

सास ने बिगड़कर कहा–अकेले क्या तुझे बाघ उठा ले जायगा?

मुलिया ने और भी सिर झुका लिया और दबी हुई आवाज़ से बोली–सब मुझे छेड़ते हैं।

सास ने डाँटा–न तू औरों के साथ जायगी, न अकेली जायगी, तो फिर जायगी कैसे! वह साफ़-साफ़ क्यों नहीं कहती कि मैं न जाऊँगी। तो यहाँ मेरे घर में रानी बन के निबाह न होगा। किसी को चाम नहीं प्यारा होता, काम प्यारा होता है। तू बड़ी सुन्दर है, तो तेरी सुन्दरता लेकर चाटूँ? उठा झाबा और घास ला!

द्वार पर नीम के दरख्त के साये में महावीर खड़ा घोड़े को मल रहा था।

उसने मुलिया को रोनी सूरत बनाये जाते देखा; पर कुछ बोल न सका। उसका बस चलता तो मुलिया को कलेजे में बिठा लेता, आँखों में छिपा लेता; लेकिन घोड़े का पेट भरना तो ज़रूरी था। घास मोल लेकर खिलाये, तो बारह आने रोज से कम न पड़े। ऐसी मजदूरी ही कौन होती है। मुश्किल से डेढ़-दो रुपये मिलते हैं, वह भी कभी मिले, कभी न मिले। जब से यह सत्यानाशी लारियाँ चलने लगी हैं; एक्केवालों की बधिया बैठ गई है। कोई सेंत भी नहीं पूछता। महाजन से डेढ़-सौ रुपये उधार लेकर एक्का और घोड़ा खरीदा था; मगर लारियों के आगे एक्के को कौन पूछता है। महाजन का सूद भी तो न पहुँच सकता था, मूल का कहना ही क्या! ऊपरी मन से बोला–न मन हो, तो रहने दो, देखी जायगी।

इस दिलजोई से मुलिया निहाल हो गई। बोली–घोड़ा खायेगा क्या?

आज उसने कल का रास्ता छोड़ दिया और खेतों की मेड़ों से होती हुई चली। बार-बार सतर्क आँखों से इधर-उधर ताकती जाती थी। दोनों तरफ ऊख के खेत खड़े थे। ज़रा भी खड़खड़ाहट होती, उसका जी सन्न हो जाता–कहीं कोई ऊख में छिपा न बैठा हो। मगर कोई नई बात न हुई। ऊख के खेत निकल गये, आमों का बाग निकल गया; सिंचे हुए खेत नज़र आने लगे। दूर के कुएँ पर पुर चल रहा था। खेतों की मेड़ों पर हरी-हरी घास जमी हुई थी। मुलिया का जी ललचाया। यहाँ आध घण्टे में जितनी घास छिल सकती है, सूखे मैदान में दोपहर तक न छिल सकेगी! यहाँ देखता ही कौन है। कोई चिल्लायेगा, तो चली जाऊँगी। वह बैठकर घास छीलने लगी और एक घण्टे में उसका झाबा आधे से ज्यादा भर गया। वह अपने काम में इतनी तन्मय थी कि उसे चैनसिंह के आने की खबर ही न हुई। एकाएक उसने आहट पाकर सिर उठाया, तो चैनसिंह को खड़ा देखा।

मुलिया की छाती धक् से हो गयी। जी में आया भाग जाय, झाबा उलट दे और खाली झाबा लेकर चली जाय; पर चैनसिंह ने कई गज के

फासले से ही रुककर कहा–डर मत, डर मत, भगवान जानता है! मैं तुझसे कुछ न बोलूँगा। जितनी घास चाहे छील ले, मेरा ही खेत है।

मुलिया के हाथ सुन्न हो गये, खुरपी हाथ में जम-सी गयी, घास नज़र ही न आती थी। जी चाहता था; जमीन फट जाय और मैं समा जाऊँ। जमीन आँखों के सामने तैरने लगी।

चैनसिंह ने आश्वासन दिया–छीलती क्यों नहीं? मैं तुमसे कुछ कहता थोड़े ही हूँ। यहीं रोज़ चली आया कर, मैं छील दिया करूँगा।

मुलिया चित्रलिखित-सी बैठी रही।

चैनसिंह ने एक कदम आगे बढ़ाया और बोला–तू मुझसे इतना डरती क्यों है! क्या तू समझती है, मैं आज भी तुझे सताने आया हूँ? ईश्वर जानता है, कल भी तुझे सताने के लिए मैंने तेरा हाथ नहीं पकड़ा था। तुझे देखकर आप-ही-आप हाथ बढ़ गये। मुझे कुछ सुध ही न रही। तू चली गयी, तो मैं वहीं बैठकर घण्टों रोता रहा। जी में आता था, हाथ काट डालूँ। कभी जी चाहता था, जहर खा लूँ। तभी से तुझे ढूँढ़ रहा हूँ आज तू इस रास्ते से चली आयी। मैं सारा हार छानता हुआ यहाँ आया हूँ। अब जो सज़ा तेरे जी में आवे, दे दे। अगर तू मेरा सिर भी काट ले, तो गर्दन न हिलाऊँगा। मैं शोहदा था, लुच्चा था, लेकिन जब से तुझे देखा है, मेरे मन से सारी खोट मिट गयी है। अब तो यही जी में आता है कि तेरा कुत्ता होता और तेरे पीछे-पीछे चलता, तेरा घोड़ा होता, तब तो तू अपने हाथों से मेरे सामने घास डालती। किसी तरह यह चोला तेरे काम आवे, मेरे मन की यह सबसे बड़ी लालसा है। मेरी जवानी काम न आवे, अगर मैं किसी खोट से ये बातें कर रहा हूँ। बड़ा भागवान था महावीर, जो ऐसी देवी उसे मिली।

मुलिया चुपचाप सुनती रही, फिर नीचा सिर करके भोलेपन से बोली–तो तुम मुझे क्या करने को कहते हो?

चैनसिंह और समीप आकर बोला–बस, तेरी दया चाहता हूँ।

मुलिया ने सिर उठाकर उसकी ओर देखा। उसकी लज्जा न जाने कहाँ गायब हो गयी। चुभते हुए शब्दों में बोली। तुमसे एक बात कहूँ, बुरा तो न मानोगे? तुम्हारा ब्याह हो गया है या नहीं?

चैनसिंह ने दबी जबान से कहा–ब्याह तो हो गया, लेकिन ब्याह क्या है, खिलवाड़ है।

मुलिया के होठों पर अवहेलना की मुस्कराहट झलक पड़ी, बोली–फिर भी अगर मेरा आदमी तुम्हारी औरत से इसी तरह बातें करता, तो तुम्हें कैसा लगता? तुम उसकी गर्दन काटने पर तैयार हो जाते कि नहीं? बोलो! क्या समझते हो कि महावीर चमार है तो उसकी देह में लहू नहीं है, उसे लज्जा नहीं है, अपने मर्यादा का विचार नहीं है? मेरा रूप-रंग तुम्हें भाता है। क्या घाट के किनारे मुझसे कहीं सुन्दर औरतें नहीं घूमा करतीं? मैं उनके तलवों की बराबरी भी नहीं कर सकती। तुम उसमें से किसी से क्यों नहीं दया माँगते! क्या उनके पास दया नहीं है? मगर वहाँ तुम न जाओगे; क्योंकि वहाँ जाते तुम्हारी छाती दहलती है। मुझसे दया माँगते हो, इसलिए न कि मैं चमारिन हूँ, नीच जाति हूँ और नीच जाति की औरत ज़रा-सी घुड़की-धमकी वा ज़रा-सी लालच से तुम्हारी मुट्ठी में आ जायगी। कितना सस्ता सौदा है। ठाकुर हो न, ऐसा सस्ता सौदा क्यों छोड़ने लगे?

चैनसिंह लज्जित होकर बोला–मूला, यह बात नहीं। मैं सच कहता हूँ, इसमें ऊँच-नीच की बात नहीं है। सब आदमी बराबर हैं। मैं तो तेरे चरणों पर सिर रखने को तैयार हूँ।

मुलिया–इसीलिए न कि जानते हो, मैं कुछ कर नहीं सकती। जाकर किसी खतरानी के चरणों पर सिर रक्खो, तो मालूम हो कि चरणों पर सिर रखने का क्या फल मिलता है। फिर यह सिर तुम्हारी गर्दन पर न रहेगा।

चैनसिंह मारे शर्म के जमीन में गड़ा जाता था। उसका मुँह ऐसा सूख गया था, मानो महीनों की बीमारी से उठा हो। मुँह से बात न निकलती थी। मुलिया इतनी वाक्-पटु है, इसका उसे गुमान भी न था।

मुलिया फिर बोली—मैं भी रोज़ बाजार जाती हूँ। बड़े-बड़े घरों का हाल जानती हूँ। मुझे किसी बड़े घर का नाम बता दो, जिसमें कोई साईस, कोई कोचवान, कोई कहार, कोई पण्डा, कोई महाराज न घुसा बैठा हो? यह सब बड़े घरों की लीला है। और वह औरतें जो कुछ करती हैं, ठीक करती हैं! उनके घरवाले भी तो चमारिनों और कहारिनों पर जान देते फिरते हैं। लेना-देना बराबर हो जाता है। बेचारे गरीब आदमियों के लिए यह बातें कहाँ? मेरे आदमी के लिए संसार में जो कुछ हूँ, मैं हूँ। वह किसी दूसरी मिहरिया की ओर आँख उठाकर भी नहीं देखता। संयोग की बात है कि मैं तनिक सुन्दर हूँ, लेकिन मैं काली-कलूटी भी होती, तब भी वह मुझे इसी तरह रखता। इसका मुझे विश्वास है। मैं चमारिन होकर भी इतनी नीच नहीं हूँ कि विश्वास का बदला खोट से दूँ। हाँ, वह अपने मन की करने लगे, मेरी छाती पर मूँग दलने लगे, तो मैं भी उसकी छाती पर मूँग दलूँगी। तुम मेरे रूप ही के दीवाने हो न! आज मुझे माता निकल आयें, कानी हो जाऊँ, तो मेरी ओर ताकोगे भी नहीं। बोलो, झूठ कहती हूँ?

चैनसिंह इनकार न कर सका।

मुलिया ने उसी गर्व से भरे हुए स्वर में कहा—लेकिन मेरी एक नहीं, दोनों आँखें फूट जायँ, तब भी वह मुझे इसी तरह रक्खेगा। मुझे उठावेगा, बैठावेगा, खिलावेगा। तुम चाहते हो, मैं ऐसे आदमी के साथ कपट करूँ? जाओ, अब मुझे कभी न छेड़ना, नहीं अच्छा न होगा।

3

जवानी जोश है, बल है, दया है, साहस है, आत्म-विश्वास है, गौरव है और

सब कुछ जो जीवन को पवित्र, उज्ज्वल और पूर्ण बना देता है। जवानी का नशा घमंड है, निर्दयता है, स्वार्थ है, शेखी है, विषय-वासना है, कटुता है और वह सब कुछ जो जीवन को पशुता, विकार और पतन की ओर ले जाता है। चैनसिंह पर जवानी का नशा था। मुलिया के शीतल छींटों ने नशा उतार दिया। जैसे उबलती हुई चाशनी में पानी के छींटे पड़ जाने से फेन मिट जाता है, मैल निकल जाता है और निर्मल, शुद्ध रस निकल आता है। जवानी का नशा जाता रहा, केवल जवानी रह गयी। कामिनी के शब्द जितनी आसानी से दीन और ईमान को गारत कर सकते हैं, उतनी ही आसानी से उनका उद्धार भी कर सकते हैं।

चैनसिंह उस दिन से दूसरा ही आदमी हो गया। गुस्सा उसकी नाक पर रहता था, बात-बात पर मजदूरों को गालियाँ देना, डाँटना और पीटना उसकी आदत थी। असामी उससे थर-थर काँपते थे। मजदूर उसे आते देखकर अपने काम में चुस्त हो जाते थे; पर ज्यों ही उसने इधर पीठ फेरी और उन्होंने चिलम पीना शुरू किया। सब दिल में उससे जलते थे, उसे गालियाँ देते थे। मगर उस दिन से चैनसिंह इतना दयालु, इतना गंभीर, इतना सहनशील हो गया कि लोगों को आश्चर्य होता था।

कई दिन गुज़र गये थे। एक दिन सन्ध्या समय चैनसिंह खेत देखने गया। पुर चल रहा था। उसने देखा कि एक जगह नाली टूट गयी है, और सारा पानी बहा चला जाता है। क्यारियों में पानी बिलकुल नहीं पहुँचता, मगर क्यारी बनाने वाली बुढ़िया चुपचाप बैठी है। उसे इसकी ज़रा भी फिक्र नहीं है कि पानी क्यों नहीं आता। पहले यह दशा देखकर चैनसिंह आपे से बाहर हो जाता। उस औरत की उस दिन मजूरी काट लेता और पुर चलानेवालों को घुड़कियाँ जमाता, पर आज उसे क्रोध नहीं आया। उसने मिट्टी लेकर नाली बाँध दी और खेत में जाकर बुढ़िया से बोला–तू यहाँ बैठी है और पानी सब बहा जा रहा है।

बुढ़िया घबड़ाकर बोली–अभी खुल गयी होगी। राजा! मैं अभी जाकर बन्द किये देती हूँ।

यह कहती हुई वह थरथर काँपने लगी। चैनसिंह ने उसकी दिलजोई करते हुए कहा–भाग मत, भाग मत। मैंने नाली बन्द कर दी। बुढ़ऊ कई दिन से नहीं दिखाई दिये, कहीं काम पर जाते हैं कि नहीं?

बुढ़िया गद्गद होकर बोली–आजकल तो खाली ही बैठे हैं भैया, कहीं काम नहीं लगता।

चैनसिंह ने नम्र भाव से कहा–तो हमारे यहाँ लगा दे। थोड़ा-सा सन रखा है, उसे कात दें।

यह कहता हुआ वह कुएँ की ओर चला गया। यहाँ चार पुर चल रहे थे; पर इस वक्त दो हँकवे बेर खाने गये थे। चैनसिंह को देखते ही मजूरों के होश उड़ गये। ठाकुर ने पूछा, दो आदमी कहाँ गये, तो क्या जवाब देंगे? सब-के-सब डाँटे जायँगे। बेचारे दिल में सहमे जा रहे थे। चैनसिंह ने पूछा–वह दोनों कहाँ चले गये?

किसी के मुँह से आवाज़ न निकली। सहसा सामने से दोनों मजूर धोती के एक कोने में बेर भरे आते दिखाई दिए। खुश-खुश बात करते चले आ रहे थे। चैनसिंह पर निगाह पड़ी, तो दोनों के प्राण सूख गए। पाँव मन-मन भर के हो गए। अब न आते बनता है, न जाते। दोनों समझ गए कि आज डाँट पड़ी, शायद मजूरी भी कट जाय। चाल धीमी पड़ गई। इतने में चैनसिंह ने पुकारा–बढ़ आओ, बढ़ आओ, कैसे बेर हैं, लाओ ज़रा मुझे भी दो, मेरे ही पेड़ के हैं न?

दोनों और भी सहम उठे। आज ठाकुर जीता न छोड़ेगा। कैसा मिठा-मिठाकर बोल रहा है। उतनी ही भिगो-भिगोकर लगायेगा। बेचारे और भी सिकुड़ गए।

चैनसिंह ने फिर कहा–जल्दी से आओ जी, पक्की-पक्की सब मैं ले

लूँगा। ज़रा एक आदमी लपककर घर से थोड़ा-सा नमक तो ले लो! (बाकी दोनों मजूरों से) तुम भी दोनों आ जाओ, उस पेड़ के बेर मीठे होते हैं। बेर खा ले, काम तो करना ही है।

अब दोनों भगोड़ों को कुछ ढारस हुआ। सभी ने जाकर सब बेर चैनसिंह के आगे डाल दिए और पक्के-पक्के छाँटकर उसे देने लगे। एक आदमी नमक लाने दौड़ा। आध घण्टे तक चारों पुर बन्द रहे। जब सब बेर उड़ गए और ठाकुर चलने लगे, तो दोनों अपराधियों ने हाथ जोड़कर कहा–भैयाजी, आज जान बकसी हो जाय, बड़ी भूख लगी थी, नहीं तो कभी न जाते।

चैनसिंह ने नम्रता से कहा–तो इसमें बुराई क्या हुई? मैंने भी तो बेर खाए। एक-आध घण्टे का हरज हुआ यही न? तुम चाहोगे, तो घण्टे भर का काम आध घण्टे में कर दोगे। न चाहोगे, दिन-भर में भी घण्टे-भर का काम न होगा।

चैनसिंह चला गया, तो चारों बातें करने लगे।

एक ने कहा–मालिक इस तरह रहे, तो काम करने में जी लगता है। यह नहीं कि हरदम छाती पर सवार।

दूसरा–मैंने तो समझा, आज कच्चा ही खा जायँगे।

तीसरा–कई दिन से देखता हूँ, मिजाज नरम हो गया है।

चौथा–साँझ को पूरी मजूरी मिले तो कहना।

पहला–तुम तो हो गोबर-गनेस। आदमी का रुख नहीं पहचानते।

दूसरा–अब खूब दिल लगाकर काम करेंगे।

तीसरा–और क्या! जब उन्होंने हमारे ऊपर छोड़ दिया, तो हमारा भी धरम है कि कोई कसर न छोड़ें।

चौथा–मुझे तो भैया, ठाकुर पर अब भी विश्वास नहीं आता।

4

एक दिन चैनसिंह को किसी काम से कचहरी जाना था! पाँच मील का सफर था। यों तो वह बराबर अपने घोड़े पर जाया करता था; पर आज धूप बड़ी तेज़ हो रही थी, सोचा एक्के पर चला चलूँ। महावीर को कहला भेजा मुझे लेते जाना। कोई नौ बजे महावीर ने पुकारा। चैनसिंह तैयार बैठा था। चटपट एक्के पर बैठ गया। मगर घोड़ा इतना दुबला हो रहा था, एक्के की गद्दी इतनी मैली और फटी हुई, सारा सामान इतना रद्दी कि चैनसिंह को उस पर बैठते शर्म आई। पूछा–यह सामान क्यों बिगड़ा हुआ है महावीर? तुम्हारा घोड़ा तो इतना दुबला कभी न था; क्या आजकल सवारियाँ कम हैं क्या? महावीर ने कहा–नहीं मालिक, सवारियाँ काहे नहीं है; मगर लारियों के सामने एक्के को कौन पूछता है। कहाँ दो-ढाई-तीन की मजूरी करके घर लौटता था, कहाँ अब बीस आने पैसे भी नहीं मिलते? क्या जानवर को खिलाऊँ क्या आप खाऊँ? बड़ी विपत्ति में पड़ा हूँ। सोचता हूँ एक्का-घोड़ा बेच-बाचकर आप लोगों की मजूरी कर लूँ, पर कोई गाहक नहीं लगता। ज्यादा नहीं तो बारह आने तो घोड़े ही को चाहिए, घास ऊपर से। जब अपना ही पेट नहीं चलता, तो जानवर को कौन पूछे।

चैनसिंह ने उसके फटे हुए कुरते की ओर देखकर कहा–दो-चार बीघे खेती क्यों नहीं कर लेते?

महावीर सिर झुकाकर बोला–खेती के लिए बड़ा पौरुख चाहिए मालिक! मैंने तो यही सोचा है कि कोई गाहक लग जाय, तो एक्के को औने-पौने निकाल दूँ, फिर घास छीलकर बाजार ले जाया करूँ। आजकल सास-पतोहू दोनों छीलती हैं। तब जाकर दस-बारह आने पैसे नसीब होते हैं।

चैनसिंह ने पूछा–तो बुढ़िया बाज़ार जाती होगी?

महावीर लजाता हुआ बोला–नहीं भैया, वह इतनी दूर कहाँ चल सकती है। घरवाली चली जाती है। दोपहर तक घास छीलती है, तीसरे पंहर बाज़ार जाती है। वहाँ से घड़ी रात गये लौटती है। हलकान हो जाती है भैया, मगर क्या करूँ, तकदीर से क्या ज़ोर।

चैनसिंह कचहरी पहुँच गये और महावीर सवारियों की टोह में इधर-उधर इक्के को घुमाता हुआ शहर की तरफ चला गया। चैनसिंह ने उसे पाँच बजे आने को कह दिया।

कोई चार बजे चैनसिंह कचहरी से फुरसत पाकर बाहर निकले। हाते में पान की दुकान थी, ज़रा और आगे बढ़कर एक घना बरगद का पेड़ था, उसकी छाँह में बीसों ही ताँगे; एक्के, फिटनें खड़ी थीं। घोड़े खोल दिए गए थे। वकीलों, मुख्तारों और अफसरों की सवारियाँ यहीं खड़ी रहती थीं। चैनसिंह ने पानी पिया, पान खाया और सोचने लगा कोई लारी मिल जाय, तो ज़रा शहर चला जाऊँ कि उसकी निगाह एक घासवाली पर पड़ गई। सिर पर घास का झाबा रक्खे साईसों से मोल-भाव कर रही थी। चैनसिंह का हृदय उछल पड़ा–यह तो मुलिया है! बनी-ठनी, एक गुलाबी साड़ी पहने कोचवानों से मोल-तोल कर रही थी। कई कोचवान जमा हो गये थे। कोई उससे दिल्लगी करता था, कोई घूरता था, कोई हँसता था।

एक काले-कलूटे कोचवान ने कहा–मूला, घास तो उड़के अधिक से अधिक छः आने की है।

मुलिया ने उन्माद पैदा करने वाली आँखों से देखकर कहा–छः आने पर लेना है, तो सामने घसियारिनें बैठी हैं, चले जाओ, दो-चार पैसे कम में पा जाओगे, मेरी घास तो बारह आने में ही जायगी।

एक अधेड़ कोचवान ने फिटन के ऊपर से कहा–तेरा ज़माना है, बारह आने नहीं एक रुपया माँग। लेनेवाले झख मारेंगे और लेंगे। निकलने दे वकीलों को, अब देर नहीं है।

एक ताँगेवाले ने, जो गुलाबी पगड़ी बाँधे हुए था, बोला-बुढ़ऊ के मुँह में पानी भर आया, अब मुलिया काहे को किसी की ओर देखेगी!

चैनसिंह को ऐसा क्रोध आ रहा था कि इन दुष्टों को जूते से पीटे। सब-के-सब कैसे उसकी ओर टकटकी लगाये ताक रहे हैं, आँखों से पी जायेंगे। और मुलिया भी यहाँ कितनी खुश है। न लजाती है, न झिझकती है, न दबती है। कैसा मुसकिरा- मुसकिराकर, रसीली आँखों से देख-देखकर, सिर का अंचल खिसका-खिसकाकर, मुँह मोड़-मोड़कर बातें कर रही है। वही मुलिया, जो शेरनी की तरह तड़प उठी थी।

इतने में चार बजे। अमले और वकील-मुख्तारों का एक मेला-सा निकल पड़ा। अमले लारियों पर दौड़े। वकील-मुख्तार इन सवारियों की ओर चले। कोचवानों ने भी चटपट घोड़े जोते। कई महाशयों ने मुलिया को रसिक नेत्रों से देखा और अपनी-अपनी गाड़ियों पर जा बैठे।

एकाएक मुलिया घास का झाबा लिये उस फिटन के पीछे दौड़ी। फिटन में एक अंग्रेज़ी फैशन के जवान वकील साहब बैठे थे। उन्होंने पावदान पर घास रखवा ली, जेब से कुछ निकालकर मुलिया को दिया। मुलिया मुस्कराई, दोनों में कुछ बातें भी हुईं, जो चैनसिंह न सुन सके।

एक क्षण में मुलिया प्रसन्न-मुख घर की ओर चली। चैनसिंह पानवाले की दुकान पर विस्मृति की दशा में खड़ा रहा। पानवाले ने दुकान बढ़ाई, कपड़े पहिने और केबिन का द्वार बन्द करके नीचे उतरा तो चैनसिंह की समाधि टूटी। पूछा–क्या दुकान बन्द कर दी?

पानवाले ने सहानुभूति दिखाकर कहा–इसकी दवा करो ठाकुर साहब, यह बीमारी अच्छी नहीं है!

चैनसिंह ने चकित होकर पूछा–कैसी बीमारी?

पानवाला बोला–कैसी बीमारी! आध घण्टे से यहाँ खड़े हो जैसे कोई मुरदा खड़ा हो। सारी कचहरी खाली हो गयी, सब दुकानें बन्द हो गयीं, मेहतर तक झाड़ू लगाकर चल दिये; तुम्हें कुछ खबर हुई? यह बुरी बीमारी है, जल्दी दवा कर डालो।

चैनसिंह ने छड़ी सँभाली और फाटक की ओर चला कि महावीर का एक्का सामने से आता दिखाई दिया।

5

कुछ दूर एक्का निकल गया, तो चैनसिंह ने पूछा–आज कितने पैसे कमाये महावीर?

महावीर ने हँसकर कहा–आज तो मालिक, दिन भर खड़ा ही रह गया। किसी ने बेगार में भी न पकड़ा। ऊपर से चार पैसे की बीड़ियाँ पी गया।

चैनसिंह ने ज़रा देर के बाद कहा–मेरी एक सलाह है। तुम मुझसे एक रुपया रोज लिया करो। बस, जब मैं बुलाऊँ तो एक्का लेकर चले आया करो। तब तो तुम्हारी घरवाली को घास लेकर बाजार न जाना पड़ेगा। बोलो मंजूर है?

महावीर ने सजल आँखों से देखकर कहा–मालिक, आप ही का तो खाता हूँ। आपकी परजा हूँ। जब मरजी हो, पकड़ मँगवाइए। आपसे रुपये...

चैनसिंह ने बात काटकर कहा–नहीं, मैं तुमसे बेगार नहीं लेना चाहता। तुम मुझसे एक रुपया रोज़ ले जाया करो। घास लेकर घरवाली को बाज़ार मत भेजा करो। तुम्हारी आबरू मेरी आबरू है। और भी रुपये-पैसे का जब काम लगे, बेखटके चले आया करो। हाँ, देखो, मुलिया

से इस बात की भूलकर भी चर्चा न करना। क्या फायदा!

कई दिनों के बाद संध्या समय मुलिया चैनसिंह से मिली। चैनसिंह असामियों से मालगुजारी वसूल करके घर की ओर लपका जा रहा था कि उसी जगह जहाँ उसने मुलिया की बाँह पकड़ी थी, मुलिया की आवाज़ कानों में आयी। उसने ठिठककर पीछे देखा, तो मुलिया दौड़ी आ रही थी। बोला–क्या है मूला! क्यों दौड़ती हो, मैं तो खड़ा हूँ?

मुलिया ने हाँफते हुए कहा–कई दिन से तुमसे मिलना चाहती थी। आज तुम्हें आते देखा, तो दौड़ी। अब मैं घास बेचने नहीं जाती।

चैनसिंह ने कहा–बहुत अच्छी बात है।

'क्या तुमने कभी मुझे घास बेचते देखा है?

'हाँ, एक दिन देखा था। क्या महावीर ने तुझसे सब कह डाला? मैंने तो मना कर दिया था।'

'वह मुझसे कोई बात नहीं छिपाता।'

दोनों एक क्षण चुप खड़े रहे। किसी को कोई बात न सूझती थी। 'एकाएक मुलिया ने मुस्कराकर कहा–यहाँ तुमने मेरी बाँह पकड़ी थी।

चैनसिंह ने लज्जित होकर कहा–उसको भूल जाओ मूला। मुझ पर जाने कौन भूत सवार था।

मुलिया गद्गद कण्ठ से बोली–उसे क्यों भूल जाऊँ। उसी बाँह गहे की लाज तो निभा रहे हो। गरीबी आदमी से जो चाहे करावे। तुमने मुझे बचा लिया। फिर दोनों चुप हो गये।

ज़रा देर के बाद मुलिया ने फिर कहा–तुमने समझा होगा, मैं हँसने-बोलने में मगन हो रही थी?

चैनसिंह ने बलपूर्वक कहा–नहीं मुलिया, मैंने एक क्षण के लिए भी नहीं समझा।

मुलिया मुस्कराकर बोली—मुझे तुमसे यही आशा थी, और है।

पवन सिंचे हुए खेतों में विश्राम करने जा रहा था, सूर्य निशा की गोद में विश्राम करने जा रहा था, और उस मलिन प्रकाश में चैनसिंह मुलिया की विलीन होती हुई रेखा को खड़ा देख रहा था!

पिसनहारी का कुआँ

गोमती ने मृत्यु-शय्या पर पड़े हुए चौधरी विनायकसिंह से कहा–चौधरी, मेरे जीवन की यही लालसा थी।

चौधरी ने गम्भीर हो कर कहा–इसकी कुछ चिंता न करो काकी; तुम्हारी लालसा भगवान् पूरी करेंगे। मैं आज ही से मजूरों को बुला कर काम पर लगाये देता हूँ। दैव ने चाहा, तो तुम अपने कुएँ का पानी पियोगी। तुमने तो गिना होगा, कितने रुपये हैं?

गोमती ने एक क्षण आँखें बंद करके, बिखरी हुई स्मृति को एकत्र करके कहा–भैया, मैं क्या जानूँ, कितने रुपये हैं? जो कुछ हैं, वह इसी हाँड़ी में हैं। इतना करना कि इतने ही में काम चल जाय। किसके सामने हाथ फैलाते फिरोगे?

चौधरी ने बंद हाँड़ी को उठा कर हाथों से तौलते हुए कहा–ऐसा तो करेंगे ही काकी; कौन देनेवाला है। एक चुटकी भीख तो किसी के घर से निकलती नहीं, कुआँ बनवाने को कौन देता है। धन्य हो तुम कि अपनी उम्र भर की कमाई इस धर्म–काज के लिए दे दी।

गोमती ने गर्व से कहा–भैया, तुम तो तब बहुत छोटे थे। तुम्हारे काका मरे तो मेरे हाथ में एक कौड़ी भी न थी। दिन-दिन भर भूखी पड़ी रहती। जो कुछ उनके पास था, वह सब उनकी बीमारी में उठ गया। वह भगवान्

के बड़े भक्त थे। इसीलिए भगवान् ने उन्हें जल्दी से बुला लिया। उस दिन से आज तक तुम देख रहे हो कि किस तरह दिन काट रही हूँ। मैंने एक-एक रात में मन-मन भर अनाज पीसा है; बेटा! देखनेवाले अचरज मानते थे। न-जाने इतनी ताकत मुझमें कहाँ से आ जाती थी। बस, यही लालसा रही कि उनके नाम का एक छोटा-सा कुआँ गाँव में बन जाय। नाम तो चलना चाहिए। इसीलिए तो आदमी बेटे-बेटी को रोता है।

इस तरह चौधरी विनायकसिंह को वसीयत करके, उसी रात को बुढ़िया गोमती परलोक सिधारी। मरते समय अंतिम शब्द, जो उसके मुख से निकले, वे यही थे–कुआँ बनवाने में देर न करना। उसके पास धन है यह तो लोगों का अनुमान था; लेकिन दो हजार है, इसका किसी को अनुमान न था। बुढ़िया अपने धन को ऐब की तरह छिपाती थी। चौधरी गाँव का मुखिया और नीयत का साफ आदमी था। इसलिए बुढ़िया ने उसे यह अंतिम आदेश किया था।

2

चौधरी ने गोमती के क्रिया-कर्म में बहुत रुपये खर्च न किये। ज्योंही इन संस्कारों से छुट्टी मिली, वह अपने बेटे हरनाथसिंह को बुला कर ईंट, चूना, पत्थर का तखमीना करने लगे। हरनाथ अनाज का व्यापार करता था। कुछ देर तक तो वह बैठा सुनता रहा, फिर बोला–अभी दो-चार महीने कुआँ न बने तो कोई बड़ा हरज है?

चौधरी ने 'हुँह!' करके कहा–हरज तो कुछ नहीं, लेकिन देर करने का काम ही क्या है। रुपये उसने दे ही दिये हैं, हमें तो सेंत में यश मिलेगा। गोमती ने मरते-मरते जल्द कुआँ बनवाने को कहा था।

हरनाथ–हाँ, कहा तो था, लेकिन आजकल बाजार अच्छा है। दो-तीन हजार का अनाज भर लिया जाय, तो अगहन-पूस तक सवाया हो जायेगा।

मैं आपको कुछ सूद दे दूँगा। चौधरी का मन शंका और भय के दुविधे में पड़ गया। दो हजार के कहीं ढाई हजार हो गये, तो क्या कहना। जगमोहन में कुछ बेल-बूटे बनवा दूँगा। लेकिन भय था कि कहीं घाटा हो गया तो? इस शंका को वह छिपा न सके, बोले–जो कहीं घाटा हो गया तो?

हरनाथ ने तड़प कर कहा–घाटा क्या हो जायेगा, कोई बात है?

'मान लो, घाटा हो गया तो?'

हरनाथ ने उत्तेजित होकर कहा–यह कहो कि तुम रुपये नहीं देना चाहते, बड़े धर्मात्मा बने हो!

अन्य वृद्धजनों की भाँति चौधरी भी बेटे से दबते थे। कातर स्वर में बोले–मैं यह कब कहता हूँ कि रुपये न दूँगा। लेकिन पराया धन है, सोच-समझ कर ही तो उसमें हाथ लगाना चाहिए। बनिज–व्यापार का हाल कौन जानता है। कहीं भाव और गिर जाय तो? अनाज में घुन ही लग जाय, कोई मुद्दई घर में आग ही लगा दे। सब बातें सोच लो अच्छी तरह।

हरनाथ ने व्यंग्य से कहा–इस तरह सोचना है, तो यह क्यों नहीं सोचते कि कोई चोर ही उठा ले जाय; या बनी-बनायी दीवार बैठ जाय? ये बातें भी तो होती ही हैं।

चौधरी के पास अब और कोई दलील न थी, कमजोर सिपाही ने ताल तो ठोंकी, अखाड़े में उतर पड़ा; पर तलवार की चमक देखते ही हाथ-पाँव फूल गये। बगलें झाँक कर चौधरी ने कहा–तो कितना लोगे?

हरनाथ कुशल योद्धा की भाँति, शत्रु को पीछे हटता देख कर, बफर कर बोला–सब का सब दीजिए, सौ-पचास रुपये ले कर क्या खिलवाड़ करना है?

चौधरी राजी हो गये। गोमती को उन्हें रुपये देते किसी ने न देखा था। लोक-निंदा की संभावना भी न थी। हरनाथ ने अनाज भरा। अनाजों के बोरों का ढेर लग गया। आराम की मीठी नींद सोनेवाले चौधरी अब सारी रात बोरों की रखवाली करते थे, मजाल न थी कि कोई चुहिया बोरों में घुस जाय। चौधरी इस तरह झपटते थे कि बिल्ली भी हार मान लेती। इस तरह छः महीने बीत गये। पौष में अनाज बिका, पूरे 500 रु. का लाभ हुआ।

हरनाथ ने कहा–इसमें से 50 रु. आप ले लें।

चौधरी ने झल्ला कर कहा–50 रु. क्या खैरात ले लूँ? किसी महाजन से इतने रुपये लिये होते तो कम से कम 200 रु. सूद के होते; मुझे तुम दो-चार रुपये कम दे दो, और क्या करोगे?

हरनाथ ने ज्यादा बतबढ़ाव न किया। 150 रु. चौधरी को दे दिया। चौधरी की आत्मा इतनी प्रसन्न कभी न हुई थी। रात को वह अपनी कोठरी में सोने गया, तो उसे ऐसा प्रतीत हुआ कि बुढ़िया गोमती खड़ी मुस्करा रही है। चौधरी का कलेजा धक्–धक् करने लगा। वह नींद में न था। कोई नशा न खाया था। गोमती सामने खड़ी मुस्करा रही थी। हाँ, उस मुरझाये हुए मुख पर एक विचित्र स्फूर्ति थी।

3

कई साल बीत गये! चौधरी बराबर इसी फिक्र में रहते कि हरनाथ से रुपये निकाल लूँ; लेकिन हरनाथ हमेशा ही हीले-हवाले करता रहता था। वह साल में थोड़ा-सा ब्याज दे देता, पर मूल के लिए हजार बातें बनाता था। कभी लेने का रोना था, कभी चुकते का। हाँ, कारोबार बढ़ता जाता था। आखिर एक दिन चौधरी ने उससे साफ-साफ कह दिया कि तुम्हारा काम चले या डूबे, मुझे परवा नहीं, इस महीने में तुम्हें अवश्य रुपये चुकाने

पड़ेंगे। हरनाथ ने बहुत उड़नघाइयाँ बतायीं, पर चौधरी अपने इरादे पर जमे रहे।

हरनाथ ने झुँझला कर कहा–कहता हूँ कि दो महीने और ठहरिए। माल बिकते ही मैं रुपये दे दूँगा।

चौधरी ने दृढ़ता से कहा–तुम्हारा माल कभी न बिकेगा, और न तुम्हारे दो महीने कभी पूरे होंगे। मैं आज रुपये लूँगा।

हरनाथ उसी वक्त क्रोध में भरा हुआ उठा, और दो हजार रुपये ला कर चौधरी के सामने जोर से पटक दिये।

चौधरी ने कुछ झेंप कर कहा–रुपये तो तुम्हारे पास थे।

'और क्या बातों से रोजगार होता है?

'तो मुझे इस समय 500 रुपये दे दो, बाकी दो महीने में देना। सब आज ही तो खर्च न हो जायेंगे।

हरनाथ ने ताव दिखा कर कहा–आप चाहे खर्च कीजिए, चाहे जमा कीजिए, मुझे रुपयों का काम नहीं। दुनिया में क्या महाजन मर गये हैं, जो आपकी धौंस सहूँ?

चौधरी ने रुपये उठा कर एक ताक पर रख दिये। कुएँ की दागबेल डालने का सारा उत्साह ठंडा पड़ गया।

हरनाथ ने रुपये लौटा तो दिये थे, पर मन में कुछ और मनसूबा बाँध रखा था। आधी रात को जब घर में सन्नाटा छा गया, तो हरनाथ चौधरी के कोठरी की चूल खिसका कर अंदर घुसा। चौधरी बेखबर सोये थे। हरनाथ ने चाहा कि दोनों थैलियाँ उठा कर बाहर निकल आऊँ, लेकिन ज्यों ही हाथ बढ़ाया उसे अपने सामने गोमती खड़ी दिखायी दी। वह दोनों थैलियों को दोनों हाथों से पकड़े हुए थी। हरनाथ भयभीत हो कर पीछे हट गया।

फिर यह सोच कर कि शायद मुझे धोखा हो रहा हो, उसने फिर हाथ

बढ़ाया, पर अबकी वह मूर्ति इतनी भयंकर हो गयी कि हरनाथ एक क्षण भी वहाँ खड़ा न रह सका। भागा, पर बरामदे ही में अचेत होकर गिर पड़ा।

4

हरनाथ ने चारों तरफ से अपने रुपये वसूल करके व्यापारियों को देने के लिए जमा कर रखे थे। चौधरी ने आँखें दिखायीं, तो वही रुपये ला कर पटक दिया। दिल में उसी वक्त सोच लिया था कि रात को रुपये उड़ा लाऊँगा। झूठमूठ चोर का गुल मचा दूँगा, तो मेरी ओर संदेह भी न होगा। पर जब यह पेशबंदी ठीक न उतरी, तो उस पर व्यापारियों के तगादे होने लगे। वादों पर लोगों को कहाँ तक टालता, जितने बहाने हो सकते थे, सब किये। आखिर वह नौबत आ गयी कि लोग नालिश करने की धमकियाँ देने लगे। एक ने तो 300 रु. की नालिश कर भी दी। बेचारे चौधरी बड़ी मुश्किल में फँसे। दूकान पर हरनाथ बैठता था, चौधरी का उससे कोई वास्ता न था, पर उसकी जो साख थी वह चौधरी के कारण। लोग चौधरी को खरा और लेन-देन का साफ आदमी समझते थे। अब भी यद्यपि कोई उनसे तकाजा न करता था, पर वह सबसे मुँह छिपाते फिरते थे। लेकिन उन्होंने यह निश्चय कर लिया था कि कुएँ के रुपये न छुऊँगा चाहे कुछ आ पड़े।

रात को एक व्यापारी के मुसलमान चपरासी ने चौधरी के द्वार पर आ कर हजारों गालियाँ सुनायीं। चौधरी को बार-बार क्रोध आता था कि चल कर मूँछें उखाड़ लूँ, पर मन को समझाया, 'हमसे मतलब ही क्या है, बेटे का कर्ज चुकाना बाप का धर्म नहीं है।'

जब भोजन करने गये, तो पत्नी ने कहा–यह सब क्या उपद्रव मचा रखा है?

चौधरी ने कठोर स्वर में कहा–मैंने मचा रखा है?

'और किसने मचा रखा है? बच्चा कसम खाते हैं कि मेरे पास केवल थोड़ा-सा माल है, रुपये तो सब तुमने माँग लिये।'

चौधरी–माँग न लेता तो क्या करता, हलवाई की दूकान पर दादा का फातेहा पढ़ना मुझे पसंद नहीं।

स्त्री–नाक-कटाई अच्छी लगती है?

चौधरी–तो मेरा क्या बस है भाई, कभी कुआँ बनेगा कि नहीं? पाँच साल हो गये।

स्त्री–इस वक्त उसने कुछ नहीं खाया। पहली जून भी मुँह जूठा करके उठ गया था।

चौधरी–तुमने समझाकर खिलाया नहीं, दाना-पानी छोड़ देने से तो रुपये न मिलेंगे।

स्त्री–तुम क्यों नहीं जा कर समझा देते?

चौधरी–मुझे तो इस वक्त बैरी समझ रहा होगा!

स्त्री–मैं रुपये ले जा कर बच्चा को दिये आती हूँ, हाथ में जब रुपये आ जाये, तो कुआँ बनवा देना।

चौधरी–नहीं, नहीं, ऐसा गजब न करना, मैं इतना बड़ा विश्वासघात न करूँगा, चाहे घर मिट्टी ही में मिल जाय।

लेकिन स्त्री ने इन बातों की ओर ध्यान न दिया। वह लपक कर भीतर गयी और थैलियों पर हाथ डालना चाहती थी कि एक चीख मार कर हट गयी। उसकी सारी देह सितार के तार की भाँति काँपने लगी।

चौधरी ने घबरा कर पूछा–क्या हुआ, क्या? तुम्हें चक्कर तो नहीं आ गया?

स्त्री ने ताक की ओर भयातुर नेत्रों से देख कर कहा–चुड़ैल वहाँ खड़ी है?

चौधरी ने ताक की ओर देख कर कहा–कौन चुड़ैल? मुझे तो कोई नहीं दीखता।

स्त्री–मेरा तो कलेजा धक्-धक् कर रहा है। ऐसा मालूम हुआ, जैसे उस बुढ़िया ने मेरा हाथ पकड़ लिया है।

चौधरी–यह सब भ्रम है। बुढ़िया को मरे पाँच साल हो गये, अब तक वह यहाँ बैठी है?

स्त्री–मैंने साफ देखा, वही थी। बच्चा भी कहते थे कि उन्होंने रात को थैलियों पर हाथ रखे देखा था!

चौधरी–वह रात को मेरी कोठरी में कब आया?

स्त्री–तुमसे कुछ रुपयों के विषय ही में कहने आया था। उसे देखते ही भागा।

चौधरी–अच्छा; फिर तो अंदर जाओ, मैं देख रहा हूँ।

स्त्री ने कान पर हाथ रख कर कहा–न बाबा, अब मैं उस कमरे में कदम न रखूँगी।

चौधरी–अच्छा, मैं जा कर देखता हूँ।

चौधरी ने कोठरी में जा कर दोनों थैलियाँ ताक पर से उठा लीं। किसी प्रकार की शंका न हुई। गोमती की छाया का कहीं नाम भी न था। स्त्री द्वार पर खड़ी झाँक रही थी। चौधरी ने आ कर गर्व से कहा–मुझे तो कहीं कुछ न दिखायी दिया। वहाँ होती, तो कहाँ चली जाती?

स्त्री–क्या जाने, तुम्हें क्यों नहीं दिखायी दी? तुमसे उसे स्नेह था, इसी से हट गयी होगी।

चौधरी–तुम्हें भ्रम था, और कुछ नहीं।

स्त्री–बच्चा को बुला कर पुछाये देती हूँ।

चौधरी–खड़ा तो हूँ, आ कर देख क्यों नहीं लेतीं?

स्त्री को कुछ आश्वासन हुआ। उसने ताक के पास जा कर डरते-डरते हाथ बढ़ाया–जोर से चिल्ला कर भागी और आँगन में आ कर दम लिया।

चौधरी भी उसके साथ आँगन में आ गया और विस्मय से बोला–क्या था, क्या? व्यर्थ में भागी चली आयी। मुझे तो कुछ न दिखायी दिया।

स्त्री ने हाँफते हुए तिरस्कारपूर्ण स्वर में कहा–चलो हटो, अब तक तो तुमने मेरी जान ही ले ली थी। न-जाने तुम्हारी आँखों को क्या हो गया है। खड़ी तो है वह डायन!

इतने में हरनाथ भी वहाँ आ गया। माता को आँगन में खड़े देख कर बोला–क्या है अम्माँ, कैसा जी है?

स्त्री–वह चुड़ैल आज दो बार दिखायी दी, बेटा। मैंने कहा–लाओ, तुम्हें रुपये दे दूँ। फिर जब हाथ में जा जायेंगे, तो कुआँ बनवा दिया जायेगा। लेकिन ज्यों ही थैलियों पर हाथ रखा, उस चुड़ैल ने मेरा हाथ पकड़ लिया। प्राण-से निकल गये।

हरनाथ ने कहा–किसी अच्छे ओझा को बुलाना चाहिए, जो इसे मार भगाये।

चौधरी–क्या रात को तुम्हें भी दिखाई दी थी?

हरनाथ–हाँ, मैं तुम्हारे पास एक मामले में सलाह करने आया था। ज्यों ही अंदर कदम रखा, वह चुड़ैल ताक के पास खड़ी दिखायी दी, मैं बदहवास हो कर भागा।

चौधरी–अच्छा, फिर तो जाओ।

स्त्री–कौन, अब तो मैं न जाने दूँ, चाहे कोई लाख रुपये ही क्यों न दे।

हरनाथ–मैं आप न जाऊँगा।

चौधरी–मगर मुझे कुछ दिखायी नहीं देता। यह बात क्या है?

हरनाथ–क्या जाने, आपसे डरती होगी। आज किसी ओझा को बुलाना चाहिए।

चौधरी–कुछ समझ में नहीं आता, क्या माजरा है। क्या हुआ बैजू पांडे की डिग्री का?

हरनाथ इन दिनों चौधरी से इतना जलता था कि अपनी दूकान के विषय की कोई बात उनसे न कहता था। आँगन की तरफ ताकता हुआ मानो हवा से बोला–जो होना होगा, वह होगा, मेरी जान के सिवा और कोई क्या ले लेगा? जो खा गया हूँ, वह तो उगल नहीं सकता।

चौधरी–कहीं उसने डिग्री जारी कर दी तो?

हरनाथ–तो क्या? दूकान में चार-पाँच सौ का माल है, वह नीलाम हो जायेगा।

चौधरी–कारोबार तो सब चौपट हो जायेगा?

हरनाथ–अब कारोबार के नाम को कहाँ तक रोऊँ। अगर पहले से मालूम होता कि कुआँ बनवाने की इतनी जल्दी है, तो यह काम छेड़ता ही क्यों? रोटी-दाल तो पहले भी मिल जाती थी। बहुत होगा, तो-चार महीने हवालात में रहना पड़ेगा। इसके सिवा और क्या हो सकता है?

माता ने कहा–जो तुम्हें हवालात में ले जाय, उसका मुँह झुलस दूँ! हमारे जीते-जी तुम हवालात में जाओगे!

हरनाथ ने दार्शनिक बन कर कहा–माँ-बाप जन्म के साथी होते हैं, किसी के कर्म के साथी नहीं होते।

चौधरी को पुत्र से प्रगाढ़ प्रेम था। उन्हें शंका हो गयी थी कि हरनाथ रुपये हजम करने के लिए टाल-मटोल कर रहा है। इसलिए उन्होंने आग्रह करके रुपये वसूल कर लिये थे। अब उन्हें अनुभव हुआ कि हरनाथ के प्राण सचमुच संकट में हैं। सोचा–अगर लड़के को हवालात हो गयी, या दूकान पर कुर्की आ गयी; तो कुल–मर्यादा धूल में मिल जायेगी। क्या

हरज है, अगर गोमती के रुपये दे दूँ। आखिर दूकान चलती ही है, कभी न कभी तो रुपये हाथ में आ ही जायेंगे।

एकाएक किसी ने बाहर से पुकारा–'हरनाथसिंह!' हरनाथ के मुख पर हवाइयाँ उड़ने लगीं। चौधरी ने पूछा–कौन है?

'कुर्क अमीन।'

'क्या दूकान कुर्क कराने आया है?'

'हाँ, मालूम तो होता है।'

'कितने रुपयों की डिग्री है?'

'1200 रु. की।'

'कुर्क–अमीन कुछ लेने-देने से न टलेगा?'

'टल तो जाता पर महाजन भी तो उसके साथ होगा। उसे जो कुछ लेना है, उधर से ले चुका होगा।'

'न हो, 1200 रु. गोमती के रुपयों में से दे दो।'

'उसके रुपये कौन छुएगा। न-जाने घर पर क्या आफत आये।'

'उसके रुपये कोई हजम थोड़ी ही किये लेता है; चलो, मैं दे दूँ!'

चौधरी को इस समय भय हुआ, कहीं मुझे भी वह न दिखायी दे। लेकिन उनकी शंका निर्मूल थी। उन्होंने एक थैली से 220 रु. निकाले और दूसरी थैली में रख कर हरनाथ को दे दिये। संध्या तक इन 2000 रु. में एक रुपया भी न बचा।

5

बारह साल गुजर गये। न चौधरी अब इस संसार में हैं, न हरनाथ। चौधरी जब तक जिये, उन्हें कुएँ की चिंता बनी रही; यहाँ तक कि मरते दम भी उनकी जबान पर कुएँ की रट लगी हुई थी। लेकिन दूकान में सदैव रुपयों

का तोड़ा रहा। चौधरी के मरते ही सारा कारोबार चौपट हो गया। हरनाथ ने आने रुपये लाभ से संतुष्ट न हो कर दूने-तिगुने लाभ पर हाथ मारा-जुआ खेलना शुरू किया। साल भी न गुजरने पाया था कि दूकान बंद हो गयी। गहने-पाती, बरतन भाँड़े, सब मिट्टी में मिल गये। चौधरी की मृत्यु के ठीक साल भर बाद, हरनाथ ने भी इस हानि-लाभ के संसार से पयान किया। माता के जीवन का अब कोई सहारा न रहा। बीमार पड़ी, पर दवा-दर्पन न हो सकी। तीन-चार महीने तक नाना प्रकार के कष्ट झेल कर वह भी चल बसी। अब केवल बहू थी, और वह भी गर्भिणी। उस बेचारी के लिए अब कोई आधार न था। इस दशा में मजदूरी भी न कर सकती थी। पड़ोसियों के कपड़े सी-सी कर उसने किसी भाँति पाँच-छः महीने काटे। तेरे लड़का होगा। सारे लक्षण बालक के-से थे। यही एक जीवन का आधार था। जब कन्या हुई, तो यह आधार भी जाता रहा। माता ने अपना हृदय इतना कठोर कर लिया कि नवजात शिशु को छाती भी न लगाती थी। पड़ोसियों के बहुत समझाने-बुझाने पर छाती से लगाया, पर उसकी छाती में दूध की एक बूँद भी न थी। उस समय अभागिनी माता के हृदय में करुणा, वात्सल्य और मोह का एक भूकम्प-सा आ गया। अगर किसी उपाय से उसके स्तन की अंतिम बूँद दूध बन जाती, तो वह अपने को धन्य मानती।

बालिका की वह भोली, दीन, याचनामय, सतृष्ण छवि देख कर उसका मातृ-हृदय मानो सहस्र नेत्रों से रुदन करने लगा था। उसके हृदय की सारी शुभेच्छाएँ, सारा आशीर्वाद, सारी विभूति, सारा अनुराग मानो उसकी आँखों से निकाल कर उस बालिका को उसी भाँति रंजित कर देता था जैसे इंदु का शीतल प्रकाश पुष्प को रंजित कर देता है; पर उस बालिका के भाग्य में मातृप्रेम के सुख न बदे थे! माता ने कुछ अपना रक्त, कुछ ऊपर का दूध पिला कर उसे जिलाया; पर उसकी दशा दिनोंदिन जीर्ण होती जाती थी।

एक दिन लोगों ने जा कर देखा, तो वह भूमि पर पड़ी हुई थी, और बालिका उसकी छाती से चिपटी उसके स्तनों को चूस रही थी। शोक और दरिद्रता से आहत शरीर में रक्त कहाँ जिससे दूध बनता।

वही बालिका पड़ोसियों की दया-भिक्षा से पल-पल कर एक दिन घास खोदती हुई उस स्थान पर जा पहुँची, जहाँ बुढ़िया गोमती का घर था। छप्पर कब के पंचभूतों में मिल चुके थे। केवल जहाँ-तहाँ दीवारों के चिह्न बाकी थे। कहीं-कहीं आधी-आधी दीवारें खड़ी थीं। बालिका ने न-जाने क्या सोच कर खुरपी से गड्ढा खोदना शुरू किया। दोपहर से साँझ तक वह गड्ढा खोदती रही। न खाने की सुध थी, न पीने की। न कोई शंका थी, न भय। अँधेरा हो गया; पर वह ज्यों की त्यों बैठी गड्ढा खोद रही थी। उस समय किसान लोग भूल कर भी उधर से न निकलते थे; पर बालिका निश्शंक बैठी भूमि से मिट्टी निकाल रही थी। जब अँधेरा हो गया तो वह चली गयी।

दूसरे दिन वह बड़े सबेरे उठी और इतनी घास खोदी, जितनी वह कभी दिन भर में न खोदती थी। दोपहर के बाद वह अपनी खाँची और खुरपी लिये फिर उसी स्थान पर पहुँची; पर वह आज अकेली न थी, उसके साथ दो बालक और भी थे। तीनों वहाँ साँझ तक 'कुआँ-कुआँ' खोदते रहे। बालिका गड्ढे के अंदर खोदती थी और दोनों बालक मिट्टी निकाल-निकाल कर फेंकते थे।

तीसरे दिन दो लड़के और भी उस खेल में मिल गये। शाम तक खेल होता रहा। आज गड्ढा दो हाथ गहरा हो गया था। गाँव के बालक-बालिकाओं में इस विलक्षण खेल ने अभूपूर्व उत्साह भर दिया था।

चौथे दिन और भी कई बालक आ मिले। सलाह हुई, कौन अंदर जाय, कौन मिट्टी उठाये, कौन झौआ खींचे। गड्ढा अब चार हाथ गहरा हो गया था, पर अभी तक बालकों के सिवा और किसी को उसकी खबर न थी।

एक दिन रात को एक किसान अपनी खोयी हुई भैंस ढूँढ़ता हुआ उस

खंडहर में जा निकला। अंदर मिट्टी का ऊँचा ढेर, एक बड़ा-सा गड्ढा और एक टिमटिमाता हुआ दीपक देखा, तो डर कर भागा। औरों ने भी आ कर देखा, कई आदमी थे। कोई शंका न थी। समीप जा कर देखा, तो बालिका बैठी थी। एक आदमी ने पूछा–अरे, क्या तूने यह गड्ढा खोदा है?

बालिका ने कहा–हाँ।

'गड्ढा खोद कर क्या करेगी?'

'यहाँ कुआँ बनाऊँगी?'

'कुआँ कैसे बनायेगी?'

'जैसे इतना खोदा है वैसे ही इतना और खोद लूँगी। गाँव के सब लड़के खेलने आते हैं।'

'मालूम होता है, तू अपनी जान देगी और अपने साथ और लड़कों को भी मारेगी। खबरदार, जो कल से गड्ढा खोदा!'

दूसरे दिन और लड़के न आये, बालिका भी दिन भर मजूरी करती रही। लेकिन संध्या-समय वहाँ फिर दीपक जला और फिर वह खुरपी हाथ में लिये वहाँ बैठी दिखायी दी।

गाँव वालों ने उसे मारा-पीटा, कोठरी में बंद किया, पर वह अवकाश पाते ही वहाँ जा पहुँचती।

गाँव के लोग प्रायः श्रद्धालु होते ही हैं, बालिका के इस अलौकिक अनुराग ने आखिर उनमें भी अनुराग उत्पन्न किया। कुआँ खुदने लगा।

इधर कुआँ खुद रहा था, उधर बालिका मिट्टी से ईंटें बनाती थी। इस खेल में सारे गाँव के लड़के शरीक होते थे। उजाली रातों में जब सब लोग सो जाते, तब भी वह ईंटें थापती दिखायी देती। न-जाने इतनी लगन उसमें कहाँ से आ गयी थी। सात वर्ष की उम्र कोई उम्र होती है? लेकिन

सात वर्ष की वह लड़की बुद्धि और बातचीत में अपनी तिगुनी उम्र वालों के कान काटती थी।

आखिर एक दिन वह भी आया कि कुआँ बँध गया और उसकी पक्की जगत तैयार हो गयी। उस दिन बालिका उसी जगत पर सोयी। आज उसके हर्ष की सीमा न थी। गाती थी, चहकती थी।

प्रातःकाल उस जगत पर केवल उसकी लाश मिली। उस दिन से लोगों ने कहना शुरू किया, यह वही बुढ़िया गोमती थी! इस कुएँ का नाम 'पिसनहारी का कुआँ' पड़ा।

मनोवृत्ति

एक सुन्दर युवती, प्रातःकाल, गाँधी-पार्क में बिल्लौर के बेंच पर गहरी नींद में सोई पाई जाय, यह चौंका देनेवाली बात है। सुन्दरियाँ पार्कों में हवा खाने आती हैं, हँसती हैं, दौड़ती हैं, फूल-पौधों से खेलती हैं, किसी का इधर ध्यान नहीं जाता; लेकिन कोई युवती रविश के किनारे वाले बेंच पर बेखबर सोये, यह बिलकुल ग़ैर मामूली बात है, अपनी ओर बल-पूर्वक आकर्षित करने वाली। रविश पर कितने आदमी चहलकदमी कर रहे हैं, बूढ़े भी, जवान भी, सभी एक क्षण के लिए वहाँ ठिठक जाते हैं, एक नज़र वह दृश्य देखते हैं और तब चले जाते हैं। युवकवृन्द रहस्यभाव से मुस्कराते हुए, वृद्धजन चिन्ता-भाव से सिर हिलाते हुए और युवतियाँ लज्जा से आँखें नीचे किये हुए।

2

बसंत और हाशिम निकर और बनियान पहने नंगे पाँव दौड़ रहे हैं। बड़े दिन की छुट्टियों में ओलिम्पियन रेस होनेवाला है, दोनों उसी की तैयारी कर रहे हैं। दोनों इस स्थल पर पहुँचकर रुक जाते हैं और दबी आँखों से युवती को देखकर आपस में ख़याल दौड़ाने लगते हैं।

बसंत ने कहा—इसे और कहीं सोने की जगह ही नहीं मिली।

हाशिम ने जवाब दिया–कोई वेश्या है।

'लेकिन वेश्याएँ भी तो इस तरह बेशर्मी नहीं करतीं।'

'वेश्या अगर बेशर्म न हो तो वेश्या नहीं।'

'बहुत-सी ऐसी बातें हैं, जिनमें कुलवधू और वेश्या दोनों एक व्यवहार करती हैं। कोई वेश्या मामूली तौर पर सड़क पर सोना नहीं चाहती।'

'रूप-छवि दिखाने का नया आर्ट है।'

'आर्ट का सबसे सुन्दर रूप छिपाव है, दिखाव नहीं। वेश्या इस रहस्य को खूब समझती है।'

'उसका छिपाव केवल आकर्षण बढ़ाने के लिए है।'

'हो सकता है; मगर केवल यहाँ सो जाना यह प्रमाणित नहीं करता कि यह वेश्या है। इसकी माँग में सेंदुर है।'

'वेश्याएँ अवसर पड़ने पर सौभाग्यशाली बन जाती हैं। रात-भर प्याले के दौर चले होंगे। काम-क्रीड़ाएँ हुई होंगी। अवसाद के कारण, ठंडक पाकर सो गई होगी।'

'मुझे तो कुलवधू-सी लगती है?'

'कुलवधू पार्क में सोने आयेगी?'

'हो सकता है, घर से रूठकर आई हो?'

'चलकर पूछ ही क्यों न लें।'

'निरे अहमक हो! बग़ैर परिचय के आप किसी को जगा कैसे सकते हैं?'

'अजी चलकर परिचय कर लेंगे। उलटे और एहसान जतायेंगे।'

'और जो कहीं झिड़क दे?'

'झिड़कने की कोई बात भी हो। उससे सौजन्य और सहृदयता में डूबी हुई बातें करेंगे। कोई युवती ऐसी बातें सुनकर चिढ़ नहीं सकती। अजी,

गत-यौवनाएँ तक तो रस-भरी बातें सुनकर फूल ही उठती हैं। यह तो नवयौवना है। मैंने रूप और यौवन का ऐसा सुन्दर संयोग नहीं देखा था।'

'मेरे हृदय पर तो यह रूप अब जीवन-पर्यन्त के लिए अंकित हो गया! शायद कभी न भूल सकूँ।'

'मैं तो फिर यही कहता हूँ कि कोई वेश्या है।'

'रूप की देवी वेश्या भी हो, उपास्य है।'

'यहीं खड़े-खड़े कवियों की-सी बातें करोगे, ज़रा वहाँ चलते क्यों नहीं। तुम केवल खड़े रहना, पाश तो मैं डालूँगा।'

'कोई कुलवधू है।'

'कुलवधू पार्क में आकर सोये, तो इसका इसके सिवा कोई अर्थ नहीं कि वह आकर्षित करना चाहती है, और यह वेश्या मनोवृत्ति है।'

'आजकल की युवतियाँ भी तो फार्वर्ड होने लगी हैं।'

'फार्वर्ड युवतियाँ युवकों से आँखें नहीं चुरातीं।'

'हाँ, लेकिन है कुलवधू, कुलवधू से किसी तरह की बातचीत करना मैं बेहूदगी समझता हूँ।'

'तो चलो फिर दौड़ लगावें।'

'लेकिन दिल में तो वह मूर्ति दौड़ रही है।'

'तो आओ बैठें। जब वह उठकर जाने लगे; तो उसके पीछे चलें। मैं कहता हूँ वेश्या है।'

'और मैं कहता हूँ, कुलवधू है।'

'तो दस-दस की बाजी रही।'

3

दो वृद्ध पुरुष धीरे-धीरे ज़मीन की ओर ताकते आ रहे हैं, मानो खोई

जवानी ढूँढ रहे हों। एक की कमर झुकी, बाल काले, शरीर स्थूल; दूसरे के बाल पके हुए, पर कमर सीधी, इकहरा शरीर। दोनों के दाँत टूटे; पर नकली दाँत लगाये, दोनों की आँखों पर ऐनक। मोटे महाशय वकील हैं, छरहरे महोदय डाक्टर।

वकील–देखा, यह बीसवीं सदी की करामात!

डाक्टर–जी हाँ देखा, हिन्दुस्तान दुनिया से अलग तो नहीं है।

'लेकिन आप इसे शिष्टता तो नहीं कह सकते?'

'शिष्टता की दुहाई देने का अब समय नहीं।'

'है किसी भले घर की लड़की।'

'वेश्या है साहब, आप इतना भी नहीं समझते।'

'वेश्या इतनी फूहड़ नहीं होती।'

'और भले घर की लड़कियाँ फूहड़ होती हैं?'

'नई आज़ादी है, नया नशा है।'

'हम लोगों की तो बुरी-भली कट गई। जिनके सिर आयेगी, वह झेलेंगे।'

'अफ़सोस, जवानी रुख़सत हो गई।'

'ज़िन्दगी ज़हन्नुम से बदतर हो जायेगी।'

'मगर आँख तो नहीं रुख़सत हो गई; वह दिल तो नहीं रुख़सत हो गया।'

'बस आँख से देखा करो, दिल जलाया करो।'

'मेरा तो फिर जवान होने को जी चाहता है। सच पूछो तो आजकल के जीवन में ही ज़िन्दगी की बहार है। हमारे वक्तों में तो कहीं कोई सूरत ही नज़र न आती थी। आज तो जिधर जाओ, हुस्न-ही-हुस्न के जलवे।'

'सुना, युवतियों को दुनिया में जिस चीज़ से सबसे ज्यादा नफ़रत है, वह बूढ़े मर्द हैं।'

'मैं इसका कायल नहीं। पुरुष का जौहर उसकी जवानी नहीं, उसका शक्तिसम्पन्न होना है। कितने ही बूढ़े जवानों से ज़्यादा कड़ियल होते हैं। मुझे तो आये दिन इसके तज़रबे होते हैं। मैं ही अपने को किसी जवान से कम नहीं समझता।'

'यही सब सही है; पर बूढ़ों का दिल कमज़ोर हो जाता है। अगर यह बात न होती तो इस रमणी को इस तरह देखकर हम लोग यों न चले जाते। मैं तो आँखों भर देख भी न सका। डर लग रहा था कि कहीं उसकी आँखें खुल जायँ और वह मुझे ताकते देख ले तो दिल में क्यासमझे।'

'खुश होती कि बूढ़े पर भी उसका जादू चल गया।'

'अजी रहने भी दो।'

'आप कुछ दिनों 'ओकासा' का सेवन कीजिए।'

'चन्द्रोदय खाकर देख चुका। सब लूटने की बाते हैं।'

'मंकी ग्लैंड लगवा लीजिए न?'

'आप इस युवती से मेरी बातें पक्की करा दें। मैं तैयार हूँ।'

'हाँ, यह मेरा जिम्मा, मगर भाई हमारा हिस्सा भी रहेगा।'

'अर्थात्?'

'अर्थात् यह कि कभी-कभी मैं आपके घर आकर अपनी आँखें ठंडी कर लिया करूँगा।'

'अगर आप इस इरादे से आयें तो मैं आपका दुश्मन हो जाऊँ।'

'ओ हो, आप तो मंकी ग्लैंड का नाम सुनते ही जवान हो गये।'

'मैं तो समझता हूँ, यह भी डाक्टरों ने लूटने का एक लटका निकाला है। सच!'

'अरे साहब, इस रमणी के स्पर्श में जवानी है, आप हैं किस फेर में! उसके एक-एक अंग में, एक-एक चितवन में, एक-एक मुसकान में, एक-एक विलास में जवानी भरी हुई है। न सौ मंकी ग्लैंड न एक रमणी का बाहु-पाश।'

'अच्छा कदम बढ़ाइये, मुवक्किल आकर बैठे होंगे।'

'यह सूरत याद रहेगी।'

'फिर आपने याद दिला दी।'

'वह इस तरह सोई है, इसलिए कि लोग उसके रूप को, उसके अंग-विन्यास को, उसके बिखरे हुए केशों को, उसकी खुली हुई गर्दन को देखें और अपनी छाती पीटें। इस तरह चले जाना, उसके साथ अन्याय है। वह बुला रही है, और आप भागे जा रहे हैं।'

'हम जिस तरह दिल से प्रेम कर सकते हैं, जवान कभी कर सकता है?'

'बिलकुल ठीक! मुझे तो ऐसी औरतों से साबिका पड़ चुका है, जो रसिक बूढ़ों को खोजा करती हैं। जवान तो छिछोरे, उच्छृंखल, अस्थिर और गर्वीले होते हैं। वे प्रेम के बदले में कुछ चाहते हैं। यहाँ निःस्वार्थ भाव से आत्म-समर्पण करते हैं।'

'आपकी बातों से दिल में गुदगुदी हो गयी।'

'मगर एक बात याद रखिए, कहीं उसका जवान प्रेमी मिल गया तो?'

'तो मिला करे, यहाँ ऐसों से नहीं डरते।'

'आपकी शादी की कुछ बातचीत थी तो?'

'हाँ थी, मगर अपने ही लड़के जब दुश्मनी पर कमर बाँधें, तो क्या हो! मेरा बड़ा लड़का यशवंत तो मुझे बन्दूक दिखाने लगा। यह जमाने की खूबी है।'

अक्टूबर की धूप तेज़ हो चली थी। दोनों मित्र निकल गये।

4

दो देवियाँ–एक वृद्धा, दूसरी नवयौवना पार्क के फाटक पर मोटर से उतरीं और पार्क में हवा खाने आयीं। उनकी निगाह भी उस नींद की माती युवती पर पड़ी।

वृद्धा ने कहा–बड़ी बेशर्म है!

नवयौवना ने तिरस्कार-भाव से उसकी ओर देखकर कहा–ठाट तो भले घर की देवियों के हैं!

'बस ठाट ही देख लो। इसी से मर्द कहते हैं–स्त्रियों को आज़ादी न मिलनी चाहिए।'

'मुझे तो कोई वेश्या मालूम होती है।'

'वेश्या ही सही, पर उसे इतनी बेशर्मी करके स्त्री-समाज को लज्जित करने का क्या अधिकार है?'

'कैसे मज़े से सो रही है, मानो अपने घर में है।'

'बेहयाई है। मैं परदा नहीं चाहती, पुरुषों की गुलामी नहीं चाहती; लेकिन औरतों में जो गौरवशीलता और सलज्जता है, उसे नहीं छोड़ना चाहती। मैं किसी युवती को सड़क पर सिगरेट पीते देखती हूँ, तो मेरे बदन में आग लग जाती है, उसी तरह आधी छाती का जम्फर भी मुझे नहीं सोहाता। क्या अपने धर्म की लाज छोड़ देने से ही साबित होगा कि हम बहुत फार्वर्ड हैं? पुरुष अपनी छाती या पीठ खोले तो नहीं घूमते?'

'इसी बात पर बाईजी, जब मैं आपको आड़े हाथों लेती हूँ, तो आप बिगड़ने लगती हैं। पुरुष स्वाधीन है, वह दिल में समझता है कि मैं स्वाधीन हूँ। वह स्वाधीनता का स्वाँग नहीं भरता। स्त्री अपने दिल में समझती है कि वह स्वाधीन नहीं है, इसलिए वह अपनी स्वाधीनता का

ढोंग करती है। जो बलवान् हैं, वे अकड़ते नहीं। जो दुर्बल हैं, वही अकड़ दिखाते हैं। क्या आप उन्हें अपने आँसू पोंछने के लिए इतना अधिकार भी नहीं देना चाहतीं ?'

'मैं तो कहती हूँ, स्त्री अपने को छिपाकर पुरुष को जितना नचा सकती है, अपने को खोलकर नहीं नचा सकती।'

'स्त्री ही पुरुष के आकर्षण की फिक्र क्यों करे? पुरुष क्यों स्त्री से पर्दा नहीं करता ?'

'अब मुँह न खुलवाओ मीनू! इस छोकरी को जगाकर कह दो–जाकर घर पर सोये। इतने आदमी आ-जा रहे हैं और निर्लज्ज टाँग फैलाये पड़ी है। यहाँ इसे नींद कैसे आ गई ?'

'रात कितनी गर्मी थी बाईजी! ठण्डक पाकर बेचारी की आँख लग गयी है।'

'रात-भर यहीं रही है, कुछ-कुछ बदती हूँ ?'

मीनू युवती के पास जाकर उसका हाथ पकड़कर हिलाती है–यहाँ क्यों सो रही हो देवीजी, इतना दिन चढ़ आया, उठकर घर जाओ।

युवती आँखें खोल देती है–ओ हो, इतना दिन चढ़ आया? क्या मैं सो गयी थी? मेरे सिर में चक्कर आ जाया करता है। मैंने समझा शायद हवा से कुछ लाभ हो। यहाँ आयी; पर ऐसा चक्कर आया कि मैं इस बेंच पर बैठ गयी, फिर मुझे कुछ होश न रहा। अब भी मैं खड़ी नहीं हो सकती। मालूम होता है, मैं गिर पड़ूँगी। बहुत दवा की; पर कोई फायदा नहीं होता। आप डाक्टर श्यामनाथ को जानती होंगी, वह मेरे ससुर हैं।

युवती ने आश्चर्य से कहा–अच्छा ! वह तो अभी इधर ही से गये हैं।

'सच! लेकिन मुझे पहचान कैसे सकते हैं? अभी मेरा गौना नहीं हुआ है।'

'तो क्या आप उनके लड़के वसन्तलाल की धर्मपत्नी हैं ?'

युवती ने शर्म से सिर झुकाकर स्वीकार किया। मीनू ने हँसकर कहा–वसन्तलाल तो अभी इधर से गये हैं? मेरा उनसे युनिवर्सिटी का परिचय है।

'अच्छा! लेकिन मुझे उन्होंने देखा कहाँ है?'

'तो मैं दौड़कर डाक्टर को खबर दे दूँ।'

'जी नहीं, मैं थोड़ी देर में बिलकुल अच्छी हो जाऊँगी।'

'वसन्तलाल भी वह खड़ा है, उसे बुला दूँ।'

'जी नहीं, किसी को न बुलाइए।'

'तो चलो, अपने मोटर पर तुम्हें तुम्हारे घर पहुँचा दूँ।'

'आपकी बड़ी कृपा होगी।'

'किस मुहल्ले में?'

'बेगमगंज, मि. जयरामदास के घर।'

'मैं आज ही मि. वसन्तलाल से कहूँगी।'

'मैं क्या जानती थी कि वह इस पार्क में आते हैं।'

'मगर कोई आदमी तो साथ ले लिया होता?'

'किसलिए? कोई ज़रूरत न थी।'

अलग्योझा

भोला महतो ने पहली स्त्री के मर जाने के बाद दूसरी सगाई की तो उसके लड़के रग्घू के लिए बुरे दिन आ गये। रग्घू की उम्र उस समय केवल दस वर्ष की थी। चैन से गाँव में गुल्ली-डंडा खेलता फिरता था। माँ के आते ही चक्की में जुतना पड़ा। पन्ना रूपवती स्त्री थी और रूप और गर्व में चोली-दामन का नाता है। वह अपने हाथों से कोई मोटा काम न करती। गोबर रग्घू निकालता, बैलों को सानी रग्घू देता। रग्घू ही जूठे बरतन माँजता। भोला की आँखें कुछ ऐसी फिरीं कि उसे अब रग्घू में सब बुराइयाँ-ही-बुराइयाँ नज़र आतीं। पन्ना की बातों को वह प्राचीन मर्यादानुसार आँखें बन्द करके मान लेता था। रग्घू की शिकायतों की ज़रा भी परवाह न करता। नतीजा यह हुआ कि रग्घू ने शिकायत करना छोड़ दिया। किसके सामने रोए? बाप ही नहीं, सारा गाँव उसका दुश्मन था। बड़ा ज़िद्दी लड़का है, पन्ना को कुछ समझता ही नहीं; बेचारी उसका दुलार करती है, खिलाती-पिलाती है। यह उसी का फल है। दूसरी औरत होती, तो निबाह न होता! वह तो कहो, पन्ना इतनी सीधी-सादी है कि निबाह होता जाता है। सबल की शिकायतें सब सुनते हैं, निर्बल की फ़रियाद भी कोई नहीं सुनता। रग्घू का हृदय माँ की ओर से दिन-दिन फटता जाता था। यहाँ तक कि आठ साल गुज़र गये। और एक दिन भोला के नाम मृत्यु का सन्देश आ पहुँचा।

पन्ना के चार बच्चे थे–तीन बेटे और एक बेटी। इतना बड़ा खर्च और कमानेवाला कोई नहीं। रग्घू अब क्यों पूछने लगा। यह मानी हुई बात थी। अपनी स्त्री लायेगा और अलग रहेगा। स्त्री आकर और भी आग लगायेगी। पन्ना के चारों ओर अंधेरा-ही-अंधेरा दिखाई देता था। पर कुछ भी हो, वह रग्घू की आसरैत बनकर घर में न रहेगी। जिस घर में उसने राज किया, उसमें अब लौंडी न बनेगी। जिस लौंडे को अपना गुलाम समझा, उसका मुँह न ताकेगी। वह सुन्दर थी, अवस्था भी कुछ ऐसी ज्यादा न थी। जवानी अपनी पूरी बहार पर थी। क्या वह कोई दूसरा घर नहीं कर सकती? यही न होगा, लोग हँसेगे। बला से! उसकी बिरादरी में क्या ऐसा होता नहीं। ब्राह्मण-ठाकुर थोड़े ही थी कि नाक कट जायगी। यह तो ऊँची जातों में होता है कि घर में चाहे जो कुछ करो, बाहर परदा ढँका रहे। वह तो संसार को दिखाकर दूसरा घर कर सकती है। फिर वह रग्घू की दबैल बनकर क्यों रहे?

भोला को मरे एक महीना गुज़र चुका था। संध्या हो गई थी। पन्ना इसी चिन्ता में पड़ी हुई थी कि सहसा उसे ख़याल आया, लड़के घर में नहीं हैं। यह बैलों के लौटने की बेला है, कहीं कोई लड़का उनके नीचे न आ जाय। अब द्वार पर कौन है, जो उनकी देखभाल करेगा। घर से बाहर निकली, तो देखा रग्घू अपने झोंपड़े में बैठा ऊख की गँडेरियाँ बना रहा है, तीनों लड़के उसे घेरे खड़े हैं और छोटी लड़की गर्दन में हाथ डाले उसकी पीठ पर सवार होने की चेष्टा कर रही है। पन्ना को अपनी आँखों पर विश्वास न आया। आज तो यह नई बात है! शायद दुनिया को दिखाता है कि मैं अपने भाइयों को कितना चाहता हूँ और मन में छुरी रक्खी हुई है। घात मिले तो जान ही ले ले। काला साँप है, काला साँप। कठोर स्वर में बोली–तुम सब-के-सब वहाँ क्या करते हो? घर में आओ, साँझ की बेला है, गोरू आते होंगे।

रग्घू ने विनीत नेत्रों से देखकर कहा–मैं तो हूँ ही काकी, डर किस बात का है?

बड़ा लड़का केदार बोला–काकी, रग्घू दादा ने हमारे लिए दो गाड़ियाँ बना दी हैं। यह देख, एक पर हम और खुन्नू बैठेंगे, दूसरी पर लछमन और झुनिया। दादा दोनों गाड़ियाँ खींचेंगे।

यह कहकर वह कोने से छोटी-छोटी गाड़ियाँ निकाल लाया, चार-चार पहिए लगे थे, बैठने के लिए तख्ते और रोक के लिए दोनों तरफ बाजू थे।

पन्ना ने आश्चर्य से पूछा–ये गाड़ियाँ किसने बनायीं?

केदार ने चिढ़कर कहा–रग्घू दादा ने बनायी हैं, और किसने। भगत के घर से बसूला और रुखानी माँग लाये और झटपट बना दीं। खूब दौड़ती हैं काकी। बैठ खुन्नू, मैं खींचूँ।

खुन्नू गाड़ी में बैठ गया। केदार खींचने लगा। चर-चर का शोर हुआ, मानो गाड़ी भी इस खेल में लड़कों के साथ शरीक है।

लछमन ने दूसरी गाड़ी पर बैठकर कहा–दादा खींचो।

रग्घू ने झुनिया को भी गाड़ी में बैठा दिया और गाड़ी खींचता हुआ दौड़ा। तीनों लड़के तालियाँ बजाने लगे। पन्ना चकित नेत्रों से यह दृश्य देख रही थी और सोच रही थी कि यह वही रग्घू है या और।

थोड़ी देर के बाद दोनों गाड़ियाँ लौटीं; लड़के घर में आकर इस यान-यात्रा के अनुभव बयान करने लगे। कितने खुश थे सब, मानों हवाई जहाज़ पर बैठ आये हों।

खुन्नू ने कहा–काकी सच, पेड़ दौड़ रहे थे।

लछमन–और बछिया कैसी भागीं, सब-की-सब दौड़ीं।

केदार–काकी, रग्घू दादा दोनों गाड़ियाँ एक साथ खींच ले जाते हैं।

झुनिया सबसे छोटी थी। उसकी व्यंजना-शक्ति उछल-कूद और नेत्रों तक परिमित थी-तालियाँ बजा-बजाकर नाच रही थी।

खुन्नू–अब हमारे घर गाय भी आ जायगी काकी। रग्घू दादा ने गिरधारी से कहा है कि हमें एक गाय ला दो।

गिरधारी बोला–कल लाऊँगा।

केदार–तीन सेर दूध देती है काकी। खूब दूध पीयेंगे।

इतने में रग्घू भी अन्दर आ गया। पन्ना ने अवहेलना की दृष्टि से देखकर पूछा–क्यों रग्घू, तुमने गिरधारी से कोई गाय माँगी है?

रग्घू ने क्षमा-प्रार्थना के भाव से कहा–हाँ माँगी तो है, कल लावेगा।

पन्ना-रुपये किसके घर से आयेंगे? यह भी सोचा है?

रग्घू-सब सोच लिया है काकी। मेरी यह मुहर नहीं है। इसके पच्चीस रुपये मिल रहे हैं; पाँच रुपये बछिया के मुज़रा दे दूँगा। बस गाय अपनी हो जायेगी।

पन्ना सन्नाटे में आ गयी। अब उसका अविश्वासी मन भी रग्घू के प्रेम और सज्जनता को अस्वीकार न कर सका। बोली–मुहर को क्यों बेचे देते हो? गाय की अभी कौन जल्दी है। हाथ में पैसे हो जायँ, तो ले लेना। सूना-सूना गला अच्छा न लगेगा। इतने दिनों गाय नहीं रही; तो क्या लड़के नहीं जिये?

रग्घू दार्शनिक भाव से बोला–बच्चों के खाने-पीने के यही दिन हैं काकी। इस उम्र में न खाया, तो फिर क्या खायेंगे। मुहर पहनना मुझे अच्छा भी नहीं मालूम होता, लोग समझते होंगे कि बाप तो मर गया, इसे मुहर पहनने की सूझी है।

भोला महतो तो गाय की चिन्ता ही में चल बसे, न रुपये आये और न गाय मिली, मजबूर थे। रग्घू ने वह समस्या कितनी सुगमता से हल कर

दी। आज जीवन में पहली बार, पन्ना को रग्घू पर विश्वास आया, बोली–जब गहना ही बेचना है, तो अपनी मुहर क्यों बेचोगे। मेरी हँसली ले लेना।

रग्घू–नहीं काकी! वह तुम्हारे गले में बहुत अच्छी लगती है। मर्दों को क्या, मुहर पहने या न पहने।

पन्ना–चल, मैं बूढ़ी हुई। मुझे अब हँसली पहनकर क्या करना है। तू अभी लड़का है, तेरा सूना गला अच्छा न लगेगा।

रग्घू मुस्करा कर बोला–तुम अभी से कैसे बूढ़ी हो गयीं? गाँव में, कौन तुम्हारे बराबर है?

रग्घू की सरल आलोचना ने पन्ना को लज्जित कर दिया। उसके रूखे-मुझझाये मुख पर प्रसन्नता की लाली दौड़ गयी।

2

पाँच साल गुज़र गये। रग्घू का-सा मेहनती, ईमानदार, बात का धनी दूसरा किसान गाँव में न था। पन्ना की इच्छा के बिना कोई काम न करता। उसकी उम्र अब 28 साल की हो गयी थी। पन्ना बार-बार कहती–भइया बहू को बिदा करा लाओ। कब तक नैहर में पड़ी रहेगी। सब लोग मुझी को बदनाम करते हैं कि यही बहू को नहीं आने देती, मगर रग्घू टाल देता था। कहता कि अभी जल्दी क्या है। उसे अपनी स्त्री के रंग-ढंग का कुछ परिचय दूसरों से मिल चुका था। ऐसी औरत को घर में लाकर वह अपनी शान्ति में बाधा नहीं डालना चाहता था।

आखिर एक दिन पन्ना ने जिद करके कहा–तो तुम न लाओगे?

'कह दिया कि अभी कोई जल्दी नहीं है।'

'तुम्हारे लिए जल्दी न होगी, मेरे लिए तो जल्दी है। मैं आज आदमी भेजती हूँ।'

'पछताओगी काकी, उसका मिज़ाज अच्छा नहीं है।'

'तुम्हारी बला से। जब मैं उससे बोलूँगी ही नहीं; तो क्या हवा से लड़ेगी। रोटियाँ तो बना लेगी। मुझसे भीतर-बाहर का सारा काम नहीं होता, मैं आज बुलाए लेती हूँ।'

'बुलाना चाहती हो, बुला लो; मगर फिर यह न कहना कि यह मेहरिया को ठीक नहीं करता, उसका गुलाम हो गया।'

'न कहूँगी, जाकर दो साड़ियाँ और मिठाई ले आ।'

तीसरे दिन मुलिया मैके से आ गई। दरवाजे पर नगाड़े बजे। शहनाइयों की मधुर ध्वनि आकाश में गूँजने लगी। मुँह-दिखावे की रस्म अदा हुई। वह इस मरुभूमि में निर्मल जल-धारा थी। गेहुआँ रंग था, बड़ी-बड़ी नोकीली पलकें, कपोलों पर हल्की सुर्खी, आँखों में प्रबल आकर्षण, रग्घू उसे देखते ही मन्त्र-मुग्ध हो गया।

प्रातःकाल पानी का घड़ा लेकर चलती, तब उसका गेहुआँ रंग प्रभात की सुनहली किरणों से कुन्दन हो जाता, मानो उषा अपनी सारी सुगन्ध, सारा विकास और सारा उन्माद लिये मुस्कराती चली जाती हो।

3

मुलिया मैके से ही जली-भुनी आयी थी, मेरा शौहर छाती फाड़कर काम करे, और पन्ना रानी बनी बैठी रहे, उसके लड़के रईसज़ादे बने घूमें। मुलिया से यह बरदाश्त न होगा। वह किसी की गुलामी न करेगी। अपने लड़के तो अपने होते ही नहीं, भाई किसके होते हैं। जब तक पर नहीं निकलते हैं, रग्घू को घेरे हुए हैं। ज्यों ही ज़रा सयाने हुए, पर झाड़कर निकल जायँगे। बात भी न पूछेंगे।

उस दिन उसने रग्घू से कहा–तुम्हें इस तरह गुलामी करनी हो तो करो, मुझसे न होगी।

रग्घू–तो फिर क्या करूँ, तू ही बता? लड़के तो अभी घर का काम करने लायक भी नहीं हैं।

मुलिया–लड़के रावत के हैं, कुछ तुम्हारे नहीं हैं। यही पन्ना है, जो तुम्हें दाने–दाने को तरसाती थी। सब सुन चुकी हूँ। मैं लौंडी बनकर न रहूँगी। रुपये-पैसे का मुझे कुछ हिसाब नहीं मिलता। न जाने तुम क्या लाते हो? और वह क्या करती है। तुम समझते हो रुपये घर ही में तो हैं; मगर देख लेना, तुम्हें जो एक फूटी कौड़ी भी मिले।

रग्घू–रुपये-पैसे तेरे हाथ में देने लगूँ, तो दुनिया क्या कहेगी, यह तो सोच।

मुलिया–दुनिया जो चाहे कहे। दुनिया के हाथों बिकी नहीं हूँ। देख लेना, भाड़ लीपकर हाथ काला ही रहेगा। फिर तुम अपने भाइयों के लिए मरो, मैं क्यों मरूँ?

रग्घू ने जवाब न दिया–उसे जिस बात का भय था, वह इतनी जल्द सिर पर आ पड़ी। अब अगर उसने बहुत तत्थोथंभी किया, तो साल-छः महीने और काम चलेगा। बस, आगे यह डोंगा चलता नज़र नहीं आता। बकरे की माँ कब तक खैर मनायेगी?

एक दिन पन्ना ने महुए का सुखावन डाला। बरसात शुरू हो गई थी। बखार में अनाज गीला हो रहा था। मुलिया से बोली–बहू, ज़रा देखती रहना, मैं तालाब से नहा आऊँ।

मुलिया ने लापरवाही से कहा–मुझे नींद आ रही है, तुम बैठकर देखो, एक दिन न नहाओगी तो क्या होगा।

पन्ना ने साड़ी उठाकर रख दी, नहाने न गई। मुलिया का वार खाली गया।

कई दिन के बाद एक शाम को पन्ना धान रोपकर लौटी, अँधेरा हो गया था। दिन भर की भूखी थी, आशा थी, बहू ने रोटी बना रखी होगी, मगर देखा तो यहाँ चूल्हा ठंडा पड़ा हुआ था, और बच्चे मारे भूख के तड़प रहे थे। मुलिया से आहिस्ते से पूछा–आज अभी चूल्हा नहीं जला?

केदार ने कहा–आज दोपहर को भी चूल्हा नहीं जला काकी! भाभी ने कुछ बनाया ही नहीं।

पन्ना–तो तुम लोगों ने खाया क्या?

केदार–कुछ नहीं, रात की रोटियाँ थीं, खुन्नू और लछमन ने खायीं। मैंने सत्तू खा लिया।

पन्ना–और बहू?

केदार–वह तो पड़ी सो रही है, कुछ नहीं खाया।

पन्ना ने उसी वक्त चूल्हा जलाया और खाना बनाने बैठ गयी। आटा गुँथती थी और रोती थी। क्या नसीब है, दिन-भर खेत में जली, घर आई तो चूल्हे के सामने जलना पड़ा।

केदार का चौदहवाँ साल था। भाभी के रंग-ढंग देखकर सारी स्थिति समझ रहा था।

बोला–काकी, भाभी अब तुम्हारे साथ रहना नहीं चाहती। पन्ना ने चौंककर पूछा–क्या कुछ कहती थी?

केदार–कहती कुछ नहीं थी; मगर है उसके मन में यही बात। फिर तुम क्यों नहीं छोड़ देतीं? जैसे चाहे रहे; हमारा भी भगवान है।

पन्ना ने दाँतों से जीभ दबाकर कहा–चुप, मेरे सामने ऐसी बात भूल कर भी न कहना। रघू तुम्हारा भाई नहीं, तुम्हारा बाप है। मुलिया से कभी बोलोगे, तो समझ लेना जहर खा लूँगी।

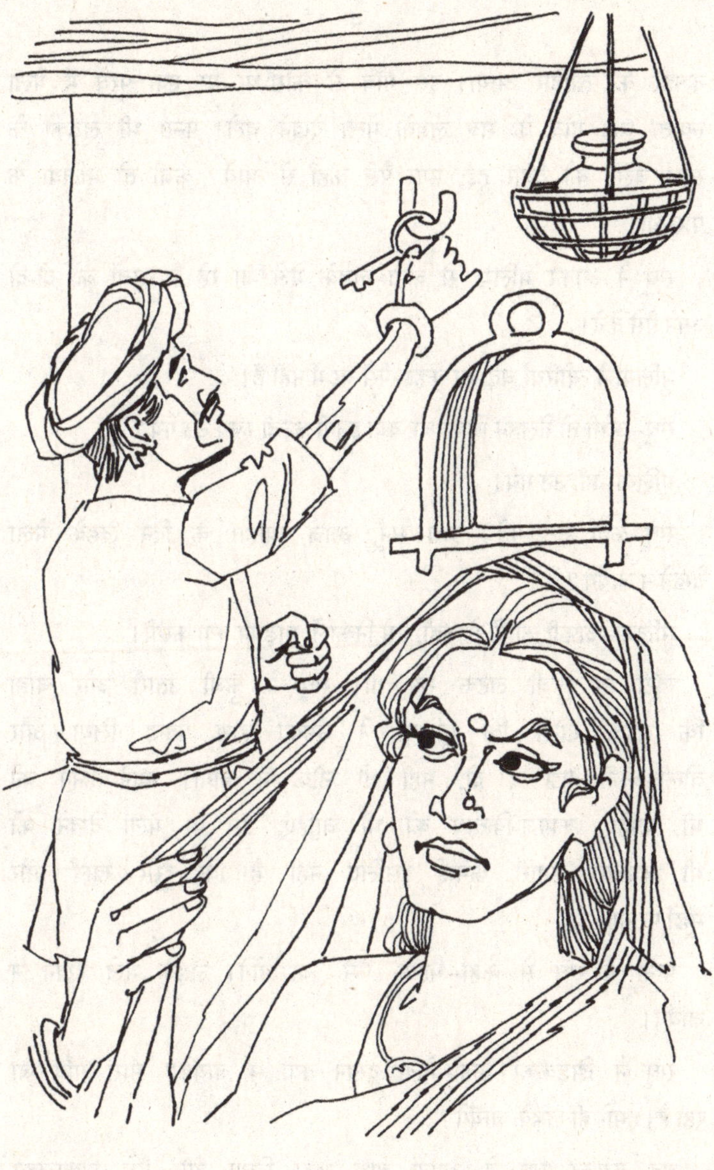

4

दशहरे का त्योहार आया। इस गाँव से कोस-भर पर एक पुरवे में मेला लगता था। गाँव के सब लड़के मेला देखने चले। पन्ना भी लड़कों के साथ चलने को तैयार हुई; मगर पैसे कहाँ से आयें? कुंजी तो मुलिया के पास थी।

रग्घू ने आकर मुलिया से कहा–लड़के मेले जा रहे हैं, सबों को दो-दो आने पैसे दे दे।

मुलिया ने त्योरियाँ चढ़ाकर कहा–पैसे घर में नहीं हैं।

रग्घू–अभी तो तेलहन बिका था, क्या इतनी जल्दी रुपये उठ गये?

मुलिया–हाँ, उठ गये।

रग्घू–कहाँ उठ गये? ज़रा सुनूँ, आज त्योहार के दिन लड़के मेला देखने न जायँगे?

मुलिया–अपनी काकी से कहो, पैसे निकालें, गाड़कर क्या करेंगी।

खूँटी पर कुंजी लटक रही थी। रग्घू ने कुंजी उतारी और चाहा कि संदूक खोले कि मुलिया ने उसका हाथ पकड़ लिया और बोली–कुंजी मुझे दे दो, नहीं तो ठीक न होगा। खाने-पहनने को भी चाहिए, काग़ज़-किताब को भी चाहिए, उस पर मेला देखने को भी चाहिए। हमारी कमाई इसलिए नहीं है कि दूसरे खायँ और मूँछों पर ताव दें।

पन्ना ने रग्घू से कहा–भइया, पैसे क्या होंगे। लड़के मेले देखने न जायँगे।

रग्घू ने झिड़ककर कहा–मेला देखने क्यों न जायँगे? सारा गाँव जा रहा है। हमारे ही लड़के जायँगे?

यह कहकर रग्घू ने अपना हाथ छुड़ा लिया और पैसे निकालकर

लड़कों को दे दिये; मगर कुंजी जब मुलिया को देने लगा, तब उसने उसे आँगन में फेंक दिया और मूँह लपेटकर लेट गयी। लड़के मेला देखने न गये।

इसके बाद दो दिन गुज़र गये। मुलिया ने कुछ नहीं खाया, और पन्ना भी भूखी रही। रग्घू कभी इसे मनाता, कभी उसे; पर न यह उठती न वह। आखिर रग्घू ने हैरान होकर मुलिया से पूछा–कुछ मुँह से कह, चाहती क्या है?

मुलिया ने धरती को सम्बोधित करके कहा–मैं कुछ नहीं चाहती, तू मुझे मेरे घर पहुँचा दे।

रग्घू–अच्छा उठ, बना खा। पहुँचा दूँगा।

मुलिया ने रग्घू की ओर आँखें उठाईं। रग्घू उसकी सूरत देखकर डर गया। वह माधुर्य, वह मोहकता, वह लावण्य गायब हो गया था। दाँत निकल आये थे, आँखें फट गयी थीं और नथुने फड़क रहे थे। अंगारे की-सी लाल आँखों से देखकर बोली–अच्छा, तो काकी ने यह सलाह दी है, यह मन्त्र पढ़ाया है? तो यहाँ ऐसी कच्ची नहीं हूँ। तुम दोनों की छाती पर मूँग दलूँगी। हो किस फेर में।

रग्घू–अच्छा, तो मूँग ही दल लेना। कुछ खा-पी लेगी, तभी तो मूँग दल सकेगी।

मुलिया–अब तो तभी मुँह में पानी डालूँगी, जब घर अलग हो जायगा। बहुत झेल चुकी, अब नहीं झेला जाता।

रग्घू सन्नाटे में आ गया, एक मिनट तक तो उसके मुँह से आवाज ही न निकली। अलग होने की उसने स्वप्न में भी कल्पना न की थी। उसने गाँव में दो चार परिवारों को अलग होते देखा था। वह खूब जानता था, रोटी के साथ लोगों के हृदय भी अलग हो जाते हैं। अपने हमेशा के लिए ग़ैर हो जाते हैं। फिर उनमें वही नाता रह जाता है, जो गाँव के और

आदमियों में। रग्घू ने मन में ठान लिया था कि इस विपत्ति को घर न आने दूँगा; मगर होनहार के सामने उसकी एक न चली। आह! मेरे मुँह में कालिख लगेगी, दुनिया यही कहेगी कि बाप के मर जाने पर दस साल भी एक में निबाह न हो सका। फिर किससे अलग हो जाऊँ। जिनको गोद में खिलाया, जिनको बच्चों की तरह पाला, जिनके लिए तरह-तरह के कष्ट झेले, उन्हीं से अलग हो जाऊँ। अपने प्यारों को घर से निकाल बाहर करूँ। उसका गला फँस गया। काँपते हुए स्वर में बोला–तू क्या चाहती है कि मैं अपने भाइयों से अलग हो जाऊँ? भला सोच तो; कहीं मुँह दिखाने लायक रहूँगा?

मुलिया–तो मेरा इन लोगों के साथ निबाह न होगा?

रग्घू–तो तू अलग हो जा। मुझे अपने साथ क्यों घसीटती है।

मुलिया–तो मुझे क्या तुम्हारे घर में मिठाई मिलती है, मेरे लिए क्या संसार में जगह नहीं है?

रग्घू–तेरी जैसी मर्जी, जहाँ चाहे रह। मैं अपने घरवालों से अलग नहीं हो सकता। जिस दिन इस घर में दो चूल्हे जलेंगे, उस दिन मेरे कलेजे के दो टुकड़े हो जायँगे। मैं यह चोट नहीं सह सकता। तुझे जो तकलीफ़ हो, वह मैं दूर कर सकता हूँ। माल-असबाब की मालकिन तू है ही, अनाज-पानी तेरे ही हाथ है, अब रह क्या गया है? अगर कुछ काम-धन्धा करना नहीं चाहती, मत कर। भगवान ने मुझे समाई दी होती, तो तुझे तिनका तक उठाने न देता। तेरे यह सुकुमार हाथ-पाँव मेहनत-मजूरी करने के लिए बनाये ही नहीं गये हैं; मगर क्या करूँ, अपना कुछ बस ही नहीं है। फिर भी तेरा जी कोई काम करने को न चाहे, मत कर; मगर मुझसे अलग होने को न कह, तेरे पैरों पड़ता हूँ।

मुलिया ने सिर से आंचल खिसकाया और ज़रा समीप आकर बोली–मैं काम करने से नहीं डरती, न बैठे-बैठे खाना चाहती हूँ; मगर मुझसे किसी

की धौंस नहीं सही जाती। तुम्हारी ही काकी घर का काम-काज करती हैं, तो अपने लिए करती हैं, अपने बाल-बच्चों के लिए करती हैं। मुझ पर कुछ एहसान नहीं करतीं। फिर मुझ पर धौंस क्यों जमाती हैं। उन्हें अपने बच्चे प्यारे होंगे, मुझे तो तुम्हारा आसरा है। मैं अपनी आँखों से यह नहीं देख सकती कि सारा घर तो चैन करे, ज़रा-ज़रा से बच्चे तो दूध पीयें, और जिसके बल-बूते पर गृहस्थी थमी हुई है, वह मट्ठे को तरसे। कोई उसका पूछनेवाला न हो। ज़रा अपना मुँह तो देखो, कैसे सूरत निकल आयी है। औरों के तो चार बरस में अपने पट्ठे तैयार हो जायेंगे। तुम तो दस साल में खाट पर पड़ जाओगे। बैठ जाओ, खड़े क्यों हो? क्या मारकर भागोगे! मैं तुम्हें जबरदस्ती न बाँध लूँगी। जानती कि ऐसे निर्मोहिये से पाला पड़ेगा, तो इस घर में भूल से न आती। आती भी तो मन न लगाती, मगर अब तो मन तुमसे लग गया। घर भी जाऊँ, तो मन यहाँ ही रहेगा। और तुम जो हो, मेरी बात नहीं पूछते।

मुलिया की ये रसीली बातें रग्घू पर कोई असर न डाल सकीं। वह उसी रुखाई से बोला–मुलिया, मुझसे यह न होगा। अलग होने का ध्यान करते ही मेरा मन न जाने कैसा हो जाता है। यह चोट मुझसे न सही जायगी।

मुलिया ने परिहास करके कहा–तो चूड़ियाँ पहनकर अन्दर बैठो न। लाओ मैं मूँछें लगा लूँ। मैं तो समझती थी कि तुममें भी कुछ कस–बल है। अब देखती हूँ, तो निरे मिट्टी के लोंदे हो।

पन्ना दालान में खड़ी दोनों की बातचीत सुन रही थी। अब उससे न रहा गया। सामने आकर रग्घू से बोली–जब वह अलग होने पर तुली हुई है, फिर तुम क्यों उसे जबरदस्ती मिलाये रखना चाहते हो? तुम उसे लेकर रहो, हमारे भगवान मालिक हैं। जब महतो मर गये थे, और कहीं पत्ती की भी छाँह न थी, जब उस वक्त भगवान ने निबाह दिया, तो अब

क्या डर? अब तो भगवान की दया से तीनों लड़के सयाने हो गए हैं। अब कोई चिन्ता नहीं।

रग्घू ने आँसू भरी आँखों से पन्ना को देखकर कहा–काकी, तू भी पागल हो गयी है क्या? जानती नहीं, दो रोटियाँ होते ही दो मन हो जाते हैं।

पन्ना–जब वह मानती ही नहीं, तब तुम क्या करोगे? भगवान की यही मर्जी होगी, तो कोई क्या करेगा। परारब्ध में जितने दिन एक साथ रहना लिखा था, उतने दिन रहे, अब उसकी यही मर्जी है, तो यही सही। तुमने मेरे बाल-बच्चों के लिए जो कुछ किया, वह मैं भूल नहीं सकती। तुमने इनके सिर पर हाथ न रक्खा होता तो आज इनकी न जाने क्या गति होती, न जाने किसके द्वार पर ठोकरें खाते होते, न जाने कहाँ-कहाँ भीख माँगते फिरते। तुम्हारा जस मरते दम तक गाऊँगी, अगर मेरी खाल तुम्हारे जूते बनाने के काम आये, तो खुशी से दे दूँ। चाहे तुमसे अलग हो जाऊँ, पर जिस घड़ी तुम पुकारोगे, कुत्ते की तरह दौड़ी आऊँगी। यह भूलकर भी न सोचना कि तुमसे अलग होकर मैं तुम्हारा बुरा चेतूँगी। जिस दिन तुम्हारा अनभल मेरे मन में आयेगा, उसी दिन विष खाकर मर जाऊँगी। भगवान करे, तुम दूधों नहावो, पूतों फलो। मरते दम तक यही असीस मेरे रोएँ-रोएँ से निकलती रहेगी। और अगर लड़के भी अपने बाप के हैं, तो मरते दम तुम्हारा पोस मानेंगे।

यह कहकर पन्ना रोती हुई वहाँ से चली गई। रग्घू वहीं मूर्ति की तरह खड़ा रहा। आसमान की ओर टकटकी लगी थी और आँखों से आँसू बह रहे थे।

5

पन्ना की बातें सुनकर मुलिया समझ गयी कि अब अपने पौबारह हैं।

चटपट उठी, घर में झाड़ू लगाया, चूल्हा जलाया और कुएँ से पानी लाने चली। उसकी टेक पूरी हो गयी थी।

गाँव में स्त्रियों के दो दल होते हैं–एक बहुओं का, दूसरा सासों का। बहुएँ सलाह और सहानुभूति के लिए अपने दल में जाती हैं, सासें अपने दल में। दोनों की पंचायतें अलग होती हैं। मुलिया को कुएँ पर दो-तीन बहुएँ मिल गयीं। एक ने पूछा–आज तो तुम्हारी बुढ़िया बहुत रो-धो रही थी।

मुलिया ने विजय के गर्व से कहा–इतने दिनों से घर की मालकिन बनी हुई हैं, राज-पाट छोड़ते किसे अच्छा लगता है। बहन, मैं उनका बुरा नहीं चाहती; लेकिन एक आदमी की कमाई में कहाँ तक बरकत होगी। मेरे भी तो यही खाने-पीने, पहनने-ओढ़ने के दिन है। अभी उनके पीछे मरो, फिर बाल-बच्चे हो जायँ, उनके पीछे मरो। सारी ज़िन्दगी रोते ही कट जाय।

एक बहू-बुढ़िया यही चाहती है कि यह बस जन्म भर लौंडी बनी रहे। मोटा-झोटा खाएं और पड़ी रहे।

दूसरी बहू–किस भरोसे पर कोई मरे। अपने लड़के तो बात नहीं पूछते, पराये लड़कों का क्या भरोसा? कल इनके हाथ-पाँव हो जायँगे, फिर कौन पूछता है। अपनी-अपनी मेहरियों का मुँह देखेंगे। पहले से ही फटकार देना अच्छा है। फिर तो कोई कलंक न होगा।

मुलिया पानी लेकर गयी, खाना बनाया और रग्घू से बोली–'जाओ, नहा आओ, रोटी तैयार है।'

रग्घू ने मानो सुना ही नहीं। सिर पर हाथ रखकर द्वार की तरफ ताकता रहा।

मुलिया–क्या कहती हूँ, कुछ सुनाई देता है? रोटी तैयार है, जाओ नहा आओ।

रग्घू–सुन तो रहा हूँ, क्या बहरा हूँ? रोटी तैयार है, तो जाकर खा ले। मुझे भूख नहीं है।

मुलिया ने फिर कुछ नहीं कहा। जाकर चूल्हा बुझा दिया, रोटियाँ उठाकर छींके पर रख दीं और मुँह ढाँककर लेट रही।

ज़रा देर में पन्ना आकर बोली-खाना तो तैयार है, नहा-धोकर खा लो! वह भी तो भूखी होगी?

रग्घू ने झुँझलाकर कहा–काकी, तू घर में रहने देगी कि मुँह में कालिख लगाकर कहीं निकल जाऊँ? खाना तो खाना ही है, आज न खाऊँगा, कल खाऊँगा; लेकिन अभी मुझसे न खाया जायगा। केदार क्या अभी मदरसे से नहीं आया?

पन्ना–अभी तो नहीं आया, आता ही होगा।

पन्ना समझ गयी कि जब तक वह खाना बनाकर लड़कों को न खिलायेगी और खुद न खायेगी, रग्घू न खायेगा। इतना ही नहीं, उसे रग्घू से लड़ाई करनी पड़ेगी, उसे जली-कटी सुनानी पड़ेगी, उसे यह दिखाना पड़ेगा कि मैं ही उससे अलग होना चाहती हूँ, नहीं तो वह इसी चिन्ता में घुल-घुलकर प्राण दे देगा। यह सोचकर उसने अलग चूल्हा जलाया। और खाना बनाने लगी। इतने में केदार और खुन्नू मदरसे से आ गये। पन्ना ने कहा–'आओ बेटा, खा लो रोटी तैयार है।'

केदार ने पूछा–भइया को बुला लूँ न?

पन्ना–तुम आकर खा लो। उनकी रोटी बहू ने अलग बनायी है।

खुन्नू–जाकर भइया से पूछ न आऊँ?

पन्ना–जब उनका जी चाहेगा, खायेंगे। तू बैठकर खा, तुझे इन बातों से क्या मतलब? जिसका जी चाहेगा, खायेगा, जिसका जी न चाहेगा न खायेगा। जब वह और उसकी बीवी अलग रहने पर तुले हैं, तो कौन मनाये?

केदार–तो क्या अम्माँजी, क्या हम अलग घर में रहेंगे?

पन्ना–उनका जी चाहे एक घर में रहें, जी चाहे आँगन में दीवार डाल लें।

खुन्नू ने दरवाजे पर आकर झाँका, सामने फूस की झोपड़ी थी, वहीं खाट पर पड़ा रग्घू नारियल पी रहा था।

खुन्नू–भइया तो अभी नारियल लिये बैठे हैं।

पन्ना–जब जी चाहेगा खायेंगे।

केदार–भइया ने भाभी को डाँटा नहीं?

मुलिया अपनी कोठरी में पड़ी सुन रही थी। बाहर आकर बोली–भइया ने तो नहीं डाँटा, अब तुम आकर डाँटो।

केदार के चेहरे का रंग उड़ गया। फिर जबान न खोली। तीनों लड़कों ने खाना खाया, और बाहर निकले। लू चलने लगी थी। आम के बाग में गाँव के लड़के-लड़कियाँ हवा से गिरे हुए आम चुन रहे थे। केदार ने कहा–आज हम भी आम चुनने चलें, खूब आम गिर रहे हैं।

खुन्नू–दादा जी बैठे हैं...

लछमन–मैं न जाऊँगा, दादा घुड़केंगे।

केदार–वह तो अब अलग हो गये।

लछमन–तो अब हमको कोई मारेगा, तब भी दादा न बोलेंगे?

केदार–वाह, तब क्यों न बोलेंगे?

रग्घू ने तीनों लड़कों को दरवाजे पर खड़े देखा, पर कुछ बोला नहीं। पहले तो वह घर से बाहर निकलते ही उन्हें डाँट बैठता था; पर आज वह मूर्ति के समान निश्चल बैठा रहा। अब लड़कों को कुछ साहस हुआ। कुछ दूर और आगे बढ़े, रग्घू अब भी न बोला, कैसे बोले। वह सोच रहा था,

काकी ने लड़कों को खिला-पिला दिया, मुझसे पूछा तक नहीं। क्या उसकी आँखों पर भी परदा पड़ गया है; अगर मैंने लड़कों को पुकारा और वह न आये तो? मैं उनको मार-पीट तो सकूँगा। लू में सब-के-सब मारे-मारे फिरेंगे। कहीं बीमार न पड़ जायँ। उसका दिल मसोसकर रह जाता था; लेकिन मुँह से कुछ कह न सकता था। लड़कों ने देखा कि यह बिलकुल नहीं बोलते, तो निर्भय होकर चल पड़े।

सहसा मुलिया ने आकर कहा–अब तो उठोगे कि अब भी नहीं? जिनके नाम पर फाका कर रहे हो, उन्होंने मजे से लड़कों को खिलाया और आप खाया, अब आराम से सो रही हैं। 'मोर पिया मोरी बात न पूछें मोर सुहागिन नाँव।' एक भी तो मुँह से न फटा कि भइया, खा लो।

रग्घू को इस समय मर्मान्तक पीड़ा हो रही थी। मुलिया के इन कठोर शब्दों ने घाव पर नमक छिड़क दिया। दुःखित नेत्रों से देखकर बोला–तेरी जो मर्जी थी, वही तो हुआ। अब जा ढोल बजा!

मुलिया–नहीं, तुम्हारे लिए थाली परोसे बैठी हैं!

रग्घू–मुझे चिढ़ा मत। तेरे पीछे मैं भी बदनाम हो रहा हूँ। जब तू किसी की होकर नहीं रहना चाहती; तो दूसरे को क्या ग़रज़ है, जो तेरी खुशामद करे। जाकर काकी से पूछ, लड़के आम चुनने गये हैं, उन्हें पकड़ लाऊँ।

मुलिया अँगूठा दिखाकर बोली–यह जाता है! तुम्हें सौ बार ग़रज़ हो जाकर पूछो।

इतने में पन्ना भी भीतर से निकल आयी। रग्घू ने पूछा–लड़के बगीचे में चले गये काकी, लू चल रही है।

पन्ना–अब उनका कौन पुछत्तर है। बगीचे में जायँ, पेड़ पर चढ़ें, पानी में डूबें। मैं अकेली क्या-क्या करूँ?

रग्घू–जाकर पकड़ लाऊँ?

पन्ना–जब तुम्हें अपने मन से नहीं जाना है, तो फिर मैं जाने को क्यों कहूँ? तुम्हें रोकना होता, तो रोक न देते? तुम्हारे सामने ही तो गये होंगे।

पन्ना की बात पूरी न हुई थी कि रग्घू ने नारियल कोने में रख दिया और बाग की तरफ चला।

6

रग्घू लड़कों को लेकर बाग से लौटा, तो देखा मुलिया अभी तक झोपड़े में खड़ी है। बोला–तू जाकर खा क्यों नहीं लेती। मुझे तो इस बेला भूख नहीं है।

मुलिया ऐंठकर बोली–हाँ, भूख क्यों लगेगी। भाइयों ने खाया, वह तुम्हारे पेट में पहुँच ही गया होगा।

रग्घू ने दाँत पीसकर कहा–मुझे जला मत मुलिया, नहीं तो अच्छा न होगा। खाना कहीं भागा नहीं जाता। एक बेला न खाऊँगा, तो मर न जाऊँगा। क्या तू समझती है, घर में आज कोई छोटी बात हो गई है? तूने घर में चूल्हा नहीं जलाया, मेरे कलेजे में आग लगाई है। मुझे घमण्ड था कि और चाहे कुछ हो जाय, पर मेरे घर में फूट का रोग न आने पावेगा, पर तूने मेरा घमंड चूर कर दिया। परालब्ध की बात है।

मुलिया तिनककर बोली–सारा मोह-छोह तुम्हीं को है कि और किसी को भी है? मैं तो किसी को तुम्हारी तरह बिसूरते नहीं देखती।

रग्घू ने ठण्डी साँस खींचकर कहा–मुलिया घाव पर नोन न छिड़क। तेरे ही कारन मेरी पीठ में धूल लग रही है। मुझे इस गृहस्थी का मोह न होगा, तो किसे होगा? मैंने ही तो इसे मर-मर जोड़ा। जिनको गोद में खेलाया,

वही अब मेरे पट्टीदार होंगे। जिन बच्चों को मैं डाँटता था, उन्हें आज कड़ी आँखों से भी नहीं देख सकता। मैं उनके भले के लिए भी कोई बात करूँ, तो दुनिया यही कहेगी कि यह अपने भाइयों को लूटे लेता है। जा, मुझे छोड़ दे, अभी मुझसे कुछ न खाया जायगा।

मुलिया–मैं क़सम रखा दूँगी, नहीं चुपके से चले चलो।

रग्घू–देख, अब भी कुछ नहीं बिगड़ा है। अपनी हठ छोड़ दे।

मुलिया–हमारा ही लहू पिये, जो खाने न उठे।

रग्घू ने कानों पर हाथ रखकर कहा–यह तूने क्या किया मुलिया? मैं तो उठ ही रहा था। चल खा लूँ। नहाने-धोने कौन जाय, लेकिन इतना कहे देता हूँ कि चाहे चार की जगह छः रोटियाँ खा जाऊँ, चाहे तू मुझे घी के मटके में ही डुबो दे; पर यह दाग मेरे दिल से न मिटेगा।

मुलिया–दाग-साग सब मिट जायगा। पहले सबको ऐसा ही लगता है। देखते नहीं हो, उधर कैसी चैन की बंसी बज रही है। वह तो मना ही रही थी किसी तरह यह सब अलग हो जायँ। अब वह पहले की-सी चाँदी तो नहीं है कि जो कुछ घर में आवे, सब ग़ायब! अब क्यों हमारे साथ रहने लगीं।

रग्घू ने आहत स्वर में कहा–इसी बात का तो मुझे ग़म है। काकी से ऐसी आशा न थी।

रग्घू खाने बैठा, तो कौर विष के घूँट-सा लगता था। जान पड़ता था, रोटियाँ भूसी की हैं। दाल पानी-सी लगती थी। पानी भी कंठ के नीचे न उतरता था। दूध की तरफ देखा तक नहीं। दो-चार ग्रास खाकर उठ आया, जैसे किसी प्रियजन के श्राद्ध का भोजन हो।

रात का भोजन भी उसने इसी तरह किया। भोजन क्या किया, कसम पूरी की। रात-भर उसका चित्त उद्विग्न रहा। एक अज्ञात शंका उसके मन

पर छाई हुई थी, जैसे भोला महतो द्वार पर बैठा रो रहा हो। वह कई बार चौंककर उठा। ऐसा जान पड़ा, भोला उसकी ओर तिरस्कार की आँखों से देख रहा है।

वह दोनों जून का भोजन करता था; पर जैसे शत्रु के घर। भोला की शोकमग्न मूर्ति आँखों से न उतरती थी। रात को उसे नींद न आती। वह गाँव में निकलता, तो इस तरह मुँह चुराये, सिर झुकाये, मानो गोहत्या की हो।

7

पाँच साल गुज़र गये। रग्घू अब दो लड़कों का बाप था। आँगन में दीवार खिंच गई थी, खेतों में मेड़ें डाल दी गयी थीं, और बैल-बधिये बाँट लिये गये थे। केदार की उम्र अब सोलह साल की हो गई थी। उसने पढ़ना छोड़ दिया था और खेती का काम करता था। खुन्नू गाय चराता था। केवल लछमन अब तक मदरसे जाता था। पन्ना और मुलिया दोनों एक दूसरे की सूरत से जलती थीं। मुलिया के दोनों लड़के बहुधा पन्ना के पास ही रहते। वही उन्हें उबटन मलती, वही काजल लगाती, वही गोद में लिए फिरती; मगर मुलिया के मुँह से अनुग्रह का एक शब्द भी न निकलता। न पन्ना ही इसकी इच्छुक थी। वह जो कुछ करती निर्ब्याज भाव से करती थी। उसके दो-दो लड़के कमाऊ हो गए थे। लड़की खाना पका लेती थी। वह खुद ऊपर का काम-काज कर लेती। इसके विरुद्ध रग्घू अपने घर का अकेला था, वह भी दुर्बल, अशक्त और जवानी में बूढ़ा। अभी आयु तीस वर्ष से अधिक न थी; लेकिन बाल खिचड़ी हो गये थे, कमर भी झुक चली थी। खाँसी ने जीर्ण कर रक्खा था। देखकर दया आती थी। और खेती पसीने की वस्तु है। खेतों की जैसी सेवा होनी चाहिए, वह उससे न हो पाती। फिर अच्छी फसल कहाँ से आती! कुछ ऋणी भी हो गया था। वह चिन्ता और भी मारे डालती थी। चाहिए तो यह था कि अब उसे कुछ

आराम मिलता। इतने दिनों के निरन्तर परिश्रम के बाद सिर का बोझ कुछ हल्का होता ; किन्तु मुलिया की स्वार्थपरता और अदूरदर्शिता ने लहराती हुई खेती उजाड़ दी; अगर सब एकसाथ रहते, तो वह अब तक पेंशन पा जाता, मजे से द्वार पर बैठा हुआ नारियल पीता। भाई काम करता, वह सलाह देता। महतों बना फिरता। कहीं किसी के झगड़े चुकाता। कहीं साधु-सन्तों की सेवा करता; पर वह अवसर हाथ से निकल गया। अब तो चिन्ताभार दिन-दिन बढ़ता जाता था।

आखिर उसे धीमा-धीमा ज्वर रहने लगा। हृदय-शूल, चिन्ता, कड़े परिश्रम और अभाव का यही पुरस्कार है। पहले कुछ परवाह न की। समझा आप ही अच्छा हो जायगा; मगर कमज़ोरी बढ़ने लगी, तो दवा की फिक्र हुई। जिसने जो बता दिया, खा लिया। डाक्टरों और वैद्यों के पास जाने की सामर्थ्य कहाँ? और सामर्थ्य भी होती, तो रुपये खर्च कर देने के सिवा और नतीजा ही क्या था। जीर्ण ज्वर की औषधि आराम है और पुष्टिकारक भोजन। न वह बसन्त-मालती का सेवन कर सकता था और न आराम से बैठकर बलवर्धक भोजन कर सकता था, कमज़ोरी बढ़ती ही गयी।

पन्ना को अवसर मिलता तो वह आकर उसे तसल्ली देती; लेकिन उसके लड़के अब रग्घू से बात भी न करते थे। दवा-दारू तो क्या करते, उसका और मजाक उड़ाते। भैया समझते थे कि हम लोगों से अलग होकर सोने की ईंट रख लेंगे। भाभी भी समझती थीं, सोने से लद जाऊँगी। अब देखें, कौन पूछता है। सिसक-सिसककर न मरें, तो कह देना। बहुत 'हाय! हाय!' भी अच्छी नहीं होती। आदमी उतना काम करे, जितना हो सके। यह नहीं कि रुपये के लिए जान ही दे दे।

पन्ना कहती–रग्घू बेचारे का कौन दोष है।

केदार कहता–चल, मैं खूब समझता हूँ। भैया की जगह मैं होता तो

डंडे से बात करता। मजाल थी कि औरत यों जिद करती। यह सब भैया की चाल थी। सब सधी-बदी बात थी।

आखिर एक दिन रग्घू का टिमटिमाता हुआ जीवन-दीपक बुझ गया। मौत ने सारी चिन्ताओं का अन्त कर दिया।

अन्त समय उसने केदार को बुलाया था, पर केदार को ऊख में पानी देना था। डरा, कहीं दवा के लिए न भेज दें। बहाना बना दिया।

8

मुलिया का जीवन अन्धकारमय हो गया। जिस भूमि पर उसने मंसूबों की दीवार खड़ी की थी, अब नीचे से खिसक गई थी। जिस खूँटे के बल पर वह उछल रही थी, वह उखड़ गया था। गाँववालों ने कहना शुरू किया, ईश्वर ने कैसा तत्काल दण्ड दिया। बेचारी मारे लाज के अपने बच्चों को लिये रोया करती। गाँव में किसी को मुँह दिखाने का साहस न होता। प्रत्येक प्राणी उससे यह कहता हुआ मालूम होता था–'मारे घमण्ड के धरती पर पाँव न रखती थी, आखिर सजा मिल गई कि नहीं।' अब इस घर में कैसे निबाह होगा? वह किसके सहारे रहेगी? किसके बल पर खेती होगी। बेचारा रग्घू बीमार था, दुर्बल था; पर जब तक जीता रहा, अपना काम करता रहा। मारे कमज़ोरी के कभी-कभी सिर पकड़कर बैठ जाता, और ज़रा दम लेकर फिर हाथ चलाने लगता था। सारी खेती तहस-नहस हो रही थी, उसे कौन सँभालेगा? अनाज की डाँठें खलिहान में पड़ी थीं, ऊख अलग सूख रही थी। वह अकेली क्या-क्या करेगी? फिर सिंचाई अकेले आदमी का तो काम नहीं। तीन-तीन मजूरों को कहाँ से लाये? गाँव में मजूर थे ही कितने? आदमियों के लिए खींचातानी हो रही थी। क्या करे, क्या न करे?

इस तरह तेरह दिन बीत गये। क्रिया-कर्म से छुट्टी मिली। दूसरे ही दिन सबेरे मुलिया ने दोनों बालकों को गोद में उठाया और अनाज माँड़ने चली। खलिहान में पहुँचकर उसने एक को तो पेड़ के नीचे घास के नर्म बिस्तर पर सुला दिया और दूसरे को वहीं बैठाकर अनाज माँड़ने लगी। बैलों को हाँकती थी और रोती थी। क्या इसीलिए भगवान ने उसको जन्म दिया था? देखते-देखते क्या-से-क्या हो गया? इन्हीं दिनों पिछले साल भी अनाज माँड़ा गया था, वह रग्घू के लिए लोटे में शरबत और मटर की घुँघनी लेकर आयी थी। आज कोई उसके न आगे है न पीछे! लेकिन किसी की लौंडी तो नहीं हूँ? उसे अलग होने का अब भी पछतावा न था।

एकाएक छोटे बच्चे का रोना सुनकर उसने उधर ताका, तो बड़ा लड़का उसे चुमकारकर कह रहा था–बैया, तुप रहो, तुप रहो। धीरे-धीरे उसके मुँह पर हाथ फेरता था और चुप करने के लिए विकल था। जब बच्चा किसी तरह न चुप हुआ तो वह खुद उसके पास लेट गया और उसे छाती से लगाकर प्यार करने लगा; मगर जब यह प्रयत्न भी सफल न हुआ, तो वह रोने लगा।

उसी समय पन्ना दौड़ी आयी और छोटे बालक को गोद में उठाकर प्यार करती हुई बोली–लड़कों को मुझे क्यों न दे आयी बहू? हाय! हाय! अभी बेचारा धरती पर पड़ा लोट रहा है। जब मैं मर जाऊँ, तो जो चाहे करना, अभी तो जीती हूँ। अलग हो जाने से बच्चे तो नहीं अलग हो गये।

मुलिया ने कहा–तुम्हें भी तो छुट्टी नहीं थी अम्माँ, क्या करती।

पन्ना–तो तुझे यहाँ आने की ऐसी क्या जल्दी थी। डाँठ माँड़ न जाती तीन-तीन लड़के तो हैं, और किस दिन काम आयेंगे। केदार तो कल ही माँड़ने को कह रहा था; पर मैंने कहा–पहले ऊख में पानी दे लो; फिर अनाज माँड़ना। मँड़ाई तो दस दिन बाद भी हो सकती है, ऊख की सिंचाई न हुई तो सूख जायगी। कल से पानी चढ़ा हुआ है, परसों तक

खेत पुर जायगा। तब मँड़ाई हो जायगी। तुझे विश्वास न आवेगा, जब से भैया मरे हैं, केदार को बड़ी चिंता हो गयी है। दिन में सौ-सौ बार पूछता है, भाभी बहुत रोती तो नहीं हैं? देख, लड़के भूखे तो नहीं हैं। कोई लड़का रोता है, तो दौड़ा आता है देख अम्माँ क्या हुआ, बच्चा क्यों रोता है? कल रोकर बोला–अम्माँ, मैं जानता कि भैया इतनी जल्दी चले जायँगे, तो उनकी सेवा कर लेता। कहाँ जगाये-जगाये उठता था, अब देखती हो; पहर रात से उठकर काम में लग जाता है। खुन्नू कल ज़रा-सा बोला–पहले हम अपनी ऊख में पानी दे लेंगे, तब भैया की ऊख में देंगे। उस पर केदार ने ऐसा डाँटा कि खुन्नू के मुँह से फिर बात न निकली। बोला–कैसी तुम्हारी और कैसी हमारी ऊख। भैया ने जिला न लिया होता, तो आज या तो मर गये होते या कहीं भीख माँगते। आज तुम बड़े ऊखवाले बने हो! यह उन्हीं का पुन-परताप है कि आज भले आदमी बने बैठे हो। परसों रोटी खाने को बुलाने गयी; तो मड़ैया में बैठा रो रहा था। पूछा–क्यों रोता है? तो बोला–अम्माँ, भैया इसी 'अलग्योझे' के दुख से मर गये, नहीं अभी उनकी उमिर ही क्या थी। यह उस बखत न सूझा; नहीं उनसे क्यों बिगाड़ करते।

यह कहकर पन्ना ने मुलिया की ओर संकेतपूर्ण दृष्टि से देखकर कहा–तुम्हें वह अलग न रहने देगा बहू; कहता है, भैया हमारे लिए मर गये तो हम भी उनके बाल-बच्चों के लिए मर जायँगे।

मुलिया की आँखों से आँसू जारी थे, पन्ना की बातों में आज सच्ची वेदना, सच्ची सांत्वना, सच्ची सद्चिन्ता और सच्ची भावना भरी हुई थी। मुलिया का मन कभी उसकी ओर इतना आकर्षित न हुआ था। जिनसे उसे व्यंग्य और प्रतिकार का भय था, वे इतने दयालु, इतने शुभेच्छु हो गये थे।

आज पहली बार उसे अपनी स्वार्थपरता पर लज्जा आयी, पहली बार आत्मा ने अलग्योझे पर धिक्कारा!

9

इस घटना को हुए पाँच साल गुज़र गये। पन्ना आज बूढ़ी हो गयी है। केदार घर का मालिक है। मुलिया घर की मालकिन है। खुन्नू और लछमन के विवाह हो चुके हैं; मगर केदार अभी तक क्वाँरा है। कहता है–मैं विवाह न करूँगा। कई जगहों से बातचीत हुई, कई सगाइयाँ आयीं; पर उसने हामी न भरी। पन्ना ने कम्पे लगाये, जाल फैलाये; पर वह न फँसा। कहता–औरतों से कौन सुख। मेहरिया घर में आयी और आदमी का मिज़ाज बदला। फिर जो कुछ है, वह मेहरिया है। माँ-बाप, भाई-बन्धु सब पराये हैं। जब भैया-जैसे आदमी का मिज़ाज बदल गया, तो फिर दूसरों की क्या गिनती। दो लड़के भगवान के दिये हैं, और क्या चाहिए। बिना ब्याह किये दो बेटे मिल गये, इससे बढ़कर और क्या होगा। जिसे अपना समझो, वह अपना है, जिसे ग़ैर समझो, वह ग़ैर है।

एक दिन पन्ना ने कहा–तेरा वंश कैसे चलेगा?

केदार–मेरा वंश तो चल रहा है। दोनों लड़कों को अपना ही समझता हूँ।

पन्ना–समझने ही पर है, तो तू मुलिया को भी अपनी मेहरिया समझता होगा।

केदार ने झेंपते हुए कहा–तुम तो गाली देती हो अम्माँ!

पन्ना–गाली कैसी, तेरी भाभी ही तो है।

केदार–मेरे जैसे लट्ठ-गँवार को वह क्या पूछने लगी!

पन्ना–तू करने को कह, तो मैं उससे पूछूँ?

केदार–नहीं मेरी अम्माँ, कहीं रोने-गाने न लगे।

पन्ना–तेरा मन हो, तो मैं बातों-बातों में उसके मन की थाह लूँ?

केदार–मैं नहीं जानता, जो चाहे कर।

पन्ना केदार के मन की बात समझ गयी। लड़के का दिल मुलिया पर आया हुआ है; पर संकोच और भय के मारे कुछ नहीं कहता।

उसी दिन उसने मुलिया से कहा–'क्या करूँ बहू, मन की लालसा मन में ही रही जाती है। केदार का घर भी बस जाता; तो मैं निश्चिन्त हो जाती।

मुलिया–वह तो करने ही नहीं कहते।

पन्ना–कहता है, ऐसी औरत मिले, जो घर में मेल से रहे, तो कर लूँ।

मुलिया–ऐसी औरत कहाँ मिलेगी? कहीं ढूँढो।

पन्ना–मैंने तो ढूँढ लिया है।

मुलिया–सच! किस गाँव की है?

पन्ना–अभी न बताऊँगी, मुदा यह जानती हूँ कि उससे केदार की सगाई हो जाय, तो घर बस जाय और केदार की ज़िन्दगी भी सफल हो जाय। न जाने लड़की मानेगी कि नहीं!

मुलिया–मानेगी क्यों नहीं अम्माँ; ऐसा सुन्दर, कमाऊ, सुशील वर और कहाँ मिला जाता है। उस जनम का कोई साधु-महात्मा है, नहीं तो लड़ाई-झगड़े के डर से कौन बिन ब्याहा रहता है। कहाँ रहती है, मैं जाकर उसे मना लाऊँ।

पन्ना–तू चाहे, तो मना ले। तेरे ही ऊपर है।

मुलिया–मैं आज ही चली जाऊँगी अम्माँ! उसके पैरों पड़कर मना लाऊँगी।

पन्ना–बता दूँ! वह तू ही है!

मुलिया लजाकर बोली–तुम तो अम्माँ जी, गाली देती हो।

पन्ना–गाली कैसी, देवर ही तो है।

मुलिया–मुझ जैसी बुढ़िया को वह क्यों पूछेंगे।

पन्ना–वह तुझी पर दाँत लगाये बैठा है। तेरे सिवा कोई और उसे भाती ही नहीं। डर के मारे कहता नहीं; पर उसके मन की बात मैं जानती हूँ।

वैधव्य के शोक से मुरझाया हुआ मुलिया का पीत बदन कमल की भाँति अरुण हो उठा। दस वर्षों में जो कुछ खोया था, उसी एक क्षण में मानो ब्याज के साथ मिल गया। वही लावण्य, वही विकास, वही आकर्षण, वही लोच!

बाबाजी का भोग

रामधन अहीर के द्वार पर एक साधु आकर बोला–बच्चा तेरा कल्याण हो, कुछ साधु पर श्रद्धा कर।

रामधन ने जाकर स्त्री से कहा–साधु द्वार पर आये हैं, उन्हें कुछ दे दे।

स्त्री–बरतन माँज रही थी, और इस घोर चिंता में मग्न थी कि आज भोजन क्या बनेगा, घर में अनाज का एक दाना भी न था। चैत का महीना था। किंतु यहाँ दोपहर ही को अंधकार छा गया था। उपज सारी-की-सारी खलिहान से उठ गयी। आधी महाजन ने ले ली, आधी जमींदार के प्यादों ने वसूल की। भूसा बेचा तो बैल के व्यापारी से गला छूटा, बस थोड़ी-सी गाँठ अपने हिस्से में आयी। उसी को पीट-पीटकर एक मन-भर दाना निकाला था। किसी तरह चैत का महीना पार हुआ। अब आगे क्या होगा। क्या बैल खायेंगे, क्या घर के प्राणी खायेंगे, यह ईश्वर ही जाने! पर द्वार पर साधु आ गया है, उसे निराश कैसे लौटायें, अपने दिल में क्या कहेगा?

स्त्री ने कहा–क्या दे दूँ, कुछ तो रहा नहीं?

रामधन–जा, देख तो मटके में, कुछ आटा-वाटा मिल जाय तो ले आ।

स्त्री ने कहा–मटके झाड़-पोंछकर तो कल ही चूल्हा जला था। क्या उसमें बरक्कत होगी?

रामधन–तो मुझसे तो यह न कहा जायेगा कि बाबा घर में कुछ नहीं है। किसी के घर से माँग ला।

स्त्री–जिससे लिया उसे देने की नौबत नहीं आयी, अब और किस मुँह से माँगूँ?

रामधन–देवताओं के लिए कुछ अँगौवा निकाला है न, वही ला, दे आऊँ!

स्त्री–देवताओं की पूजा कहाँ से होगी?

रामधन–देवता माँगने तो नहीं आते? समाई होगी करना, न समाई हो न करना।

स्त्री–अरे तो कुछ अँगौवा भी पंसेरी दो पंसेरी है? बहुत होगा तो आध सेर। इसके बाद क्या फिर कोई साधु न आयेगा। उसे तो जवाब देना ही पड़ेगा।

रामधन–यह बला तो टलेगी, फिर देखी जायेगी।

स्त्री झुँझलाकर उठी और एक छोटी-सी हाँड़ी उठा लायी, जिसमें मुश्किल से आध सेर आटा था। वह गेहूँ का आटा बड़े यत्न से देवताओं के लिए रखा हुआ था। रामधन कुछ देर खड़ा सोचता रहा, तब आटा एक कटोरे में रखकर बाहर आया और साधु की झोली में डाल दिया।

महात्मा ने आटा लेकर कहा–बच्चा, अब तो साधु आज यहीं रमेंगे। कुछ थोड़ी-सी दाल दे, तो साधु का भोग लग जाय।

रामधन ने फिर आकर स्त्री से कहा। संयोग से दाल घर में थी। रामधन ने दाल, नमक, उपले जुटा दिये। फिर कुएँ से पानी खींच लाया। साधु ने बड़ी विधि से बाटियाँ बनायीं, दाल पकायी और आलू झोली में से निकालकर भुरता बनाया। जब सब सामग्री तैयार हो गयी, तो रामधन से बोले–बच्चा, भगवान के भोग के लिए कौड़ी-भर घी चाहिए। रसोई पवित्र न होगी, तो भोग कैसे लगेगा?

रामधन–बाबाजी, घी तो घर में न होगा।

साधु–बच्चा, भगवान् का दिया तेरे पास बहुत है। ऐसी बातें न कह।

रामधन–महाराज, मेरे गाय-भैंस कुछ नहीं है, घी कहाँ से होगा?

साधु–बच्चा, भगवान् के भंडार में सबकुछ है, जाकर मालकिन से कहो तो?

रामधन ने जाकर स्त्री से कहा–घी माँगते हैं, माँगने को भीख, पर घी बिना कौर नहीं धँसता!

स्त्री–तो इसी दाल में से थोड़ी लेकर बनिये के यहाँ से ला दो। जब सब किया है तो इतने के लिए उन्हें क्यों नाराज करते हो?

घी आ गया। साधुजी ने ठाकुरजी की पिंडी निकाली, घंटी बजायी और भोग लगाने बैठे। खूब तन कर खाया, फिर पेट पर हाथ फेरते हुए द्वार पर लेट गये। थाली, बटली और कलछुली रामधन घर में माँजने के लिए उठा ले गया।

उस रात रामधन के घर चूल्हा नहीं जला। खाली दाल पकाकर ही पी ली।

रामधन लेटा, तो सोच रहा था–मुझसे तो यही अच्छे!

सुजान भगत

सीधे-सादे किसान धन हाथ आते ही धर्म और कीर्ति की ओर झुकते हैं। दिव्य समाज की भाँति वे पहले अपने भोग-विलास की ओर नहीं दौड़ते। सुजान की खेती में कई साल से कंचन बरस रहा था। मेहनत तो गाँव के सभी किसान करते थे, पर सुजान के चंद्रमा बली थे, ऊसर में भी दाना छींट आता तो कुछ न कुछ पैदा हो जाता था। तीन वर्ष लगातार ऊख लगती गयी। उधर गुड़ का भाव तेज था। कोई दो-ढाई हजार हाथ में आ गये। बस चित्त की वृत्ति धर्म की ओर झुक पड़ी। साधु-संतों का आदर-सत्कार होने लगा, द्वार पर धूनी जलने लगी, कानूनगो इलाके में आते, तो सुजान महतो के चौपाल में ठहरते। हल्के के हेड कांस्टेबल, थानेदार, शिक्षा-विभाग के अफसर, एक न एक उस चौपाल में पड़ा ही रहता। महतो मारे खुशी के फूले न समाते। धन्य भाग! उसके द्वार पर अब इतने बड़े-बड़े हाकिम आ कर ठहरते हैं। जिन हाकिमों के सामने उसका मुँह न खुलता था, उन्हीं की अब 'महतो-महतो' करते जबान सूखती थी। कभी-कभी भजन-भाव हो जाता। एक महात्मा ने डौल अच्छा देखा तो गाँव में आसन जमा दिया। गाँजे और चरस की बहार उड़ने लगी। एक ढोलक आयी, मजीरे मँगाये गये, सत्संग होने लगा। यह सब सुजान के दम का जलूस था। घर में सेरों दूध होता, मगर सुजान के कंठ

तले एक बूँद भी जाने की कसम थी। कभी हाकिम लोग चखते, कभी महात्मा लोग। किसान को दूध-घी से क्या मतलब, उसे रोटी और साग चाहिए। सुजान की नम्रता का अब पारावार न था। सबके सामने सिर झुकाये रहता, कहीं लोग यह न कहने लगें कि धन पा कर उसे घमंड हो गया है। गाँव में कुल तीन कुएँ थे, बहुत-से खेतों में पानी न पहुँचता था, खेती मारी जाती थी। सुजान ने एक पक्का कुआँ बनवा दिया। कुएँ का विवाह हुआ, यज्ञ हुआ, ब्रह्मभोज हुआ। जिस दिन पहली बार पुर चला, सुजान को मानो चारों पदार्थ मिल गये। जो काम गाँव में किसी ने न किया था, वह बाप-दादा के पुण्य-प्रताप से सुजान ने कर दिखाया।

एक दिन गाँव में गया के यात्री आ कर ठहरे। सुजान ही के द्वार पर उनका भोजन बना। सुजान के मन में भी गया करने की बहुत दिनों से इच्छा थी। यह अच्छा अवसर देख कर वह भी चलने को तैयार हो गया।

उसकी स्त्री बुलाकी ने कहा–अभी रहने दो, अगले साल चलेंगे।

सुजान ने गंभीर भाव से कहा–अगले साल क्या होगा, कौन जानता है। धर्म के काम में मीनमेख निकालना अच्छा नहीं। जिंदगानी का क्या भरोसा?

बुलाकी–हाथ खाली हो जायेगा।

सुजान–भगवान् की इच्छा होगी, तो फिर रुपये हो जायेंगे। उनके यहाँ किस बात की कमी है।

बुलाकी इसका क्या जवाब देती? सत्कार्य में बाधा डाल कर अपनी मुक्ति क्यों बिगाड़ती? प्रातःकाल स्त्री और पुरुष गया करने चले। वहाँ से लौटे तो, यज्ञ और ब्रह्मभोज की ठहरी। सारी बिरादरी निमंत्रित हुई, ग्यारह गाँवों में सुपारी बँटी। इस धूमधाम से कार्य हुआ कि चारों ओर वाह-वाह मच गयी। सब यही कहते थे कि भगवान् धन दे, तो दिल भी ऐसा दे। घमंड तो छू नहीं गया, अपने हाथ से पत्तल उठाता फिरता था,

कुल का नाम जगा दिया। बेटा हो, तो ऐसा हो। बाप मरा, तो घर में भूनी भाँग भी नहीं थी। अब लक्ष्मी घुटने तोड़ कर आ बैठी हैं।

एक द्वेषी ने कहा—कहीं गड़ा हुआ धन पा गया है। इस पर चारों ओर से उस पर बौछारें पड़ने लगीं—हाँ, तुम्हारे बाप-दादा जो खजाना छोड़ गये थे, यही उसके हाथ लग गया है। अरे भैया, यह धर्म की कमाई है। तुम भी तो छाती फाड़ कर काम करते हो, क्यों ऐसी ऊख नहीं लगती? क्यों ऐसी फसल नहीं होती? भगवान् आदमी का दिल देखते हैं। जो खर्च करता है, उसी को देते हैं।

2

सुजान महतो सुजान भगत हो गये। भगतों के आचार-विचार कुछ और होते हैं। वह बिना स्नान किये कुछ नहीं खाता। गंगा जी अगर घर से दूर हों और वह रोज स्नान करके दोपहर तक घर न लौट सकता हो, तो पर्वों के दिन तो उसे अवश्य ही नहाना चाहिए। भजन-भाव उसके घर अवश्य होना चाहिए। पूजा-अर्चना उसके लिए अनिवार्य है। खान-पान में भी उसे बहुत विचार रखना पड़ता है। सबसे बड़ी बात यह है कि झूठ का त्याग करना पड़ता है। भगत झूठ नहीं बोल सकता। साधारण मनुष्य को अगर झूठ का दंड एक मिले, तो भगत को एक लाख से कम नहीं मिल सकता। अज्ञान की अवस्था में कितने ही अपराध क्षम्य हो जाते हैं। ज्ञानी के लिए क्षमा नहीं है, प्रायश्चित्त नहीं है, यदि है तो बहुत ही कठिन। सुजान को भी अब भगतों की मर्यादा को निभाना पड़ा। अब तक उसका जीवन मजूर का जीवन था। उसका कोई आदर्श, कोई मर्यादा उसके सामने न थी। अब उसके जीवन में विचार का उदय हुआ, जहाँ का मार्ग काँटों से भरा हुआ है। स्वार्थ-सेवा ही पहले उसके जीवन का लक्ष्य था, इसी काँटे से वह परिस्थितियों को तौलता था। वह अब उन्हें औचित्य के काँटों पर तौलने लगा। यों कहो

कि जड़-जगत् से निकल कर उसने चेतन-जगत् में प्रवेश किया। उसने कुछ लेन-देन करना शुरू किया था पर अब उसे ब्याज लेते हुए आत्मग्लानि-सी होती थी। यहाँ तक कि गउओं को दुहाते समय उसे बछड़ों का ध्यान बना रहता था—कहीं बछड़ा भूखा न रह जाय, नहीं तो उसका रोआँ दुखी होगा। वह गाँव का मुखिया था, कितने ही मुकदमों में उसने झूठी शहादतें बनवायी थीं, कितनों से डाँड़ ले कर मामले का रफा-दफा करा दिया था। अब इन व्यापारों से उसे घृणा होती थी। झूठ और प्रपंच से कोसों दूर भागता था। पहले उसकी यह चेष्टा होती थी कि मजूरों से जितना काम लिया जा सके लो और मजूरी जितनी कम दी जा सके दो; पर अब उसे मजूर के काम की कम, मजूरी की अधिक चिंता रहती थी—कहीं बेचारे मजूर का रोआँ न दुखी हो जाय। वह उसका वाक्यांश-सा हो गया था—किसी का रोआँ न दुखी हो जाय। उसके दोनों जवान बेटे बात-बात में उस पर फब्तियाँ कसते, यहाँ तक कि बुलाकी भी अब उसे कोरा भगत समझने लगी थी, जिसे घर के भले-बुरे से कोई प्रयोजन न था। चेतन-जगत् में आ कर सुजान भगत कोरे भगत रह गये।

सुजान के हाथों से धीरे-धीरे अधिकार छीने जाने लगे। किस खेत में क्या बोना है, किसको क्या देना है, किसको क्या लेना है, किस भाव क्या चीज बिकी, ऐसी-ऐसी महत्त्वपूर्ण बातों में भी भगत जी की सलाह न ली जाती थी। भगत के पास कोई जाने ही न पाता। दोनों लड़के या स्वयं बुलाकी दूर ही से मामला तय कर लिया करती। गाँव भर में सुजान का मान-सम्मान बढ़ता था, अपने घर में घटता था। लड़के उसका सत्कार अब बहुत करते। हाथ से चारपाई उठाते देख लपक कर खुद उठा लाते, चिलम न भरने देते, यहाँ तक कि उसकी धोती छाँटने के लिए भी आग्रह करते थे। मगर अधिकार उसके हाथ में न था। वह अब घर का स्वामी नहीं, मंदिर का देवता था।

3

एक दिन बुलाकी ओखली में दाल छाँट रही थी। एक भिखमंगा द्वार पर आ कर चिल्लाने लगा। बुलाकी ने सोचा, दाल छाँट लूँ, तो उसे कुछ दे दूँ। इतने में बड़ा लड़का भोला आकर बोला–अम्माँ, एक महात्मा द्वार पर खड़े गला फाड़ रहे हैं? कुछ दे दो। नहीं तो उनका रोआँ दुखी हो जायेगा।

बुलाकी ने उपेक्षा के भाव से कहा–भगत के पाँव में क्या मेहँदी लगी है, क्यों कुछ ले जा कर नहीं दे देते? क्या मेरे चार हाथ हैं? किस-किसका रोआँ सुखी करूँ? दिन भर तो ताँता लगा रहता है।

भोला–चौपट करने पर लगे हुए हैं, और क्या? अभी महँगू बेंग देने आया था। हिसाब से 7 मन हुए। तौला तो पौने सात मन ही निकले। मैंने कहा–दस सेर और ला, तो आप बैठे-बैठे कहते हैं, अब इतनी दूर कहाँ जायेगा। भरपाई लिख दो, नहीं तो उसका रोआँ दुखी होगा। मैंने भरपाई नहीं लिखी। दस सेर बाकी लिख दी।

बुलाकी–बहुत अच्छा किया तुमने, बकने दिया करो। दस-पाँच दफे मुँह की खा जायेंगे, तो आप ही बोलना छोड़ देंगे।

भोला–दिन भर एक न एक खुचड़ निकालते रहते हैं। सौ दफे कह दिया कि तुम घर-गृहस्थी के मामले में न बोला करो, पर इनसे बिना बोले रहा ही नहीं जाता।

बुलाकी–मैं जानती कि इनका यह हाल होगा, तो गुरुमंत्र न लेने देती।

भोला–भगत क्या हुए कि दीन-दुनिया दोनों से गये। सारा दिन पूजा-पाठ में ही उड़ जाता है। अभी ऐसे बूढ़े नहीं हो गये कि कोई काम ही न कर सकें।

बुलाकी ने आपत्ति की–भोला, यह तुम्हारा कुन्याय है। फावड़ा, कुदाल अब उनसे नहीं हो सकता, लेकिन कुछ न कुछ तो करते ही रहते हैं। बैलों

को सानी-पानी देते हैं, गाय दुहाते हैं और भी जो कुछ हो सकता है, करते हैं।

भिक्षुक अभी तक खड़ा चिल्ला रहा था। सुजान ने जब घर में से किसी को कुछ लाते न देखा, तो उठ कर अंदर गया और कठोर स्वर से बोला–तुम लोगों को कुछ सुनायी नहीं देता कि द्वार पर कौन घंटे भर से खड़ा भीख माँग रहा है। अपना काम तो दिन भर करना ही है, एक छन भगवान् का काम भी तो किया करो।

बुलाकी–तुम तो भगवान् का काम करने को बैठे ही हो, क्या घर भर भगवान् ही का काम करेगा?

सुजान–कहाँ आटा रखा है, लाओ, मैं ही निकाल कर दे आऊँ। तुम रानी बन कर बैठो।

बुलाकी–आटा मैंने मर-मर कर पीसा है, अनाज दे दो। ऐसे मुड़चिरों के लिए पहर रात से उठ कर चक्की नहीं चलाती हूँ।

सुजान भंडार घर में गये और एक छोटी-सी छबड़ी को जौ से भरे हुए निकले। जौ सेर भर से कम न था। सुजान ने जान-बूझकर, केवल बुलाकी और भोला को चिढ़ाने के लिए, भिक्षा परम्परा का उल्लंघन किया था। तिस पर भी यह दिखाने के लिए कि छबड़ी में बहुत ज्यादा जौ नहीं है, वह उसे चुटकी से पकड़े हुए थे। चुटकी इतना बोझ न सँभाल सकती थी। हाथ काँप रहा था। एक क्षण विलम्ब होने से छबड़ी के हाथ से छूट कर गिर पड़ने की सम्भावना थी। इसलिए वह जल्दी से बाहर निकल जाना चाहते थे। सहसा भोला ने छबड़ी उनके हाथ से छीन ली और त्यौरियाँ बदल कर बोला–सेंत का माल नहीं है, जो लुटाने चले हो। छाती फाड़-फाड़ कर काम करते हैं, तब दाना घर में आता है।

सुजान ने खिसिया कर कहा–मैं भी तो बैठा नहीं रहता।

भोला–भीख, भीख की ही तरह दी जाती है, लुटायी नहीं जाती। हम

तो एक वेला खा कर दिन काटते हैं कि पति-पानी बना रहे, और तुम्हें लुटाने की सूझी है। तुम्हें क्या मालूम कि घर में क्या हो रहा है?

सुजान ने इसका कोई जवाब न दिया। बाहर आ कर भिखारी से कह दिया–बाबा, इस समय जाओ, किसी का हाथ खाली नहीं है, और पेड़ के नीचे बैठ कर विचारों में मग्न हो गया। अपने ही घर में उसका यह अनादर! अभी वह अपाहिज नहीं है; हाथ-पाँव थके नहीं हैं; घर का कुछ न कुछ काम करता ही रहता है। उस पर यह अनादर! उसी ने घर बनाया, यह सारी विभूति उसी के श्रम का फल है, पर अब इस घर पर उसका कोई अधिकार नहीं रहा। अब वह द्वार का कुत्ता है, पड़ा रहे और घरवाले जो रूखा-सूखा दे दें, वह खा कर पेट भर लिया करे। ऐसे जीवन को धिक्कार है। सुजान ऐसे घर में नहीं रह सकता।

संध्या हो गयी थी। भोला का छोटा भाई शंकर नारियल भर कर लाया। सुजान ने नारियल दीवार से टिका कर रख दिया! धीरे-धीरे तम्बाकू जल गया। जरा देर में भोला ने द्वार पर चारपाई डाल दी। सुजान पेड़ के नीचे से न उठा।

कुछ देर और गुजारी। भोजन तैयार हुआ। भोला बुलाने आया। सुजान ने कहा–भूख नहीं है। बहुत मनावन करने पर भी न उठा। तब बुलाकी ने आ कर कहा–खाना खाने क्यों नहीं चलते? जी तो अच्छा है?

सुजान को सबसे अधिक क्रोध बुलाकी ही पर था। यह भी लड़कों के साथ है! यह बैठी देखती रही और भोला ने मेरे हाथ से अनाज छीन लिया। इसके मुँह से इतना भी न निकला कि ले जाते हैं, तो ले जाने दो। लड़कों को न मालूम हो कि मैंने कितने श्रम से यह गृहस्थी जोड़ी है, पर यह तो जानती है। दिन को दिन और रात को रात नहीं समझा। भादों की अँधेरी रात में मड़ैया लगा के जुआर की रखवाली करता था। जेठ-बैसाख की दोपहरी में भी दम न लेता था, और अब मेरा घर पर इतना भी अधिकार नहीं है कि भीख तक न दे सकूँ। माना कि भीख

इतनी नहीं दी जाती लेकिन इनको तो चुप रहना चाहिए था, चाहे मैं घर में आग ही क्यों न लगा देता। कानून से भी तो मेरा कुछ होता है। मैं अपना हिस्सा नहीं खाता, दूसरों को खिला देता हूँ; इसमें किसी के बाप का क्या साझा? अब इस वक्त मनाने आयी है! इसे मैंने फूल की छड़ी से भी नहीं छुआ, नहीं तो गाँव में ऐसी कौन औरत है, जिसने खसम की लातें न खायी हों, कभी कड़ी निगाह से देखा तक नहीं। रुपये-पैसे, लेना-देना, सब इसी के हाथ में दे रखा था। अब रुपये जमा कर लिये हैं, तो मुझी से घमंड करती है। अब इसे बेटे प्यारे हैं, मैं तो निखट्टू; लुटाऊ, घर-फूँकू, घोंघा हूँ। मेरी इसे क्या परवाह। तब लड़के न थे, जब बीमार पड़ी थी और मैं गोद में उठा कर बैद के घर ले गया था। आज उसके बेटे हैं और यह उनकी माँ है। मैं तो बाहर का आदमी।

मुझसे घर से मतलब ही क्या। बोला–अब खा-पीकर क्या करूँगा, हल जोतने से रहा, फावड़ा चलाने से रहा। मुझे खिला कर दाने को क्यों खराब करेगी? रख दो, बेटे दूसरी बार खायेंगे।

बुलाकी–तुम तो जरा-जरा-सी बात पर तिनक जाते हो। सच कहा है, बुढ़ापे में आदमी की बुद्धि मारी जाती है। भोला ने इतना तो कहा था कि इतनी भीख मत ले जाओ, या और कुछ?

सुजान–हाँ बेचारा इतना कह कर रह गया। तुम्हें तो मजा तब आता, जब वह ऊपर से दो-चार डंडे लगा देता। क्यों? अगर यही अभिलाषा है, तो पूरी कर लो। भोला खा चुका होगा, बुला लाओ। नहीं, भोला को क्यों बुलाती हो, तुम्हीं न जमा दो, दो-चार हाथ। इतनी कसर है, वह भी पूरी हो जाय।

बुलाकी–हाँ, और क्या, यही तो नारी का धरम ही है। अपने भाग सराहो कि मुझ–जैसी सीधी औरत पा ली। जिस बल चाहते हो, बिठाते हो। ऐसी मुँहजोर होती, तो तुम्हारे घर में एक दिन भी निबाह न होता।

सुजान–हाँ, भाई, वह तो मैं ही कह रहा हूँ कि देवी थीं और हो। मैं तब भी राक्षस था और अब भी दैत्य हो गया हूँ! बेटे कमाऊ हैं, उनकी-सी न कहोगी, तो क्या मेरी-सी कहोगी, मुझसे अब क्या लेना-देना है?

बुलाकी–तुम झगड़ा करने पर तुले बैठे हो और मैं झगड़ा बचाती हूँ कि चार आदमी हँसेंगे। चल कर खाना खा लो सीधे से, नहीं तो मैं जा कर सो रहूँगी।

सुजान–तुम भूखी क्यों सो रहोगी? तुम्हारे बेटों की तो कमाई है। हाँ, में बाहरी आदमी हूँ।

बुलाकी–बेटे तुम्हारे भी तो हैं।

सुजान–नहीं, मैं ऐसे बेटों से बाज आया। किसी और के बेटे होंगे। मेरे बेटे होते, तो क्या मेरी दुर्गति होती?

बुलाकी–गालियाँ दोगे तो मैं भी कुछ कह बैठूँगी। सुनती थी, मर्द बड़े समझदार होते हैं, पर तुम सबसे न्यारे हो। आदमी को चाहिए कि जैसा समय देखे वैसा काम करे। अब हमारा और तुम्हारा निबाह इसी में है कि नाम के मालिक बने रहें और वही करें जो लड़कों को अच्छा लगे। मैं यह बात समझ गयी, तुम क्यों नहीं समझ पाते? जो कमाता है, उसी का घर में राज होता है, यही दुनिया का दस्तूर है। मैं बिना लड़कों से पूछे कोई काम नहीं करती, तुम क्यों अपने मन की करते हो? इतने दिनों तक तो राज कर लिया, अब क्यों इस माया में पड़े हो? आधी रोटी खाओ, भगवान् का भजन करो और पड़े रहो। चलो, खाना खा लो।

सुजान–तो अब मैं द्वार का कुत्ता हूँ?

बुलाकी–बात जो थी, वह मैंने कह दी। अब अपने को जो चाहो समझो। सुजान न उठे। बुलाकी हार कर चली गयी।

4

सुजान के सामने अब एक नयी समस्या खड़ी हो गयी थी। वह बहुत दिनों से घर का स्वामी था और अब भी ऐसा ही समझता रहा। परिस्थिति में कितना उलट फेर हो गया था, इसकी उसे खबर न थी। लड़के उसका सेवा-सम्मान करते हैं, यह बात उसे भ्रम में डाले हुए थी। लड़के उसके सामने चिलम नहीं पीते, खाट पर नहीं बैठते, क्या यह सब उसके गृह-स्वामी होने का प्रमाण न था? पर आज उसे यह ज्ञात हुआ कि यह केवल श्रद्धा थी, उसके स्वामित्व का प्रमाण नहीं। क्या इस श्रद्धा के बदले वह अपना अधिकार छोड़ सकता था? कदापि नहीं। अब तक जिस घर में राज किया, उसी घर में पराधीन बन कर वह नहीं रह सकता। उसको श्रद्धा की चाह नहीं, सेवा की भूख नहीं। उसे अधिकार चाहिए। वह इस घर पर दूसरों का अधिकार नहीं देख सकता। मंदिर का पुजारी बन कर वह नहीं रह सकता।

न-जाने कितनी रात बाकी थी। सुजान ने उठ कर गँड़ासे से बैलों का चारा काटना शुरू किया। सारा गाँव सोता था, पर सुजान करवी काट रहे थे। इतना श्रम उन्होंने अपने जीवन में कभी न किया था। जब से उन्होंने काम करना छोड़ा था, बराबर चारे के लिए हाय-हाय पड़ी रहती थी। शंकर भी काटता था, भोला भी काटता था पर चारा पूरा न पड़ता था। आज वह इन लौंडों को दिखा देंगे, चारा कैसे काटना चाहिए। उनके सामने कटिया का पहाड़ खड़ा हो गया। और टुकड़े कितने महीन और सुडौल थे, मानो साँचे में ढाले गये हों।

मुँह-अँधेरे बुलाकी उठी तो कटिया का ढेर देख कर दंग रह गयी। बोली–क्या भोला आज रात भर कटिया ही काटता रह गया? कितना कहा कि बेटा, जी से जहान है, पर मानता ही नहीं। रात को सोया ही नहीं।

सुजान भगत ने ताने से कहा–वह सोता ही कब है? जब देखता हूँ, काम ही करता रहता है। ऐसा कमाऊ संसार में और कौन होगा?

इतने में भोला आँखे मलता हुआ बाहर निकला। उसे भी यह ढेर देख कर आश्चर्य हुआ। माँ से बोला–क्या शंकर आज बड़ी रात को उठा था, अम्माँ?

बुलाकी–वह तो पड़ा सो रहा है। मैंने तो समझा, तुमने काटी होगी।

भोला–मैं तो सबेरे उठ ही नहीं पाता। दिन भर चाहे जितना काम कर लूँ, पर रात को मुझसे नहीं उठा जाता।

बुलाकी–तो क्या तुम्हारे दादा ने काटी है?

भोला–हाँ, मालूम तो होता है। रात भर सोये नहीं। मुझसे कल बड़ी भूल हुई। अरे, वह तो हल ले कर जा रहे हैं! जान देने पर उतारू हो गये हैं क्या?

बुलाकी–क्रोधी तो सदा के हैं। अब किसी की सुनेंगे थोड़े ही।

भोला–शंकर को जगा दो, मैं भी जल्दी से मुँह-हाथ धोकर हल ले जाऊँ। जब और किसानों के साथ भोला हल ले कर खेत में पहुँचा, तो सुजान आधा खेत जोत चुके थे। भोला ने चुपके से काम करना शुरू किया। सुजान से कुछ बोलने की उसकी हिम्मत न पड़ी।

दोपहर हुआ। सभी किसानों ने हल छोड़ दिये। पर सुजान भगत अपने काम में मग्न हैं। भोला थक गया है। उसकी बार-बार इच्छा होती है कि बैलों को खोल दे। मगर डर के मारे कुछ कह नहीं सकता। सबको आश्चर्य हो रहा है कि दादा कैसे इतनी मिहनत कर रहे हैं।

आखिर डरते-डरते बोला-दादा, अब तो दोपहर हो गया। हल खोल दें न?

सुजान–हाँ, खोल दो। तुम बैलों को ले कर चलो, मैं डाँड़ फेंक कर आता हूँ।

भोला–मैं संझा को डाँड़ फेंक दूँगा।

सुजान–तुम क्या फेंक दोगे। देखते नहीं हो, खेत कटोरे की तरह गहरा हो गया है। तभी तो बीच में पानी जम जाता है। इस गोइँड़ के खेत में बीस मन का बीघा होता था। तुम लोगों ने इसका सत्यानाश कर दिया।

बैल खोल दिये गये। भोला बैलों को ले कर घर चला, पर सुजान डाँड़ फेंकते रहे। आध घंटे के बाद डाँड़ फेंक कर वह घर आये। मगर थकान का नाम न था। नहा-खा कर आराम करने के बदले उन्होंने बैलों को सहलाना शुरू किया। उनकी पीठ पर हाथ फेरा, उनके पैर मले, पूँछ सहलायी। बैलों की पूँछें खड़ी थीं। सुजान की गोद में सिर रखे उन्हें अकथनीय सुख मिल रहा था। बहुत दिनों के बाद आज उन्हें यह आनंद प्राप्त हुआ था। उनकी आँखों में कृतज्ञता भरी हुई थी। मानो वे कह रहे थे, हम तुम्हारे साथ रात-दिन काम करने को तैयार हैं।

अन्य कृषकों की भाँति भोला अभी कमर सीधी कर रहा था कि सुजान ने फिर हल उठाया और खेत की ओर चले। दोनों बैल उमंग से भरे दौड़े चले जाते थे, मानों उन्हें स्वयं खेत में पहुँचने की जल्दी थी।

भोला ने मड़ैया में लेटे-लेटे पिता को हल लिये जाते देखा, पर उठ न सका। उसकी हिम्मत छूट गयी। उसने कभी इतना परिश्रम न किया था। उसे बनी–बनायी गिरस्ती मिल गयी थी। उसे ज्यों-त्यों चला रहा था। इन दामों वह घर का स्वामी बनने का इच्छुक न था। जवान आदमी को बीस धंधे होते हैं। हँसने-बोलने के लिए, गाने-बजाने के लिए भी तो उसे कुछ समय चाहिए। पड़ोस के गाँव में दंगल हो रहा है। जवान आदमी कैसे अपने को वहाँ जाने से रोकेगा? किसी गाँव में बारात आयी है, नाच-गाना हो रहा है। जवान आदमी क्यों उसके आनंद से वंचित रह सकता है? वृद्धजनों के लिए ये बाधाएँ नहीं। उन्हें न नाच-गाने से मतलब, न खेल-तमाशे से गरज, केवल अपने काम से काम है।

बुलाकी ने कहा–भोला, तुम्हारे दादा हल ले कर गये।

भोला–जाने दो अम्माँ, मुझसे यह नहीं हो सकता।

5

सुजान भगत के इस नवीन उत्साह पर गाँव में टीकाएँ हुईं–निकल गयी सारी भगती। बना हुआ था। माया में फँसा हुआ है। आदमी काहे को, भूत है।

मगर भगत जी के द्वार पर अब फिर साधु-संत आसन जमाये देखे जाते हैं। उनका आदर-सम्मान होता है। अब की उसकी खेती ने सोना उगल दिया है। बखारी में अनाज रखने की जगह नहीं मिलती। जिस खेत में पाँच मन मुश्किल से होता था, उसी खेत में अबकी दस मन की उपज हुई है।

चैत का महीना था। खलिहानों में सतयुग का राज था। जगह-जगह अनाज के ढेर लगे हुए थे। यही समय है, जब कृषकों को भी थोड़ी देर के लिए अपना जीवन सफल मालूम होता है, जब गर्व से उनका हृदय उछलने लगता है। सुजान भगत टोकरे में अनाज भर-भर कर देते थे और दोनों लड़के टोकरे ले कर घर में अनाज रख आते थे। कितने ही भाट और भिक्षुक भगत जी को घेरे हुए थे। उनमें वह भिक्षुक भी था, जो आज से आठ महीने पहले भगत के द्वार से निराश हो कर लौट गया था।

सहसा भगत ने उस भिक्षुक से पूछा–क्यों बाबा, आज कहाँ-कहाँ चक्कर लगा आये?

भिक्षुक–अभी तो कहीं नहीं गया भगत जी, पहले तुम्हारे ही पास आया हूँ।

भगत–अच्छा, तुम्हारे सामने यह ढेर है। इसमें से जितना अनाज उठा कर ले जा सको, ले जाओ।

भिक्षुक ने क्षुब्ध नेत्रों से ढेर को देख कर कहा–जितना अपने हाथ से उठा कर दे दोगे, उतना ही लूँगा।

भगत–नहीं, तुमसे जितना उठ सके, उठा लो।

भिक्षुक के पास एक चादर थी! उसने कोई दस सेर अनाज उसमें भरा और उठाने लगा। संकोच के मारे और अधिक भरने का उसे साहस न हुआ।

भगत उसके मन का भाव समझ कर आश्वासन देते हुए बोले–बस! इतना तो एक बच्चा भी उठा ले जायेगा।

भिक्षुक ने भोला की ओर संदिग्ध नेत्रों से देख कर कहा–मेरे लिए इतना ही बहुत है।

भगत–नहीं तुम सकुचाते हो। अभी और भरो।

भिक्षुक ने एक पंसेरी अनाज और भरा, और फिर भोला की ओर सशंक दृष्टि से देखने लगा।

भगत–उसकी ओर क्या देखते हो, बाबा जी? मैं जो कहता हूँ, वह करो। तुमसे जितना उठाया जा सके, उठा लो।

भिक्षुक डर रहा था कि कहीं उसने अनाज भर लिया और भोला ने गठरी न उठाने दी, तो कितनी भद्द होगी। और भिक्षुकों को हँसने का अवसर मिल जायेगा। सब यही कहेंगे कि भिक्षुक कितना लोभी है। उसे और अनाज भरने की हिम्मत न पड़ी।

तब सुजान भगत ने चादर ले कर उसमें अनाज भरा और गठरी बाँध कर बोले–इसे उठा ले जाओ।

भिक्षुक–बाबा, इतना तो मुझसे उठ न सकेगा।

भगत–अरे! इतना भी न उठ सकेगा! बहुत होगा तो मन भर। भला जोर तो लगाओ, देखूँ, उठा सकते हो या नहीं।

भिक्षुक ने गठरी को आजमाया। भारी थी। जगह से हिली भी नहीं। बोला–भगत जी, यह मुझ से न उठ सकेगी!

भगत–अच्छा, बताओ किस गाँव में रहते हो?

भिक्षुक–बड़ी दूर है भगत जी; अमोला का नाम तो सुना होगा!

भगत–अच्छा, आगे-आगे चलो, मैं पहुँचा दूँगा।

यह कहकर भगत ने जोर लगा कर गठरी उठायी और सिर पर रख कर भिक्षुक के पीछे हो लिये। देखने वाले भगत का यह पौरुष देख कर चकित हो गये। उन्हें क्या मालूम था कि भगत पर इस समय कौन–सा नशा था। आठ महीने के निरंतर अविरल परिश्रम का आज उन्हें फल मिला था। आज उन्होंने अपना खोया हुआ अधिकार फिर पाया था। वही तलवार, जो केले को भी नहीं काट सकती, सान पर चढ़ कर लोहे को काट देती है। मानव-जीवन में लाग बड़े महत्त्व की वस्तु है। जिसमें लाग है, वह बूढ़ा भी हो तो जवान है। जिसमें लाग नहीं, गैरत नहीं, वह जवान भी मृतक है। सुजान भगत में लाग थी और उसी ने उन्हें अमानुषीय बल प्रदान कर दिया था। चलते समय उन्होंने भोला की ओर सगर्व नेत्रों से देखा और बोले–ये भाट और भिक्षुक खड़े हैं, कोई खाली हाथ न लौटने पाये।

भोला सिर झुकाये खड़ा था, उसे कुछ बोलने का हौसला न हुआ। वृद्ध पिता ने उसे परास्त कर दिया था।

मिस पद्मा

कानून में अच्छी सफलता प्राप्त कर लेने के बाद मिस पद्मा को एक नया अनुभव हुआ, वह था जीवन का सूनापन। विवाह को उसने एक अप्राकृतिक बंधन समझा था और निश्चय कर लिया था कि स्वतन्त्र रहकर जीवन का उपभोग करूँगी। एम.ए. की डिग्री ली, फिर कानून पास किया और प्रैक्टिस शुरू कर दी। रूपवती थी, युवती थी, मृदुभाषिणी थी और प्रतिभाशालिनी भी थी। मार्ग में कोई बाधा न थी। देखते-देखते वह अपने साथी नौजवान मर्द वकीलों को पीछे छोड़कर आगे निकल गयी और अब उसकी आमदनी कभी-कभी एक हज़ार से भी ऊपर बढ़ जाती। अब उतने परिश्रम और सिर-मगजन की आवश्यकता न रही। मुकदमे अधिकतर वही होते थे, जिनका उसे पूरा अनुभव हो चुका था, उनके विषय में किसी तरह की तैयारी की उसे जरूरत न मालूम होती। अपनी शक्तियों पर कुछ विश्वास भी हो गया था। कानून में कैसे विजय मिला करती है, इसके कुछ लटके भी उसे मालूम हो गये थे। इसलिए उसे अब बहुत अवकाश मिलता था और इसे वह किस्से-कहानियाँ पढ़ने, सैर करने, सिनेमा देखने, मिलने-मिलाने में खर्च करती थी। जीवन को सुखी बनाने के लिए किसी व्यसन की जरूरत को वह खूब समझती थी। उसने फूल और पौधे लगाने

का व्यसन पाल लिया था। तरह-तरह के बीज और पौधे मँगाती और उन्हें उगते-बढ़ते, फूलते-फलते देखकर खुश होती; मगर फिर भी जीवन में सूनेपन का अनुभव होता रहता था। यह बात न थी कि उसे पुरुषों से विरक्ति हो। नहीं, उसके प्रेमियों की कमी न थी। अगर उसके पास केवल रूप और यौवन होता, तो भी उपासकों का अभाव न रहता; मगर यहाँ तो रूप और यौवन के साथ धन भी था। फिर रसिक-वृन्द क्यों चूक जाते? पद्मा को विलास से घृणा थी नहीं, घृणा थी पराधीनता से, विवाह को जीवन का व्यवसाय बनाने से। जब स्वतन्त्र रहकर भोग-विलास का आनन्द उड़ाया जा सकता है, तो फिर क्यों न उड़ाया जाय? भोग में उसे कोई नैतिक बाधा न थी, इसे वह केवल देह की एक भूख समझती थी। इस भूख को किसी साफ-सुथरी दूकान से भी शान्त किया जा सकता है। और पद्मा को साफ-सुथरी दूकान की हमेशा तलाश रहती थी। ग्राहक दूकान में वही चीज लेता है, जो उसे पसन्द आती है। पद्मा भी वही चीज चाहती थी। यों उसके दर्जनों आशिक थे–कई वकील, कई प्रोफेसर, कई डाक्टर, कई रईस। मगर ये सब-के-सब ऐय्याश थे–बेफिक्र, केवल भौंरे की तरह रस लेकर उड़ जाने वाले। ऐसा एक भी न था, जिस पर वह विश्वास कर सकती। अब उसे मालूम हुआ कि उसका मन केवल भोग नहीं चाहता, कुछ और भी चाहता है। वह चीज क्या थी? पूरा आत्म-समर्पण और यह उसे न मिलती थी।

उसके प्रेमियों में एक मि. प्रसाद था–बड़ा ही रूपवान और धुरन्धर विद्वान्। एक कालेज में प्रोफेसर था। वह भी मुक्त-भोग के आदर्श का उपासक था और पद्मा उस पर फिदा थी। चाहती थी उसे बाँधकर रखे, सम्पूर्णतः अपना बना ले; लेकिन प्रसाद चंगुल में न आता था।

सन्ध्या हो गयी थी। पद्मा सैर करने जा रही थी कि प्रसाद आ गया। सैर करना मुल्तवी हो गया। बातचीत में सैर से कहीं ज्यादा आनन्द था

और पद्मा आज प्रसाद से कुछ दिल की बात कहने वाली थी। कई दिन के सोच-विचार के बाद उसने कह डालने ही का निश्चय किया था।

उसने प्रसाद की नशीली आँखों से आँखें मिलाकर कहा–तुम यहीं मेरे बँगले में आकर क्यों नहीं रहते?

प्रसाद ने कुटिल-विनोद के साथ कहा–नतीजा यह होगा कि दो-चार महीने में यह मुलाकात भी बन्द हो जायेगी।

'मेरी समझ में नहीं आया, तुम्हारा क्या आशय है।'

'आशय वही है, जो मैं कह रहा हूँ।'

'आखिर क्यों?

'मैं अपनी स्वतन्त्रता न खोना चाहूँगा, तुम अपनी स्वतन्त्रता न खोना चाहोगी। तुम्हारे पास तुम्हारे आशिक आयेंगे, मुझे जलन होगी। मेरे पास मेरी प्रेमिकाएँ आयेंगीं, तुम्हें जलन होगी। मनमुटाव होगा, फिर वैमनस्य होगा और तुम मुझे घर से निकाल दोगी। घर तुम्हारा है ही! मुझे बुरा लगेगा ही, फिर यह मैत्री कैसे निभेगी?'

दोनों कई मिनट तक मौन रहे। प्रसाद ने परिस्थिति को इतने स्पष्ट बेलाग, लट्ठमार शब्दों में खोलकर रख दिया था कि कुछ कहने की जगह न मिलती थी!

आखिर प्रसाद ही को नुकता सूझा। बोला–जब तक हम दोनों यह प्रतिज्ञा न कर लें कि आज से मैं तुम्हारा हूँ और तुम मेरी हो, तब तक एक साथ निर्वाह नहीं हो सकता।

'तुम यह प्रतिज्ञा करोगे?'

'पहले तुम बतलाओ।'

'मैं करूँगी।'

'तो मैं भी करूँगा।'

'मगर इस एक बात के सिवा मैं और सभी बातों में स्वतंत्र रहूँगी!'

'और मैं भी इस एक बात के सिवा हर बात में स्वतंत्र रहूँगा।'

'मंजूर।'

'मंजूर!'

'तो कब से?'

'जब से तुम कहो।'

'मैं तो कहती हूँ, कल ही से।'

'तय। लेकिन अगर तुमने इसके विरुद्ध आचरण किया तो?'

'और तुमने किया तो?'

'तुम मुझे घर से निकाल सकती हो; लेकिन मैं तुम्हें क्या सजा दूँगा?'

'तुम मुझे त्याग देना, और क्या करोगे?'

'जी नहीं, तब इतने से चित्त को शान्ति न मिलेगी। तब मैं चाहूँगा तुम्हें जलील करना; बल्कि तुम्हारी हत्या करना।'

'तुम बड़े निर्दयी हो, प्रसाद?'

'जब तक हम दोनों स्वाधीन हैं, हमें किसी को कुछ कहने का हक नहीं, लेकिन एक बार प्रतिज्ञा में बँध जाने के बाद फिर न मैं उसकी अवज्ञा सह सकूँगा, न तुम सह सकोगी। तुम्हारे पास दण्ड का साधन है, मेरे पास नहीं है। कानून मुझे कोई भी अधिकार नहीं देगा। मैं तो केवल अपने पशुबल से प्रतिज्ञा का पालन कराऊँगा और तुम्हारे इतने नौकरों के सामने मैं अकेला क्या कर सकूँगा?'

'तुम तो चित्र का श्याम पक्ष ही देखते हो! जब मैं तुम्हारी हो रही हूँ, तो यह मकान, नौकर-चाकर और जायदाद सबकुछ तुम्हारा है। हम-तुम दोनों जानते हैं कि ईर्ष्या से ज्यादा घृणित कोई सामाजिक पाप नहीं है। तुम्हें मुझसे प्रेम है या नहीं, मैं नहीं कह सकती; लेकिन तुम्हारे

लिए मैं सबकुछ सहने, सबकुछ करने को तैयार हूँ।'

'दिल से कहती हो पद्मा?'

'सच्चे दिल से।'

'मगर न-जाने क्यों तुम्हारे ऊपर विश्वास नहीं आ रहा है?'

'मैं तो तुम्हारे ऊपर विश्वास कर रही हूँ।'

'यह समझ लो, मैं मेहमान बनकर तुम्हारे घर में न रहूँगा, स्वामी बनकर रहूँगा।'

'तुम घर के स्वामी ही नहीं, मेरे स्वामी बनकर रहोगे। मैं तुम्हारी स्वामिनी बनकर रहूँगी।'

2

प्रो. प्रसाद और मिस पद्मा दोनों साथ रहते हैं और प्रसन्न हैं। दोनों ही ने जीवन का जो आदर्श मन में स्थिर कर लिया था, वह सत्य बन गया है। प्रसाद को केवल दो सौ रुपये वेतन मिलता है; मगर अब वह अपनी आमदनी का दुगुना भी खर्च कर दे तो परवाह नहीं। पहले वह कभी-कभी शराब पीता था, अब रात-दिन शराब में मस्त रहता है। अब उसके लिए अलग अपनी कार है, अलग अपने नौकर हैं, तरह-तरह की बहुमूल्य चीजें मँगवाता रहता है और पद्मा बड़े हर्ष से उसकी सारी फिजूलखर्चियाँ बर्दाश्त करती है। नहीं, बर्दाश्त करने का प्रश्न नहीं। वह खुद उसे अच्छे-से-अच्छे सूट पहनाकर अच्छे-से-अच्छे ठाठ में रखकर, प्रसन्न होती है। जैसी घड़ी इस वक्त प्रो. प्रसाद के पास है, शहर के बड़े-से-बड़े रईस के पास न होगी और पद्मा जितना ही उससे दबती है प्रसाद उतना ही उसे दबाता है। कभी-कभी उसे नागवार भी लगता है, पर किसी अज्ञात कारण से अपने को उसके वश में पाती है। प्रसाद को जरा भी उदास या चिन्तित देखकर उसका मन चंचल हो जाता है। उस पर आवाजें कसी

जाती हैं; फबतियाँ चुस्त की जाती हैं। जो उसके पुराने प्रेमी थे, वे उसे जलाने और कुढ़ाने का प्रयास भी करते हैं; पर वह प्रसाद के पास आते ही सब कुछ भूल जाती है। प्रसाद ने उस पर पूरा आधिपत्य पा लिया है और उसने इसका ज्ञान पद्मा की बारीक आँखों से पढ़ा है और उसका आसन अच्छी तरह पा गया है।

मगर जैसे राजनीति के क्षेत्र में अधिकार दुरुपयोग की ओर जाता है, उसी तरह प्रेम के क्षेत्र में भी वह दुरुपयोग की ओर ही जाता है और जो कमजोर है, उसे तावान देना पड़ता है। आत्माभिमानी पद्मा अब प्रसाद की लौंडी थी और प्रसाद उसकी दुर्बलता का फायदा उठाने से क्यों चूकता? उसने कील की पतली नोक चुभा दी थी और बड़ी कुशलता से उत्तरोत्तर उसे अन्दर ठोंकता जाता था। यहाँ तक कि उसने रात को देर में घर आना शुरू किया। पद्मा को अपने साथ न ले जाता, उससे बहाना करता कि मेरे सिर में दर्द है और जब पद्मा घूमने जाती तो अपनी कार निकाल लेता और उड़ जाता। दो साल गुजर गये थे और पद्मा को गर्भ था। वह स्थूल भी हो चली थी। उसके रूप में पहले की-सी नवीनता और मादकता न रह गई थी। वह घर की मुर्गी थी, साग बराबर।

एक दिन इसी तरह पद्मा लौटकर आयी, तो प्रसाद गायब थे। वह झुंझला उठी। इधर कई दिन से वह प्रसाद का रंग बदला हुआ देख रही थी। आज उसने कुछ स्पष्ट बातें कहने का साहस बटोरा। दस बज गये, ग्यारह बज गये, बारह बज गये, पद्मा उसके इन्तजार में बैठी थी। भोजन ठण्डा हो गया, नौकर-चाकर सो गये। वह बार-बार उठती, फाटक पर जाकर नजर दौड़ाती। एक बजे के करीब प्रसाद घर आया।

पद्मा ने साहस तो बहुत बटोरा था; पर प्रसाद के सामने जाते ही उसे इतनी कमजोरी मालूम हुई। फिर भी उसने जरा कड़े स्वर में पूछा–आज इतनी रात तक कहाँ थे? कुछ खबर है, कितनी रात गयी?

प्रसाद को वह इस वक्त असुन्दरता की मूर्ति-सी लगी। वह एक

विद्यालय की छात्रा के साथ सिनेमा देखने गया था बोला–तुमको आराम से सो जाना चाहिए था। तुम जिस दशा में हो, उसमें तुम्हें, जहाँ तक हो सके, आराम से रहना चाहिए।

पद्मा का साहस कुछ प्रबल हुआ–तुमसे मैं जो पूछती हूँ, उसका जवाब दो। मुझे जहन्नुम में भेजो!

'तो तुम भी मुझे जहन्नुम में जाने दो।'

'तुम मेरे साथ दगा कर रहे हो,. यह मैं साफ देख रही हूँ।'

'तुम्हारी आँखों की ज्योति कुछ बढ़ गयी होगी!'

'मैं इधर कई दिन से तुम्हारा मिजाज कुछ बदला हुआ देख रही हूँ।'

'मैंने तुम्हारे साथ अपने को बेचा नहीं है। अगर तुम्हारा जी मुझसे भर गया हो, तो मैं आज जाने को तैयार हूँ।'

'तुम जाने की धमकी क्यों देते हो! यहाँ तुमने आकर कोई बड़ा त्याग नहीं किया है।'

'मैंने त्याग नहीं किया है? तुम यह कहने का साहस कर रही हो? मैं देखता हूँ, तुम्हारा मिजाज बिगड़ रहा है। तुम समझती हो, मैंने इसे अपंग कर दिया। मगर मैं इसी वक्त तुम्हें ठोकर मारने को तैयार हूँ, इसी वक्त, इसी वक्त!'

पद्मा का साहस जैसे बुझ गया था। प्रसाद अपना ट्रंक सँभाल रहा था। पद्मा ने दीन-भाव से कहा–मैंने तो ऐसी कोई बात नहीं कही, जो तुम इतना बिगड़ उठे। मैं तो केवल तुमसे पूछ रही थी, कहाँ थे। क्या मुझे इतना भी अधिकार नहीं देना चाहते? मैं कभी तुम्हारी इच्छा के विरुद्ध कोई काम नहीं करती और तुम मुझे बात-बात पर डाँटते रहते हो। तुम्हें मुझ पर जरा भी दया नहीं आती! मुझे तुमसे कुछ भी तो सहानुभूति मिलनी चाहिए। मैं तुम्हारे लिए क्या कुछ करने को तैयार नहीं हूँ? और आज जो मेरी दशा हो गयी है, तो तुम मुझसे आँखें फेर लेते हो…

उसका कण्ठ रुँध गया और मेज पर सिर रखकर फूट-फूटकर रोने लगी। प्रसाद ने पूरी विजय पायी।

3

पद्‌मा के लिए मातृत्व अब बड़ा ही अप्रिय प्रसंग था। उस पर एक चिंता मँडराती रहती। कभी-कभी वह भय से काँप उठती और पछताती। प्रसाद की निरंकुशता दिन-दिन बढ़ती जाती थी। क्या करे, क्या न करे। गर्भ पूरा हो गया था, वह कोर्ट न जाती थी। दिन-भर अकेली बैठी रहती। प्रसाद सन्ध्या समय आता, चाय-वाय पीकर फिर उड़ जाता, तो ग्यारह-बारह बजे के पहले न लौटता। वह कहाँ जाता है, यह भी उससे छिपा न था। प्रसाद को जैसे उसकी सूरत से नफरत थी। पूर्ण गर्भ, पीला मुख, चिन्तित, सशंक, उदास। फिर भी वह प्रसाद को शृंगार और आभूषणों से बाँधने की चेष्टा से बाज न आती थी। मगर वह जितना ही प्रयास करती, उतना ही प्रसाद का मन उसकी ओर से फिरता था। इस अवस्था में शृंगार उसे और भद्दा लगता।

प्रसव-वेदना हो रही थी। प्रसाद का पता नहीं। नर्स मौजूद थी, लेडी डाक्टर मौजूद थी; मगर प्रसाद का न रहना पद्‌मा की प्रसव-वेदना को और भी दारुण बना रहा था।

बालक को गोद में देखकर उसका कलेजा फूल उठा, मगर फिर प्रसाद को सामने न पाकर उसने बालक की ओर से मुँह फेर लिया। मीठे फल में जैसे कीड़े पड़ गये हों।

पाँच दिन सौर-गृह में काटने के बाद जैसे पद्‌मा जेलखाने से निकली ···नंगी तलवार बनी हुई। माता बनकर वह अपने में एक अद्‌भुत शक्ति का अनुभव कर रही थी।

उसने चपरासी को चेक देकर बैंक भेजा। प्रसव-सम्बन्धी कई बिल

अदा करने थे। चपरासी खाली हाथ लौट आया।

पद्मा ने पूछा–रुपये?

'बैंक के बाबू ने कहा, रुपये सब प्रसाद बाबू निकाल ले गये।'

पद्मा को गोली लग गयी। बीस हजार रुपये प्राणों की तरह संचित कर रखे थे, इसी शिशु के लिए। हाय! सौर से निकलने पर मालूम हुआ, प्रसाद विद्यालय की एक बालिका को लेकर इंगलैण्ड की सैर करने चला गया। झल्लायी हुई घर में आयी, प्रसाद की तसवीर उठाकर जमीन पर पटक दी और उसे पैरों से कुचला। उसका जितना सामान था, उसे जमा करके दियासलाई लगा दी और उसके नाम पर थूक दिया।

एक महीना बीत गया था। पद्मा अपने बँगले के फाटक पर शिशु को गोद में लिए खड़ी थी। उसका क्रोध अब शोकमय निराशा बन चुका था। बालक पर कभी दया आती, कभी प्यार आता, कभी घृणा आती। उसने सड़क पर देखा, एक यूरोपियन लेडी अपने पति के साथ अपने बालक को बच्चों की गाड़ी में बिठाये लिये चली जा रही थी। उसने हसरत-भरी आँखों से उस खुशनसीब जोड़े को देखा और उसकी आँखें सजल हो गयीं।

शतरंज के खिलाड़ी

वाजिदअली शाह का समय था। लखनऊ विलासिता के रंग में डूबा हुआ था। छोटे-बड़े, गरीब-अमीर सभी विलासिता में डूबे हुए थे। कोई नृत्य और गान की मजलिस सजाता था, तो कोई अफीम की पीनक ही में मजे लेता था। जीवन के प्रत्येक विभाग में आमोद-प्रमोद का प्राधान्य था। शासन-विभाग में, साहित्य-क्षेत्र में, सामाजिक अवस्था में, कला-कौशल में, उद्योग-धंधों में, आहार-व्यवहार में सर्वत्र विलासिता व्याप्त हो रही थी। राजकर्मचारी विषय-वासना में, कविगण प्रेम और विरह के वर्णन में, कारीगर कलाबत्तू और चिकन बनाने में, व्यवसायी सुरमे, इत्र, मिस्सी और उबटन का रोजगार करने में लिप्त थे। सभी की आँखों में विलासिता का मद छाया हुआ था। संसार में क्या हो रहा है, इसकी किसी को खबर न थी। बटेर लड़ रहे हैं। तीतरों की लड़ाई के लिए पाली बदी जा रही है। कही चौसर बिछी हुई है; पौ-बारह का शोर मचा हुआ है। कही शतरंज का घोर संग्राम छिड़ा हुआ है। राजा से लेकर रंक तक इसी धुन में मस्त थे। यहाँ तक कि फकीरों को पैसे मिलते तो वे रोटियाँ न लेकर अफीम खाते या मदक पीते। शतरंज, ताश, गंजीफ़ा खेलने से बुद्धि तीव्र होती है, विचार-शक्ति का विकास होता है, पेचीदा मसलों को सुलझाने की आदत पड़ती है। ये दलीलें जोरों के साथ पेश की जाती थीं (इस सम्प्रदाय के लोगों से दुनिया अब भी खाली नहीं है)। इसलिए अगर मिरज़ा

सज्जादअली और मीर रौशनअली अपना अधिकांश समय बुद्धि तीव्र करने में व्यतीत करते थे, तो किसी विचारशील पुरुष को क्या आपत्ति हो सकती थी? दोनों के पास मौरूसी जागीरें थीं; जीविका की कोई चिंता न थी; कि घर में बैठे चखौतियाँ करते थे। आखिर और करते ही क्या? प्रातःकाल दोनों मित्र नाश्ता करके बिसात बिछा कर बैठ जाते, मुहरे सज जाते, और लड़ाई के दाव-पेंच होने लगते। फिर खबर न होती थी कि कब दोपहर हुई, कब तीसरा पहर, कब शाम! घर के भीतर से बार-बार बुलावा आता कि खाना तैयार है। यहाँ से जवाब मिलता–चलो, आते हैं, दस्तरख्वान बिछाओ। यहाँ तक कि बावरची विवश हो कि कमरे ही में खाना रख जाता था, और दोनों मित्र दोनों काम साथ-साथ करते थे। मिरज़ा सज्जाद अली के घर में कोई बड़ा-बूढ़ा न था, इसलिए उन्हीं के दीवानखाने में बाजियाँ होती थीं। मगर यह बात न थी मिरज़ा के घर के

और लोग उनसे इस व्यवहार से खुश हों। घरवालों का तो कहना ही क्या, मुहल्लेवाले, घर के नौकर-चाकर तक नित्य द्वेषपूर्ण टिप्पणियाँ किया करते थे–बड़ा मनहूस खेल है। घर को तबाह कर देता है। खुदा न करे, किसी को इसकी चाट पड़े, आदमी दीन-दुनिया किसी के काम का नहीं रहता, न घर का, न घाट का। बुरा रोग है। यहाँ तक कि मिरज़ा की बेगम साहबा को इससे इतना द्वेष था कि अवसर खोज-खोजकर पति को लताड़ती थीं। पर उन्हें इसका अवसर मुश्किल से मिलता था। वह सोती रहती थीं, तब तक बाजी बिछ जाती थी। और रात को जब सो जाती थीं, तब कही मिरज़ाजी घर में आते थे। हाँ, नौकरों पर वह अपना गुस्सा उतारती रहती थीं–क्या पान माँगे हैं? कह दो, आकर ले जायँ। खाने की फुरसत नहीं है? ले जाकर खाना सिर पर पटक दो, खायँ चाहे कुत्ते को खिलायें। पर रूबरू वह भी कुछ न कह सकती थीं। उनको अपने पति से उतना मलाल न था, जितना मीर साहब से। उन्होंने उनका, नाम मीर बिगाड़ू रख छोड़ा था। शायद मिरज़ाजी अपनी सफाई देने के लिए सारा इलजाम मीर साहब ही के सर थोप देते थे।

एक दिन बेगम साहबा के सिर में दर्द होने लगा। उन्होंने लौंडी से कहा–जाकर मिरज़ा साहब को बुला लो। किसी हकीम के यहाँ से दवा लायें। दौड़, जल्दी कर। लौंडी गयी तो मिरज़ाजी ने कहा–चल, अभी आते हैं। बेगम साहबा का मिज़ाज गरम था। इतनी ताब कहाँ कि उनके सिर में दर्द हो और पति शतरंज खेलता रहे। चेहरा सुर्ख हो गया। लौंडी से कहा–जाकर कह, अभी चलिए, नहीं तो वह आप ही हकीम के यहाँ चली जायेंगी। मिरज़ाजी बड़ी दिलचस्प बाजी खेल रहे थे, दो ही किस्तों में मीर साहब की मात हुई जाती थी। झुँझलाकर बोले–क्या ऐसा दम लबों पर है? जरा सब्र नहीं होता?

मीर–अरे, तो जाकर सुन ही आइए न। औरतें नाजुक-मिजाज होती ही हैं।

मिरज़ा–जी हाँ, चला क्यों न जाऊँ! दो किस्तों में आपकी मात होती है।

मीर–जनाब, इस भरोसे न रहिएगा। वह चाल सोची है कि आपके मुहरे धरे रहें और मात हो जाय। पर जाइए, सुन आइए। क्यों खामख्वाह उनका दिल दुखाइएगा?

मिरज़ा–इसी बात पर मात ही करके जाऊँगा।

मीर–मैं खेलूँगा ही नहीं। आप जाकर सुन आइए।

मिरज़ा–अरे यार, जाना पड़ेगा हकीम के यहाँ। सिर-दर्द खाक नहीं है, मुझे परेशान करने का बहाना है।

मीर–कुछ भी हो, उनकी खातिर तो करनी ही पड़ेगी।

मिरज़ा–अच्छा, एक चाल और चल लूँ।

मीर–हरगिज़ नहीं, जब तक आप सुन न आयेंगे, मैं मुहरे में हाथ ही न लगाऊँगा।

मिरज़ा साहब मजबूर होकर अंदर गये तो बेगम साहबा ने त्योरियाँ बदलकर, लेकिन कराहते हुए कहा–तुम्हें निगोड़ी शतरंज इतनी प्यारी है! चाहे कोई मर ही जाय, पर उठने का नाम नहीं लेते! नौज, कोई तुम–जैसा आदमी हो!

मिरज़ा–क्या कहूँ, मीर साहबा मानते ही न थे। बड़ी मुश्किल से पीछा छुड़ाकर आया हूँ।

बेगम–क्या जैसे वह खुद निखट्टू हैं, वैसे ही सबको समझते हैं। उनके भी तो बाल-बच्चे हैं; या सबका सफाया कर डाला?

मिरज़ा–बड़ा लती आदमी है। जब आ जाता है, तब मजबूर होकर मुझे भी खेलना पड़ता है।

बेगम–दुत्कार क्यों नहीं देते?

मिरज़ा–बराबर के आदमी हैं; उम्र में, दर्जे में मुझसे दो अंगुल ऊँचे। मुलाहिज़ा करना ही पड़ता है।

बेगम–तो मैं ही दुत्कारे देती हूँ। नाराज हो जायेंगे, हो जायँ। कौन किसी की रोटियाँ चला देता है। रानी रूठेंगी, अपना सुहाग लेंगी। हरिया; जा बाहर से शतरंज उठा ला। मीर साहब से कहना, मियाँ अब न खेलेंगे; आप तशरीफ ले जाइए।

मिरज़ा–हाँ–हाँ, कहीं ऐसा गजब भी न करना! जलील करना चाहती हो क्या? ठहर हरिया, कहाँ जाती है।

बेगम–जाने क्यों नहीं देते? मेरा ही खून पिये, जो उसे रोके। अच्छा, उसे रोका, मुझे रोको, तो जानूँ?

यह कहकर बेगम साहबा झल्लाई हुई दीवानखाने की तरफ चलीं। मिरज़ा बेचारे का रंग उड़ गया। बीबी की मिन्नतें करने लगे–खुदा के लिए, तुम्हें हजरत हुसेन की कसम है। मेरी ही मैयत देखे, जो उधर जाय। लेकिन बेगम ने एक न मानी। दीवानखाने के द्वार तक गयीं, पर एकाएक पर-पुरुष के सामने जाते हुए पाँव बँध–से गये। भीतर झाँका, संयोग से कमरा खाली था। मीर साहब ने दो-एक मुहरे इधर-उधर कर दिये थे, और अपनी सफाई जताने के लिए बाहर टहल रहे थे। फिर क्या था, बेगम ने अंदर पहुँचकर बाजी उलट दी, मुहरे कुछ तख्त के नीचे फेंक दिये, कुछ बाहर और किवाड़ अंदर से बंद करके कुंडी लगा दी। मीर साहब दरवाजे पर तो थे ही, मुहरे बाहर फेंके जाते देखे, चूड़ियों की झनक भी कान में पड़ी। फिर दरवाजा बंद हुआ, तो समझ गये, बेगम साहबा बिगड़ गयीं। चुपके से घर की राह ली।

मिरज़ा ने कहा–तुमने गजब किया।

बेगम–अब मीर साहब इधर आये, तो खड़े-खड़े निकलवा दूँगी। इतनी लौ खुदा से लगाते, तो वली हो जाते! आप तो शतरंज खेलें, और मैं यहाँ

चूल्हे-चक्की की फिक्र में सिर खपाऊँ! जाते हो हकीम साहब के यहाँ कि अब भी ताम्मुल है।

मिरज़ा घर से निकले, तो हकीम के घर जाने के बदले मीर साहब के घर पहुँचे और सारा वृत्तांत कहा। मीर साहब बोले–मैंने तो जब मुहरे बाहर आते देखे, तभी ताड़ गया। फौरन भागा। बड़ी गुस्सेवर मालूम होती हैं। मगर आपने उन्हें यों सिर चढ़ा रखा है, यह मुनासिब नहीं। उन्हें इससे क्या मतलब कि आप बाहर क्या करते हैं। घर का इंतजाम करना उनका काम है; दूसरी बातों से उन्हें क्या सरोकार?

मिरज़ा–खैर, यह तो बताइए, अब कहाँ जमाव होगा?

मीर–इसका क्या गम है? इतना बड़ा घर पड़ा हुआ है। बस यहीं जमें।

मिरज़ा–लेकिन बेगम साहबा को कैसे मनाऊँगा? घर पर बैठा रहता था, तब तो वह इतना बिगड़ती थीं; यहाँ बैठक होगी, तो शायद जिंदा न छोड़ेंगी।

मीर–अजी बकने भी दीजिए, दो-चार रोज में आप ही ठीक हो जायेंगी। हाँ, आप इतना कीजिए कि आज से जरा तन जाइए।

2

मीर साहब की बेगम किसी अज्ञात कारण से मीर साहब का घर से दूर रहना ही उपयुक्त समझती थीं। इसलिए वह उनके शतरंज-प्रेम की कभी आलोचना न करती थीं; बल्कि कभी-कभी मीर साहब को देर हो जाती, तो याद दिला देती थीं। इन कारणों से मीर साहब को भ्रम हो गया था कि मेरी स्त्री अत्यन्त विनयशील और गंभीर है। लेकिन जब दीवानखाने में बिसात बिछने लगी, और मीर साहब दिन-भर घर में रहने लगे, तो बेगम साहबा को बड़ा कष्ट होने लगा। उनकी स्वाधीनता में बाधा पड़ गयी। दिन-भर दरवाजे पर झाँकने को तरस जातीं।

उधर नौकरों में भी कानाफूसी होने लगी। अब तक दिन-भर पड़े-पड़े मक्खियाँ मारा करते थे। घर में कोई आये, कोई जाये, उनसे कुछ मतलब न था। अब आठों पहर की धौंस हो गयी। पान लाने का हुक्म होता, कभी मिठाई का। और हुक्का तो किसी प्रेमी के हृदय की भाँति नित्य जलता ही रहता था। वे बेगम साहबा से जा–जाकर कहते–हुजूर, मियाँ की शतरंज तो हमारे जी का जंजाल हो गयी। दिन-भर दौड़ते-दौड़ते पैरों में छाले पड़ गये। यह भी कोई खेल कि सुबह को बैठे तो शाम कर दी। घड़ी आध घड़ी दिल-बहलाव के लिए खेल खेलना बहुत है। खैर, हमें तो कोई शिकायत नहीं; हुजूर के गुलाम हैं, जो हुक्म होगा, बजा ही लायेंगे; मगर यह खेल मनहूस है। इसका खेलनेवाला कभी पनपता नहीं; घर पर कोई-न-कोई आफत जरूर आती है। यहाँ तक कि एक के पीछे महल्ले-के-महल्ले तबाह होते देखे गये हैं। सारे मुहल्ले में यही चरचा रहती है। हुजूर का नमक खाते हैं, अपने आक़ा की बुराई सुन-सुनकर रंज होता है? मगर क्या करें? इस पर बेगम साहबा कहती हैं–मैं तो खुद इसको पसंद नहीं करती। पर वह किसी की सुनते ही नहीं, क्या किया जाय।

मुहल्ले में भी जो दो-चार पुराने जमाने के लोग थे, आपस में भाँति-भाँति की अमंगल कल्पनाएँ करने लगे–अब खैरियत नहीं। जब हमारे रईसों का यह हाल है, तो मुल्क का खुदा ही हाफ़िज है। यह बादशाहत शतरंज के हाथों तबाह होगी। आसार बुरे हैं।

राज्य में हाहाकार मचा हुआ था। प्रजा दिन-दहाड़े लूटी जाती थी। कोई फरियाद सुननेवाला न था। देहातों की सारी दौलत लखनऊ में खिंची आती थी और वह वेश्याओं में, भाँडों में और विलासिता के अन्य अंगों की पूर्ति में उड़ जाती थी। अंग्रेज कम्पनी का ऋण दिन-दिन बढ़ता जाता था। कमली दिन-दिन भीगकर भारी होती जाती थी। देश में सुव्यवस्था न होने के कारण वार्षिक कर भी वसूल न होता था। रेजीडेंट

बार-बार चेतावनी देता था, पर यहाँ तो लोग विलासिता के नशे में चूर थे, किसी के कानों पर जूँ न रेंगती थी।

खैर, मीर साहब के दीवानखाने में शतरंज होते कई महीने गुजर गये। नये-नये नक्शे हल किये जाते; नये-नये किले बनाये जाते; नित्य नयी व्यूह-रचना होती; कभी-कभी खेलते-खेलते झौड़ हो जाती; तू-तू मैं-मैं तक की नौबत आ जाती; पर शीघ्र ही दोनों मित्रों में मेल हो जाता। कभी-कभी ऐसा भी होता कि बाजी उठा दी जाती; मिरज़ाजी रूठकर अपने घर चले जाते। मीर साहब अपने घर में जा बैठते। पर रात भर की निद्रा के साथ सारा मनोमालिन्य शांत हो जाता था। प्रातःकाल दोनों मित्र दीवानखाने में आ पहुँचते थे।

एक दिन दोनों मित्र बैठे हुए शतरंज की दलदल में गोते खा रहे थे कि इतने में घोड़े पर सवार एक बादशाही फौज का अफसर मीर साहब का नाम पूछता हुआ आ पहुँचा। मीर साहब के होश उड़ गये। यह क्या बला सिर पर आयी! यह तलबी किस लिए हुई है? अब खैरियत नहीं नजर आती। घर के दरवाजे बंद कर लिये। नौकरों से बोले–कह दो, घर में नहीं हैं।

सवार–घर में नहीं, तो कहाँ हैं?

नौकर–यह मैं नहीं जानता। क्या काम है?

सवार–काम तुझे क्या बताऊँगा? हुजूर में तलबी है। शायद फौज के लिए कुछ सिपाही माँगे गये हैं। जागीरदार हैं कि दिल्लगी! मोरचे पर जाना पड़ेगा, तो आटे-दाल का भाव मालूम हो जायगा!

नौकर–अच्छा, तो जाइए, कह दिया जायेगा?

सवार–कहने की बात नहीं है। मैं कल खुद आऊँगा, साथ ले जाने का हुक्म हुआ है।

सवार चला गया। मीर साहब की आत्मा काँप उठी। मिरज़ाजी से बोले–कहिए जनाब, अब क्या होगा?

मिरज़ा–बड़ी मुसीबत है। कहीं मेरी तलबी भी न हो।

मीर–कम्बख्त कल फिर आने को कह गया है।

मिरज़ा–आफत है, और क्या? कहीं मोरचे पर जाना पड़ा, तो बेमौत मरे।

मीर–बस, यही एक तदबीर है कि घर पर मिलो ही नहीं। कल से गोमती पर कहीं वीराने में नख्शा जमे। वहाँ किसे खबर होगी। हजरत आकर आप लौट जायेंगे।

मिरज़ा–वल्लाह, आपको खूब सूझी! इसके सिवाय और कोई तदबीर ही नहीं है।

इधर मीर साहब की बेगम उस सवार से कह रही थी, तुमने खूब धता बताया।

उसने जवाब दिया–ऐसे गावदियों को तो चुटकियों पर नचाता हूँ। इनकी सारी अक्ल और हिम्मत तो शतरंज ने चर ली। अब भूल कर भी घर पर न रहेंगे।

3

दूसरे दिन से दोनों मित्र मुँह अँधेरे घर से निकल खड़े होते। बगल में एक छोटी-सी दरी दबाये, डिब्बे में गिलौरियाँ भरे, गोमती पार की एक पुरानी वीरान मसज़िद में चले जाते, जिसे शायद नवाब आसफ़उद्दौला ने बनवाया था। रास्ते में तम्बाकू, चिलम और मदरिया ले लेते, और मसज़िद में पहुँच, दरी बिछा, हुक्का भरकर शतरंज खेलने बैठ जाते थे। फिर उन्हें दीन-दुनिया की फिक्र न रहती थी। किश्त, शह आदि दो-एक शब्दों के सिवा उनके मुँह से और कोई वाक्य नहीं निकलता था। कोई योगी भी समाधि में इतना एकाग्र न होता होगा। दोपहर को जब भूख मालूम होती तो दोनों मित्र किसी नानबाई की दूकान पर जाकर खाना खाते, और एक

चिलम हुक्का पीकर फिर संग्राम-क्षेत्र में डट जाते। कभी-कभी तो उन्हें भोजन का भी ख्याल न रहता था।

इधर देश की राजनीतिक दशा भयंकर होती जा रही थी। कम्पनी की फौजें लखनऊ की तरफ बढ़ी चली आती थीं। शहर में हलचल मची हुई थी। लोग बाल-बच्चों को लेकर देहातों में भाग रहे थे। पर हमारे दोनों खिलाड़ियों को इनकी ज़रा भी फ़िक्र न थी। वे घर से आते तो गलियों में होकर। डर था कि कहीं किसी बादशाही मुलाजिम की निगाह न पड़ जाय, जो बेकार में पकड़ जायँ। हजारों रुपये सालाना की जागीर मुफ्त ही हजम करना चाहते थे।

एक दिन दोनों मित्र मसज़िद के खंडहर में बैठे हुए शतरंज खेल रहे थे। मिरज़ा की बाजी कुछ कमजोर थी। मीर साहब उन्हें किश्त-पर-किश्त दे रहे थे। इतने में कम्पनी के सैनिक आते हुए दिखायी दिये। वह गोरों की फ़ौज थी, जो लखनऊ पर अधिकार जमाने के लिए आ रही थी।

मीर साहब बोले–अंग्रेजी फ़ौज आ रही है; खुदा खैर करे।

मिरज़ा–आने दीजिए, किश्त बचाइए। यह किश्त।

मीर–जरा देखना चाहिए, यहीं आड़ में खड़े हो जाये!

मिरज़ा–देख लीजिएगा, जल्दी क्या है, फिर किश्त!

मीर–तोपखाना भी है। कोई पाँच हजार आदमी होंगे कैसे-कैसे जवान हैं। लाल बन्दरों के-से मुँह। सूरत देखकर खौफ मालूम होता है।

मिरज़ा-जनाब, हीले न कीजिए। ये चकमे किसी और को दीजिएगा। यह किश्त!

मीर–आप भी अजीब आदमी हैं। यहाँ तो शहर पर आफत आयी हुई है और आपको किश्त की सूझी है! कुछ इसकी भी खबर है कि शहर घिर गया, तो घर कैसे चलेंगे?

मिरज़ा–जब घर चलने का वक्त आयेगा, तो देखा जायेगा–यह

किश्त! बस, अबकी शह में मात है।

फौज निकल गयी। दस बजे का समय था। फिर बाजी बिछ गयी।

मिरज़ा–आज खाने की कैसे ठहरेगी?

मीर–अजी, आज तो रोज़ा है। क्या आपको ज्यादा भूख मालूम होती है?

मिरज़ा–जी नहीं। शहर में न जाने क्या हो रहा है!

मीर–शहर में कुछ न हो रहा होगा। लोग खाना खा-खाकर आराम से सो रहे होंगे। हुजूर नवाब साहब भी ऐशगाह में होंगे।

दोनों सज्जन फिर जो खेलने बैठे, तो तीन बज गये। अबकी मिरज़ा जी की बाजी कमजोर थी। चार का गजर बज ही रहा था कि फ़ौज की वापसी की आहट मिली। नवाब वाजिदअली पकड़ लिये गये थे, और सेना उन्हें किसी अज्ञात स्थान को लिये जा रही थी। शहर में न कोई हलचल थी, न मार-काट। एक बूँद भी खून नहीं गिरा था। आज तक किसी स्वाधीन देश के राजा की पराजय इतनी शांति से, इस तरह खून बहे बिना न हुई होगी। यह वह अहिंसा न थी, जिस पर देवगण प्रसन्न होते हैं। यह वह कायरपन था, जिस पर बड़े-बड़े कायर भी आँसू बहाते हैं। अवध के विशाल देश का नवाब बन्दी चला जाता था, और लखनऊ ऐश की नींद में मस्त था। यह राजनीतिक अधःपतन की चरम सीमा थी।

मिरज़ा ने कहा–हुजूर नवाब साहब को जालिमों ने कैद कर लिया है।

मीर-होगा, यह लीजिए शह।

मिरज़ा–जनाब जरा ठहरिए। इस वक्त इधर तबीयत नहीं लगती। बेचारे नवाब साहब इस वक्त खून के आँसू रो रहे होंगे।

मीर–रोया ही चाहें। यह ऐश वहाँ कहाँ नसीब होगा। यह किश्त!

मिरज़ा–किसी के दिन बराबर नहीं जाते। कितनी दर्दनाक हालत है।

मीर–हाँ, सो तो है ही-यह लो, फिर किश्त! बस, अबकी किश्त में मात है, बच नहीं सकते।

मिरज़ा–खुदा की कसम, आप बड़े बेदर्द हैं। इतना बड़ा हादसा देखकर भी आपको दुःख नहीं होता। हाय, गरीब वाजिदअली शाह!

मीर-पहले अपने बादशाह को तो बचाइए फिर नवाब साहब का मातम कीजिएगा। यह किश्त और यह मात! लाना हाथ!

बादशाह को लिये हुए सेना सामने से निकल गयी। उनके जाते ही मिरज़ा ने फिर बाजी बिछा दी। हार की चोट बुरी होती है। मीर ने कहा–आइए, नवाब साहब के मातम में एक मरसिया कह डालें। लेकिन मिरज़ा की राजभक्ति अपनी हार के साथ लुप्त हो चुकी थी। वह हार का बदला चुकाने के लिए अधीर हो रहे थे।

4

शाम हो गयी। खंडहर में चमगादड़ों ने चीखना शुरू किया। अबाबीलें आ-आकर अपने-अपने घोसलों में चिमटीं। पर दोनों खिलाड़ी डटे हुए थे, मानो दो खून के प्यासे सूरमा आपस में लड़ रहे हों। मिरज़ाजी तीन बाजियाँ लगातार हार चुके थे; इस चौथी बाजी का रंग भी अच्छा न था। वह बार-बार जीतने का दृढ़ निश्चय करके सँभलकर खेलते थे लेकिन एक-न-एक चाल ऐसी बेढब आ पड़ती थी, जिससे बाजी खराब हो जाती थी। हर बार हार के साथ प्रतिकार की भावना और भी उग्र होती थी। उधर मीर साहब मारे उमंग के गजलें गाते थे, चुटकियाँ लेते थे, मानो कोई गुप्त धन पा गये हों। मिरज़ाजी सुन-सुनकर झुँझलाते और हार की झेंप को मिटाने के लिए उनकी दाद देते थे। पर ज्यों-ज्यों बाजी कमजोर पड़ती थी, धैर्य हाथ से निकला जाता था। यहाँ तक कि वह बात-बात पर झुँझलाने लगे-जनाब, आप चाल बदला न कीजिए। यह क्या कि एक चाल चले, और फिर उसे बदल दिया। जो कुछ चलना हो एक बार चल दीजिए; यह आप मुहरे पर हाथ क्यों रखते हैं? मुहरे को छोड़ दीजिए। जब तक

आपको चाल न सूझे, मुहरा छुइये ही नहीं। आप एक-एक चाल आध घंटे में चलते हैं। इसकी सनद नहीं। जिसे एक चाल चलने में पाँच मिनट से ज्यादा लगे, उसकी मात समझी जाय। फिर आपने चाल बदली! चुपके से मुहरा वहीं रख दीजिए।

मीर साहब का फरजी पिटता था। बोले–मैंने चाल चली ही कब थी?

मिरज़ा–आप चाल चल चुके हैं। मुहरा वहीं रख दीजिए–उसी घर में!

मीर–उस घर में क्यों रखूँ? मैंने हाथ से मुहरा छोड़ा ही कब था?

मिरज़ा–मुहरा आप कयामत तक न छोड़ें, तो क्या चाल ही न होगी? फरजी पिटते देखा तो धाँधली करने लगे।

मीर–धाँधली आप करते हैं। हार-जीत तकदीर से होती है, धाँधली करने से कोई नहीं जीतता?

मिरज़ा–तो इस बाजी में तो आपकी मात हो गयी।

मीर–मुझे क्यों मात होने लगी?

मिरज़ा–तो आप मुहरा उसी घर में रख दीजिए, जहाँ पहले रक्खा था।

मीर–वहाँ क्यों रखूँ? नहीं रखता।

मिरज़ा–क्यों न रखिएगा? आपको रखना होगा।

तकरार बढ़ने लगी। दोनों अपनी-अपनी टेक पर अड़े थे। न यह दबता था न वह। अप्रासंगिक बातें होने लगीं, मिरज़ा बोले–किसी ने खानदान में शतरंज खेली होती, तब तो इसके कायदे जानते। वे तो हमेशा, घास छीला करते, आप शतरंज क्या खेलिएगा। रियासत और ही चीज है। जागीर मिल जाने से ही कोई रईस नहीं हो जाता।

मीर–क्या? घास आपके अब्बाजान छीलते होंगे। यहाँ तो पीढ़ियों से शतरंज खेलते चले आ रहे हैं।

मिरज़ा–अजी, जाइए भी, गाजीउद्दीन हैदर के यहाँ बावरची का काम

करते-करते उम्र गुजर गयी आज रईस बनने चले हैं। रईस बनना कुछ दिल्लगी नहीं है।

मीर–क्यों अपने बुजुर्गों के मुँह में कालिख लगाते हो–वे ही बावरची का काम करते होंगे। यहाँ तो हमेशा बादशाह के दस्तरख्वान पर खाना खाते चले आये हैं।

मिरज़ा–अरे चल चरकटे, बहुत बढ़-बढ़कर बातें न कर।

मीर–जबान सँभालिये, वरना बुरा होगा। मैं ऐसी बातें सुनने का आदी नहीं हूँ। यहाँ तो किसी ने आँखें दिखायीं कि उसकी आँखें निकालीं। है हौसला

मिरज़ा–आप मेरा हौसला देखना चाहते हैं, तो फिर, आइए। आज दो-दो हाथ हो जायँ, इधर या उधर।

मीर–तो यहाँ तुमसे दबनेवाला कौन?

दोनों दोस्तों ने कमर से तलवारें निकाल लीं। नवाबी जमाना था; सभी तलवार, पेशकब्ज, कटार वगैरह बाँधते थे। दोनों विलासी थे, पर कायर न थे। उनमें राजनीतिक भावों का अधःपतन हो गया था–बादशाह के लिए, बादशाहत के लिए क्यों मरें; पर व्यक्तिगत वीरता का अभाव न था। दोनों जख्म खाकर गिरे, और दोनों ने वहीं तड़प-तड़पकर जानें दे दीं। अपने बादशाह के लिए जिनकी आँखों से एक बूँद आँसू न निकला, उन्हीं दोनों प्राणियों ने शतरंज के वजीर की रक्षा में प्राण दे दिये।

अँधेरा हो चला था। बाजी बिछी हुई थी। दोनों बादशाह अपने-अपने सिंहासनों पर बैठे हुए मानो इन दोनों वीरों की मृत्यु पर रो रहे थे!

चारों तरफ सन्नाटा छाया हुआ था। खंडहर की टूटी हुई मेहराबें, गिरी हुई दीवारें और धूल-धूसरित मीनारें इन लाशों को देखतीं और सिर धुनती थीं।

•••